ゴルディアスの結び目

小松左京

角川文庫
21165

目次

岬にて

――シャドウ群島《アイランズ》。×経六〇度二五分、×緯四九度四〇分。主島シャドウ島《ランド》ほか、大小八十余の島々からなる。ほとんどが無人島。人口千三百、少数の家畜、漁業のほか、これといった産業なし。首都、プエルト・オブスクロ(住民千百)。

1

岬《みさき》の鼻にスケッチに行って帰ってくると、湾内に巡航船が碇泊《ていはく》しているのが見えた。――たった今、錨《いかり》をおろしたと見え、小さなモーターランチが、鏡のような水面に、ゆるやかな水脈《みお》をひきながら、船腹をはなれてくる。

家の背後の斜面の中腹で、ちょっとたちどまって、その光景をながめながら、私は吸いさしのパイプに火をつけた。風がやや南に寄っていたため、何本かマッチを無駄《むだ》にした。やっと吸いつけて、煙を二、三服吐き出すと、私は斜面に咲く小さなたんぽぽの花をふみながら、家の裏手へむかっておりて行った。

キッチンには、いつものとおり、テッド・チャンとクワン師がいて、お茶を飲んでいた。

——クワン師は窓際にもたれ、鳥の脚《あし》のように瘠《や》せた腕に、私の大型の双眼鏡をささえて、湾内に近づいてくるランチをのぞいていた。

「客があるようじゃ……」と、クワン師はかすれた声で言った。

「おおぜいですか？」

私は泥《どろ》だらけのブーツをぬいで、スリッパにはきかえながらきいた。

「いや、三、四人——かな。一人、前にも来たような顔も見える」

「ジェリィは乗ってますかな？」とテッドはきいた。「たのんでおいたものを買って来てくれたかな……」

コートをハンガーにかけると、私は年代ものの湯沸器《サモワール》からティ・ポットに湯をそそいだ。

——オランダ焼きのカップに、ジャムと乾《かわ》かした蘭《らん》の花を入れ、茶をつぎいれてかきまわしていると、妻がオーヴンから熱いクッキーを出して来た。

「客があるという連絡はあったのかね？」

と、私は茶をふうふう吹きながらきいた。

「ええ——あなたの留守に……」

「またあの男が来ると思う」

「双眼鏡でごらんになったの？」

「いや——かい《・・》んだ……」

窓に眼をやると、ランチはもう湾の半ばまで来ていた。舳《へさき》は二百メートルほどはなれた隣の船着場にむいている。

私が吸いつくしたパイプから灰を掻《か》き出していると、テッドがブレザーのポケットから、汚《よご》れた紙包みを二つ出して、テーブルの上においた。——私はだまって部屋の隅《すみ》にある水《みず》煙管《ぎせる》をとって、テッドの前においた。

「どっちにする?」と、テッドは紙包みを顎《あご》でさした。

「どちらでもいい……」私はパイプのタールを削りながらつぶやいた。

「和尚《おしよう》は?」

「大麻にしようかの……」クワン師は前歯のぬけた口でクッキーをしゃぶりながらこたえた。「昼間じゃからな」

テッドは湯沸器《サモワール》の底の蓋《ふた》をずらし、火ばさみで小さな炭火を二つ三つとり出すと、水煙管の火皿《ひざら》においた。

紙包みの一方をひらくと、茶色がかった暗緑色の、べとべとした葉の塊《かたま》りがある。

それを一つまみほどつまんで、火皿の上にかぶせた、うちぬきの金属片にのせると、水音をたてて吸口を吸いはじめた。

じいじいとかすかに脂《やに》のこげる音がして、青くさいようないがらっぽい臭気があたりにたちこめる。——二、三服深く吸って、息をとめるように瞑目《めいもく》すると、テッドは吸口をクワン師にまわした。

裏口のドアが、大きな音をたててたたかれた。窓の外を見ると、ランチはまだ船着場につこうとしているところだった。返事をする暇もなく、ドアがあいてルネ神父が大きな体をかがめるようにしてはいって来た。——これでいつものお茶のメンバーは全部そろったわけだ。

神父はテーブルの上に、汚れたハンカチの包みをほうり出すと、椅子《いす》をぎしぎし言わせながら腰をおろした。

「相かわらずハシッシュか……」神父は、ゆるやかに煙を吐き出しているクワン師を見ながら野球のグローヴのような手で顔をこすった。「たまにはこれでもやってみたらどうだね？」

私はハンカチの包みをあけて見た。苔《こけ》のかけらや泥にまみれた、ゴルフボールほどの茶色のぶよぶよした塊りが五つ六つあった。

「北の崖《がけ》の中腹で見つけた……」と神父は言った。「ワライタケの変種だと思うがね。——だいぶ前に一度同じものをやったことがある。その時は死にかけたが、すごい体験だったよ。天国と地獄を一緒に見たような……、なに、塩と重曹でボイルして、毒性を弱めれば大丈夫さ……」

「何か新しい成分でもありそうかね？」

私はかさかさしたきのこを指先でつつきながらきいた。——灰色の胞子がかさからこぼれた。

「知らんな。――ムスカリン、ムスカリジン、コリン……それに何だかわけのわからんアルカロイドやアルコールの組み合わせ――そんなものだろう。問題は成分じゃない。効果だ。そいつは体験するしかないね」

神父はたてつづけに二つ三つ、クッキーを口にほうりこんだ。

「ジェリィがこっちに来るわ……」窓からのぞいていた妻がつぶやいた。「いつか来た、あの若い人も一緒……」

「言った通りだろう」スケッチブックを持って立ち上りながら、私は笑った。「また泊めてやらなけりゃならんだろう。――お茶の用意をしといてやれ」

奥の仕事部屋に画板とスケッチブックを置いて、キッチンへひきかえすと、ジェリィと若い東洋人の客は、もう室内にはいって、ジャンパーをぬいでいた。二人の足もとに、まあたらしい大型のスーツケースとボストンバッグがおかれ、ジェリィはごわごわした大きな紙袋を小脇《こわき》にかかえていた。

「やあ……」と色の浅黒い、小柄な東洋人は私を見て笑いかけた。「また来ました」

「ようこそ……」と、私はぶっきらぼうに言った。「こんな島に、二度来られる方は珍しい」

「また泊めてもらえますか？」

「部屋は用意してありますよ」そう言って私は奥の方へ顎《あご》をしゃくった。

「――ところで、絵具《えのぐ》は買って来てくれたかね？　ジェリィ」

ジェリィは睫毛《まつげ》のほとんどない、さらされたような眼で私を見ると、いい方の手で、紙袋をさし出してテーブルにおいた。——テッドが先に紙袋に手をつっこみ、リカーの壜《びん》と、紫色の防水紙にくるんだ小さな包みをひっぱり出した。ジェリィは、テッドの腕とあらそうように紙袋の中に手をつっこみ、水彩絵具の大きなチューブ五、六本と、二、三枚紙片をとり出し、油のしみたひっかき傷だらけの指につかんで私につき出した。私は絵具をちらと見て、紙片だけつまみとり、しわをのばして読んだ。

一枚は画材の請求書であり、二枚は同じ町の土産物屋《みやげもの》からの絵の注文だった。——一つは島のスケッチの、もう一つは町のホテルの娘の肖像画の注文だった。

「ケイトはいよいよ卒業か……」と私は火の消えたパイプをくわえながら言った。「結婚するのかな?——いつ町へかえってくる」

ジェリィは肩をすくめて首をかしげた。

「まあいい。来週町へ行くから寄ってみよう。——絵具代もその時はらうって伝えてくれ。どうせ、前の絵の代金はもらってこなかったんだろう?」

ジェリィはそれにこたえず、ポットから熱い茶をなみなみとカップについで、ミルクも砂糖もいやというほど入れ、馬のように唇《くちびる》をそらせて、馬のように一気にのみほした。若い東洋人は、手持ち無沙汰《ぶさた》のように、テーブルのわきにつったったまま、例のあいまいな薄笑いをうかべていた。

「荷物を部屋にいれて、あなたもお茶をあがったらどうです?」私は声をかけた。「前の部屋です。おぼえているでしょう?」

青年は微笑したままうなずいて、ボストンバッグを持ち上げた。ジェリィが大きなトランクを持ち、二人は奥へはいって行った。

「中国人かね」

と、ルネ神父はドアのむこうへ消えた青年の方へ、顎をしゃくってきいた。

「いや――日本人だ」

「ここへは二度目だ……」テッドが水煙管の吸口を口からはなして、ゆっくりした口調で言った。

「何をしてる男だ?――科学者かね?」私はテッドの手から、吸口をうけとりながら言った。「二年前に来た時、あんたはたしか一か月間も本土へ行っていて、彼とあわなかった」

「いや……物書きだと言っていた」

「ジャーナリストか? それとも小説家かね?」

「よく知らん。この前来た時も、時々、夜おそくまで、何か原稿のようなものを書いていた」

ジェリィのひょろりとした体が、奥のドアの所にのぞいたので、私と神父はこの話題をうちきった。――ジェリィの背後に、青年の浅黒い顔が見えた。相変らず薄笑いをうかべている。

「今夜は島に泊まって行くのかね?」

と神父はジェリィにきいた。

ジェリィは首をふって、拇指《おやゆび》で窓のむこうをさした。

「明日、出航が早いからね」

ジェリィは、かすれた声で言った。——それから、鳥の巣のようにくしゃくしゃの灰色の髪でおおわれた大きな頭を、ちょっとかしげるようにして、一同に会釈《えしゃく》し、青年の方に手をあげて、外へ出て行った。

ジェリィと入れちがいに、船からうけとった食料品の籠《かご》をさげた妻がはいって来た。——風で乱れて、頬《ほお》にたれかかる髪を、手の甲でおさえて、籠を流し台の上におくと、彼女は大きな溜息《ためいき》をついて、青年を見た。

「お昼食《ひる》は？」と妻はつぶやくように青年にきいた。「シチューでよかったらありますけど」

「いや、船ですませました……」と青年は言った。「ありがとう」

「つったってないで、すわったら？」と私は水煙管をごぼごぼ吸いながら言った。「ああ、こちらははじめてだったな。アントン・ルネ神父……中田さん……」

「ようこそ——」神父はたち上って、大きな手を出した。「観光客で、ここへ二度たずねてくるなんて、まったく珍しい。——よっぽど気に入りましたか？」

「別にそういうわけでもないんですけど……」中田青年は、また薄笑いをうかべた。「なんとなく来てしまったんです」

「今度はどのくらい滞在なさる?」

「そうですね。二週間か三週間ぐらい……こちらが御迷惑でなければ……」

「ここはかまいませんよ――料金さえきちんとはらってもらえば」と私は言った。「また何か書くんですか?」

「ええ、まあ……」

私はポットから茶を注《つ》いで彼の前においてやった。

「これが砂糖、これがジャムとマーマレード、ミルクはそれです。好きにやってください。――ラムかウイスキィを入れますか?」

「いえけっこうです。ありがとう」

中田青年の英語は、二年前よりずっとうまくなり、喋《しゃべ》り方にも自信があらわれていた。それが、私の気をいささか重くさせた。――以前の滞在の時より、うるさいことになりそうな予感がしたからだ。

風がかわって、窓ガラスががたがた鳴った。――クワン師は、私からうけとった水煙管の吸口を唇からはなして、うっとりした眼つきで窓の外を見た。

「波がたって来た……」とクワン師はつぶやいた。「今夜は荒れるぞ……」

「つめかえましょう、老師……」とテッドが手をのばした。

緩慢な手つきで新しい薬をつめかえるテッドを、中田青年は不思議そうな眼つきで見ていた。

「あんたもどうだね?」

新しく吸いつけると、テッドは吸口を掌《て》でぬぐって青年にさし出した。

「何ですか?」青年の小鼻がうごめいた。何だか、少しおびえているようだった。「マリファナ?」

「もっといいものだ——」テッドは薄笑いをうかべた。「ハシッシュだ。——粗製だから大してつよくない。よかったら、阿片《あへん》もある。そちらにするかね?」

「まさか!」と青年は小さく叫んだ。「そんなもの——法に触れないんですか?」

「ここでは別に禁じられていない……」テッドは、吸口を隣の神父にまわしながらつぶやいた。「阿片げしは、この群島の中でも一部で栽培されているが、あまり良質のものはとれない。——トルコやビルマ製のいい品物は値段も高いし、なかなか手にはいりにくいが、さいわいさっきジェリィが持って来てくれた。東南アジアで精製された虎牌《フーパイ》印だ。やってみるかね?」

「いえ……」青年は、少し腰をにじらせるようにしてはげしく首をふった。「ぼくは……けっこうです」

「そうか——むりには勧めない。大したものじゃないから……」

「あなたたち——中毒しているんですか?」

神父が大声で笑い出した。

「どうかな——生阿片なら一回二、三グラムを四人で吸うだけだ。それも別に毎日ってわけじゃない」

「禁断症状はおこりませんか？」

「私は煙草や酒をのまない方がつらいね」と私は口をはさんだ。「そんなに気にしなくてもいい。ここでは、こういったものは、社会問題じゃなくて、個人の問題なんだ」

「どういう意味ですか？」青年は眉《まゆ》をひそめた。「よくわかりませんが……」

「そりゃ、ここが島だからさ……」とテッドが言った。「離れ小島で……住民は四家族しかいないからな」

「ランチがかえって行く……」窓の外を見ながらクワン師がつぶやいた。「明日も、海は荒れるかな……」

「曇って来ましたな」と神父がゆっくりと煙を吐き出しながら言った。「寒くなるかも知れん……」

2

ところどころヒースの茂みにおおわれたゆるい斜面を、島の奥へむかってのぼりつめて行くと、はるか空の上で、かすかに蜂《はち》のうなるような音がした。

見上げると、銀灰色の雲の団塊がいくつもうかんだ空の上をきらりと光りながら横切って行くものがあった。――週に一度、群島の上空を横切るローカル線のターボプロップ機だった。私は本土の方向へ消えて行く機影を見上げながら、露出した大きな砂岩の陰でパイプを吸いつけた。島の西側から、丘陵をこえて時たま吹きおろしてくる風が、煙を吹きちらした。

斜面の中腹の岩にもたれて、私は島を見わたした。――別にかわったものが見えるわけでもない。その岩の所で一服するのはいつもの習慣だった。

島はいつもの通り、天と水との間に無言で横たわっていた。――木一本はえていない、荒涼たる枯草色の斜面が、私の立っている地点から東へむかって、左右両翼に長くのびて、ほとんど完全な円弧にちかい、深い湾をかかえこんでいる。海へむかってなだらかにのびる二つの斜面の先は、南の方が断崖《だんがい》となっておちこみ、北の方はそのままゆるい傾斜となって海中に消えている。南の岬《みさき》の沖には、海蝕《かいしょく》によって下部が逆三角形にほそめられた巨岩が海中に二つ三つつったち、湾の沖合には、陵墓のような半球形の小島や、ゆるやかな裳《も》をひく低い島影が、はるか水平線にまでかすみながらつらなっている。

太陽は北天にあって、間もなく正午だった。――陽ざしは東北をむいた斜面一ぱいに照らし、黄ばんだ短い枯草や苔《こけ》におおわれた斜面に、点々と団雲の影がおちていた。雲の影はいぶし銀色に光る海面にも暗色のまだらをつくり、西から東へ、ゆっくりと動いて行く。

私はパイプを吸いながら、眼を細め、光る海を見つめた。――湾内には船影はなく、はるか沖合まで、島影と雲の影をのぞいては、うかぶものもない。眼下にわずかな風よけの常緑樹をまといつかせた四軒の家がはなればなれにちらばり、船着場には古ぼけたヨットが一隻つないであるだけで、人影は見えなかった。

蒼穹《そうきゅう》と大洋の間を、風がはためきながらわたって行く。背が白銀に輝き、下面が紫がかった暗灰色に彩られた無数の雲の団塊が、その風にのって、大艦隊のように、空一面に散開しながら、陽ざしを横切って、はてしなく、東の水平線に移動して行く。――耳をすませば、頭上はるかをこえて行く風の音が、空をゆすってしんしんときこえてくるのだが、東の湾へむかってひろがるこの斜面では、西の稜線《りょうせん》にさえぎられて、丘を間歇《かんけつ》的にわずかな風が吹きおろしてくるだけだった。
五、六服吸ってから、私はまた斜面を上にむかって歩き出した。短い草の上を家畜のふみならした道がわずかにまがりながら鞍部《あんぶ》へむかってのぼっている。枯れた草の間に、わずかに緑の葉むらがあって、丈低いたんぽぽやきんぽうげが、小さい、いじけた花をつけていた。道はやがて水平になり、左手にまるみをおびた山頂にのぼって行くゆるいスロープ、右手に先端が急斜面で海へおちこむ、やや内陸へむかってかしいだテラス状の台地の間にさしかかる。右の台地と左手のスロープの間の凹所《おうしょ》は、灰色がかった黄緑色の水苔でおおわれた湿地帯になっており、道は湿地帯を迂回《うかい》してスロープのやや高い所をたどっていた。
湿地帯の横を通りながら、スロープの頂上を見上げると、茶色の腐植土をおおう黄灰色の草肌《くさはだ》の間に点々と露出する白っぽい砂岩の上に、青年が腰かけているのが見えた。――色のさめたブルージーンズの上下を着て、片足を岩の上にあげ、海にむかって顔をむけて、長髪を風になぶらせている。——雲のとぶ青空を背景に、その姿は、若者向きのグラフ雑誌の口絵じみて見えた。

下を行く私の姿を認めたらしく、青年は手をあげた。——私が手をあげかえすと、青年は身軽に岩からとびおり、スロープをかけおりて来た。私は歩度をゆるめながら、おりてくるのを待った。

青年《ヤングマン》——と私たちは呼んでいたが、彼はもう三十四、五になっているはずだった。だが、瘠《や》せて小柄な体付きと、浅黒い顔に残る子供っぽさ、立居振舞の青っぽさは、どう見ても三十代のおとなに見えなかった。小柄な日本の男たちは、ただでさえ、年よりずっと若く見える。

「海鳥の群落を見て来たかね?」

と私はきいた。

「もう雛《ひな》がずいぶん大きくなっていました」青年は軽く息をはずませながらうなずいた。

「この前来た時は卵がおおかったけど……」

「時期が早かったからだ」と私は言った。「あれは、初夏のころだった。——写真はとったかね?」

「カメラを持ってこなかったんです」青年は日本の煙草をとり出し、口にくわえながら言った。「昼から——いや、明日とりにこよう」

「それがいい。——アホウドリの雛は面白いだろう」

私たちはしばらくだまってスロープの裾《すそ》をたどっていた。――私より首一つ分だけ背の低い青年は、煙草を吸いながら、あちこち頭をめぐらせて、景色をながめていた。

「西の崖《がけ》へ行くんですか?」湿地帯のおわるあたりへ来た時、青年はきいた。「今、行って来たばかりだけど……」

「いや、――あの岬のはずれだ」

私は右手に高くもり上っている、かなり急な斜面をさした。――海につき出した先が、断崖になっているのがわずかに見える。

「スケッチに?」

私は首をふり、腰にさげた革のバッグをたたいた。

「クワン上人に、昼食を持って行くんだ」

「ああ、あのヴェトナムのお坊さん……」青年はちょっと不思議そうな顔をした。「岬で何をしているんです?――釣《つり》ですか?」

「仏教の坊さんがそんなことはしないよ」私は苦笑した。「坐禅を組んでいるんだ」

青年はふとだまりこんだ。

私たちは湿地帯の西のはずれを横切って、岬の背の急斜面へむかった。――そのあたりは、もう水はたまっていなかったが、地面はやわらかく、苔のかたまっている所を一つふみはずすと、ずぶりと踝《くるぶし》までもぐってしまう。私の背後で、青年が小さな叫びをあげ、つづいて舌打ちをするのがきこえた。膝《ひざ》までのブーツをはいている私は、頓着《とんじゃく》せず先に進み、斜面の上り口まで行って待っていた。

青年はすぐ追いついて来たが、左足がジーンズの裾まで、濃いセピア色の、ぬれた泥にまみれていた。

「ぬれたかね？」と私はきいた。

「少し……」青年は大きく肩で息をして、顔をしかめた。「でも、大丈夫です。靴《くつ》の中まではぬれていません」

私が斜面をのぼり出すと、また青年が、驚きの声をあげた。――ふりかえると、青年は今わたって来た湿地帯をはさんでむこう側のスロープの、頂《いただき》のあたりを見つめていた。

「どうした？」と私はきいた。

「あそこ……」と青年は指さした。「あの白い石が……動いています」

私はちょっと眼をこらし、

「石じゃない。羊だ……」

と言いすてて、青年に背をむけ、斜面をのぼりはじめた。

「ああ……ほんとだ」と背後で青年が間のぬけた声でつぶやくのがきこえた。「ここでは、羊まで鉱物みたいに見えますね」

私はまた背後をふりかえった。――黄灰色のスロープの頂上にならんで露出する灰色がかった白い岩の列の間を、同じような色合い、同じぐらいの大きさの、むくむくしたものが、三つ四つならんで動いている。その上をまた、同じような形の雲の団塊がいくつも動いて行く。

「そういえばそうだな……」と私は言った。「雲までそうだ。――不思議なことに、雲の形状と、地表の植物景観や動物相も似てくる。中東やアフリカの乾燥地帯へ行ったことはないかね？」

「行きました……」青年は大股《おおまた》に脚を動かして、私とならびながら言った。「でも、気がつかなかったな……」

青年は温かく湿気の多い国から来た。――夏の気温は三十度をこえ、年間平均降水量は千七百ミリをこえる。緯度は低く、太陽は冬でも高く、日照時間は長い。植物成長がよく、植生は見事で、植物の種類は三千種以上にのぼり、野山はどこでも濃い緑にべっとりとおおわれている。そういう所で生れ、育った若者には、乾燥気候というものは理解しにくいだろう。――シャドウ群島《アイランズ》では、年平均気温は九度、年降水量は三百ミリ前後、年によっては大雪が降り、五百ミリぐらいになる。

「少し休もうか？」

また後へおくれはじめた青年をふりかえって私はきいた。

「いや……大丈夫ですけど……」青年は息をはずませながら言った。「だめですね。都会生活をつづけていると、体がなまっちゃって」

私は立ったまま腰のバッグの蓋《ふた》をあけ、中から魔《ま》法壜《ほうびん》をとり出し、蓋にコーヒーをついで青年にわたした。

青年は口の中で礼を言いながらコーヒーをうけとり、二口ほどのんで大きく息をついた。

——この高さにまでのぼると、風がかなり強くなり、青年の長い髪を吹き乱し、コートの裾をひるがえした。光る空を、風にのってアホウドリが一羽舞っているのが、頭上高く望見された。

コーヒーをのみほして、魔法壜の蓋をかえす時、青年はふいに奇妙な微笑をうかべて言った。

「あなた、日本人でしょう?」

私はだまって蓋をうけとり、魔法壜の口にねじこんだ。——バッグの蓋をしめると、私はまた短い草におおわれた斜面をのぼりはじめた。

日本人——あるいはそうかも知れない。私の顔は明らかにモンゴロイドのそれだ。皮膚の色はそれほど濃くないが、髪も眉《まゆ》も虹彩《こうさい》も黒い。

私がこの島に住むようになってからもう十四年になる。——その前は、カリブ海のある小国の海岸ちかいジャングルの中で、頭を強打され、下着一枚でたおれているのを発見された。意識をとりもどしたのは、その国の首都の病院のベッドの中だった。意識はとりもどしたが、それ以前の記憶はもどってこなかった。気がついた時、最初に英語をしゃべったという。奇妙なことに、下着の内側に、二重に布をつけ、千ドル札が五枚ぬいこんであった。

その時から現在まで十五年間、過去の記憶は失われたままだ。どういうわけか、失われた記憶をとりもどしたいとか、自分の過去を知りたい、という欲求は全然おこらなかった。——時おり、何かの拍子に、過去の記憶の断片が、頭の片隅《かたすみ》をふっと横切ることがあったが、それもとらえがたいものであり、またその断片をたよりに、過去を掘り起してみようという気にもならなかった。

下着にぬいこまれていたドル紙幣のおかげで、私は病院の費用をはらい、かつその国の市民権を非合法で手に入れることができた。意識をとりもどした時の私の推定年齢は五十歳ぐらい、身長は一メートル八十二センチ強、体重七十五キロ、頑健《がんけん》で、歯も奥歯を一本ぬいてあるほか何の治療のあともなく、頭髪はややうすく、顔と胸もとがよく陽焼けしていた。その国の入国管理局に私の入国記録はなかったし、各国の大使館でも、私の顔を知っているものはなかった。ということは、私は正規の手つづきを経て、その国にはいったのではない、ということだった。何かがあって、どこか近くの外国領の島で後頭部をなぐられ、それからボートか何かでその国の海岸へはこばれ、ジャングルにすてられたのだ。意識をとりもどしてからしばらくして、私はスペイン語の簡単な会話を思い出す機会があった。あやしげなカリブ海風の中国語も思い出した。だが、日本語は、思い出す機会がなかった。——にもかかわらず、私の中には、ひょっとすると、自分は日本人ではないか、という感じが、いつも心の底のどこかに蟠《わだかま》っていた。

だが、意識をとりもどしてからの私には、自分が本当はどこの国の人間で、誰《だれ》であるか、ということは、まったくどうでもいいことになってしまった。市民権を得てからできた知人に請われ、その仕事をちょっと手つだって、自分にビジネスの才能のあることを発見したが、事業そのものには何の興味も湧《わ》かなかった。わずかな金をつくると、私はその国を出て、放浪の旅にのぼった。二か月ちょっとかけて、あちこち歩いたあと、ヨーロッパへ行くつもりで、格安の貨客船を探《さが》して乗りこんだ。その船がシャドウ群島《アイランズ》に寄港し、三日碇泊《ていはく》しているうちに、私は主島の港街の、ある未亡人に一目惚《ひとめぼ》れされ、そのままヨーロッパ行きをうち切って結婚し、半年後彼女の祖父の住んでいたこのコープス島に住むようになった。

それからもう十四年たつ。——島に来た時の先住者は、変り者のポーランドの独身画家と、ルネ神父だけだった。それから間もなくテッドが夫婦で流れて来て、空家《あきや》になっていたもう一軒の家に住みついた。ポーランドの画家は間もなく死に、彼が主島の港街のスーベニア・ショップとの間に持っていた契約を、私がひきついだ。私は水彩画が描けた。エッチングとリトグラフの技術は、画家が死ぬ前に手ほどきしてくれた。画家が死んで空家になった家へ、六年前から、グエン・クワン師が住むようになった。テッドと神父は、本土の銀行に預金と株券を持っている、ということをきいたが、クワン師がどうやって生活しているか知らない。時折り外国から送金があるらしいが、私たちはお互いにそんなことに関心を持たなかった。

妻のイヴォンヌは四歳の娘を連れて私と結婚した。娘は私によくなついたが、六歳になった時、学校へ上るため、街の知人にあずけ、十三歳の時、本土の首都にいる子供のない妻の親戚《しんせき》の家から養女同然にハイスクールへかようようになった。十六歳の時ボーイフレンドができ、今では同棲《どうせい》して、二人ともカレッジにかよっている。島へはほとんどかえってこなくなった。——もう子供ではないのだから、一人でやって行くだろうと思って、私たちはあまり気にしていない。

コープス島の生活は、私の気に入った。わずかばかりの牛と羊を放牧し、鶏《にわとり》を飼い、自家用の肉とミルクと卵を入手する。収入のほとんどは、私の島や動物のスケッチをスーベニアに売り、街の人たちの肖像画を描いて得る。本土の信託銀行にはイヴォンヌの債券がある。——それですべてが賄《まかな》えた。生活の単純さだけでなく、この荒涼たる島の、寂寥《せきりょう》が私を惹《ひ》きつけた。いくつかの才能とともに、私が失われた過去から持って来たものの一つに、ヨガか禅かの瞑想《めいそう》の習慣があった。本格的なやり方は、クワン師に一度教えてもらいかけたが、また我流のやり方にもどってしまった。私にはそれでいいのだった。

頂《いただき》ちかくのぼった時、青年はまたずっとあとにおくれてしまった。——頂上の、草一本はえていない巨大な露岩の手前で、私は這《は》うようにのぼってくる青年を待った。浅黒い顔が上気し、汗がしたたっている。風は露岩の頂で、びょうびょうと、笛のような鋭い音をたてていた。

「足が早いですね……」青年はぜいぜいのどを鳴らしながら、やっとすべる土をふみしめて私の傍に立った。「下で見るとそうは思わなかったが……相当な急斜面だな。——この岬には名前があるんですか？」

「ある……」と私はポケットからパイプをとり出しながらうなずいた。「スカル岬《ポイント》というんだ」

「スカル……頭蓋骨《ヘッド・ボーン》ですか?」青年はすっぱいような顔つきをした。「妙な名前だな。この島のコープスというのも、〝死体〟という意味でしょう?――何かいわれがあるんですか?」

「よくわからん。昔の海図にそうのっていたらしい……」

マッチを何本も風に吹き消された私は、手まねで青年からジッポのライターをかり、やっとパイプに火をつけた。

「一説には、沖から見たこの島の形が、横たわった死体のように見え、この岬が頭蓋骨のように見えるからだ、という。――もう一つは……これは伝説に属するが、……二百年前、イギリスかスペインの船がたちよって、はじめてこの島を上陸してしらべた時、あの湾の波打ち際に、一体の、頭のない骸骨《がいこつ》が見つかったからだ、という。その骸骨の髑髏《しゃれこうべ》が……」

「この岬の上にあった、というんですか?」

「ああ……この岩の上に、風でとばされもせず、沖の方をむいていた、という言い伝えがのこっている」

「気味の悪い話ですね――」青年は肩をすくめた。「まるでスティーヴンスンの〝宝島〟か……ポウの〝黄金虫〟みたいな話だ」

「ああいう話は別に純粋な空想ではないんだ。——カリブ海一帯はもちろん、こんな辺境の島々にも、イギリス、スペイン、フランスの私掠船《バッカニーア》が跳梁《ちょうりょう》した。荒っぽい連中で、結構殺しあいもしたらしい」

「だとすると、この島にもどこかに海賊の宝でもかくされているかも知れませんね」

「こんな大洋の果てでじゃ、おそう獲物もなかったろう」私は笑った。「それよりも、日本のトカラ列島の中の一つにかくしたという海賊キッドの宝でも探した方が……」

言いかけて私は口をつぐんだ。——トカラ列島の名を口にした時、青年が奇妙な眼つきでまっすぐ私を見つめるのに気がついたからである。

「やっぱりあなたは日本人ですね……」と青年は低い声で言った。「そうでしょう？——タカハシさん……」

「それが私の名かね？」

私もまっすぐ青年の眼を見かえしてきいた。

「どうして、日本人であることをかくしているんですか？」

青年は、さぐるような眼つきできいた。

この前彼がこの島に来て、私の家に滞在している間にも、そして今度も、私が十五年前のあの日より以前の一切の記憶を失っていることを告げていなかった。——二年前来た時、中田青年の英会話はもっとたどたどしく、私たちは簡単なことを話しあっただけだった。妻がそんなことを言うわけもなく、二人の友人が告げるわけもない。

私がそのことを説明すると、青年はちょっと息をのむようにして、私の顔をまじまじと見つめた。

「じゃ……別にかくしてたわけじゃないんですか？」と青年は少しかすれた声で言った。「でも……十四年もこんな所にいて……自分の過去を知りたいと思ったことは……」

「別にないね」と私は首をふった。「だが、それにしても、どうして、私のことをタカハシだと思ったんだね？」

「あなたの絵を見たんです」青年は青ざめた顔で言った。「サンフランシスコの知り合いの古物商の店で去年の春……古いものでしたが、ひと目見て、すぐあなたのものだとわかりました。水彩で――一枚は風景、一枚は人物――若い日本の女性でした。サインをたしかめたら、カルロス・ドミンゴじゃなくて、まったく同じ筆跡でS・タカハシと書いてありました。二枚とも……」

「なるほど――」私はパイプをふかしながらうなずいた。「それだけかね？」

「それだけじゃありません――ぼくは、古物商にその絵のもとの持ち主のことをききました。その古物商への売り主はすぐわかりましたが、それから二人を経て、最後の持ち主がわかりました。市街から金門橋をわたった対岸の、サウサリートに家を借りていた日本人が、日本へかえる時、家財道具などと一緒に売り立てに出したんだそうです。十三年ほど前のことです……」青年はちょっと息をついだ。「当時の家主の娘というのがおぼえていました。――女の絵のモデルは、その家に住んでいた若い日本女性だそうです。ずっと年上のハズバンドがいて、よく旅行に出かけていたが、十五、六年前、出て行ったきり、かえってこなかったそうです。女性は、日本へひきあげる前、その家で自殺未遂をやったそうです。ノイローゼになっていたらしい、と言っていました」

私はだまってパイプをふかしつづけた。――雲の団塊が、いつの間にか東の水平線へかたまってしまい、かわって西の方の空から、うす雲がはり出しはじめていた。午後から曇るかも知れない。

「まだあります……」青年は唾《つば》をのみこむように、のどぼとけを動かした。「あなたは……人を殺しているかも知れない。アメリカじゃなくて、東京で……」

「ほう……」私は若干心を動かされて、青年の口もとを見た。「誰を？」

「あなたの二度目の若い奥さんを……サンフランシスコで一緒に住んでいた女性の方は、留学生上りのあなたの愛人だったようですね。オオヤマ・ケイコと言ったそうですが……思い出しませんか？」

私は首をふった。――自分の名だという、高橋という名をきいても、大山という女性の名をきいても、何の動揺も起ってこなかった。

「日本へかえってからも、何とはなしにあなたのことが気になったので、十五、六年前の警察に失踪者《しっそうしゃ》として、捜索ねがいでも出ていないかと思って、新聞社で社会部の友人にたのんでしらべてもらったら、――そちらじゃなくて、殺人容疑者として指名手配が出ていました。海外へ出た可能性もあるとして、あとからＩＣＰＯにも手配しています。十五年と九か月前に……。もっとも容疑者はあなただけじゃなく、もう一人、殺された奥さんの若い愛人が逮捕されましたが、裁判で一、二審とも、証拠不充分で無罪になっています……」

「なるほど……」私はうなずいて、パイプをたたいて灰をすてた。「ところで、そろそろクワン師の所へ行ってやらんと、老師が腹をすかせていると思うがね……」

頂上部の巨岩の横をまわり出した私を、青年が呆気《あっけ》にとられて、ぽかんと口をあけて見つめているのが、眼の隅に見えた。——私はかまわず、巨大な岩の裾を右手の方から崖のほうへまわりはじめた。

「下りになるから、足もとに気をつけて……」何か言いたげに、小走りに追って来た青年をふりかえって、きつい声で言った。「この岩のむこうにまわると、風がもろに吹き上げてくる。——突風を食らって、ふらつくと危いぞ」

「あなたは……」青年はせきこむように背後から言った。「あなた……この話をきいて、何とも感じませんか？——何も思い出しませんか？」

「一つ、妙なことを思い出した……」急な下り斜面になって行く足もとを、注意深くたどりながら、私はつぶやいた。「日本の法律で、殺人罪の時効はたしか十五年だったな。——容疑でなくて、はっきりやったとわかっている時でも……」

「ええ……」青年は呻《うめ》くように言った。

「私のことを、日本の警察に教えたか？」

「言いませんでした……」と青年は言った。「あなたにかつて殺人の容疑がかかっていた、ということをぼくが知った時は、もう時効を二週間以上すぎていたんです」

岩肌《いわはだ》に片手を托して、もう一歩、足をふみおろしながらまわりこむと、冷たい潮風が、どっと下からたたきつけるように吹きつけて来た。

「さあ、ここからちょっと厄介だぞ……」風に顔をそむけながら、私は岩二つ上の青年にむかってどなった。「あまり下を見ない方がいい。――なれていないと、眼がくらくらするから……」

3

頂上の巨岩から、切り立った崖《がけ》を五メートルほどおりると、そこにやや平らな岩棚《いわだな》が海にむかってバルコニー状につき出し、背後の崖が奥へむかって三、四メートルえぐれて凹所《おうしょ》をつくっている場所があった。

クワン師は、その岩棚上の、ほとんど突端に近い所に、色あせたキャンバスのクッションをおき、粗い茶色の毛布をまとって、沖にむかって結跏趺坐《けっかふざ》し、瞑目《めいもく》していた。

その岩のテラスまでは、急といってもまだわずかに崖に傾斜がつき、岩壁にすがりながら、不安定な鋭い岩角や、くずれやすい石片を踏んで、何とかおりることができたが、そこから下は、五十メートル下の海面までほとんど垂直の断崖《だんがい》になっており、くずれやすい泥岩《でいがん》と、年中はげしく吹きつける風で、ザイルをつかってもおりるのがむずかしくなっている。――それでもかつては断崖に巣をつくる海鳥の卵をとりに、おりるものもいたというが、それも二十メートルばかりで、そこから下は、海蝕《かいしょく》と風蝕《ふうしょく》のため、断崖の下部がえぐりとられ、海面までの三十メートルが、ゆるくオーバーハングしており、懸崖《けんがい》の直下は、上からおちこんだ巨岩と、波浪にえぐられた崖面のあとが、怪獣の牙《きば》のように鋭くそそりたつ磯《いそ》になっていて、そこに正面から海流と風浪がぶちあたり、十数メートルも水を吹きあげる潮吹き穴が無数にあって、海からもまったく近寄れない。

船を出して沖合からこの岬《みさき》を見ると、船の舳《へさき》のように鋭角に空中につき出す断崖の頂上に、半球形の巨岩が黒く、不気味に、それこそ半分埋もれた頭蓋骨《スカル》のようににぶく光っているのが見えるのだった。

クワン師が坐禅を組んでいる場所には、海からの烈風がまともに吹きつけた。――偏西風帯に属するシャドゥ群島では、一年中強い西風が吹いている。年平均の風速は毎時十八ノットにも達し、大小八十幾つむらがる群島の中でも、西のはずれにちかいこのコープス島では、冬期に瞬間風速四十メートルをこえる風が吹きあれることが珍しくない。

そして、このスカル岬《ポイント》は、島の西北端から、真西にむかって、強い偏西風にさからい、はてしなくおしよせる大洋の波浪と潮流を切りさくように鋭くつき出している。

私より一分以上おくれて、足もとから小石を断崖の下にふみおとしながら、やっとテラスにおりて来た青年の顔色は、紙のようになっていた。岩棚に膝《ひざ》をつくと、こわごわ首をのばし、真下を見おろした。――直下五十メートルの海面で、波が岩礁《がんしょう》にくだけて、水中爆発のようにまっ白な水柱をふき上げ、煮《に》えくりかえる水泡《すいほう》となって、まるでスローモーション映画のようにゆっくりと輪を描いてよせてはかえすのが遠く、小さく見える。

「慣れないうちは、あまりのぞきこむな……」テラスの背後の凹所の奥で――底は風があまり吹きこんでこなかった――腰のバッグをはずして、中のものをとり出しながら、私はもう一度注意した。「気が遠くなって吸いよせられるぞ。――四、五年前にも、ヨーロッパの若いカメラマンが、眼がくらんだのか、突風にさらわれたのか、この上の岩場からおちた」

「死んだんですか？」

青年は、白っぽく粉をふいたようになった顔をこちらにむけてきいた。――唇《くちびる》の色までなくなっていた。

「助かるわけがない……」私は魔《ま》法壜《ほうびん》からコーヒーを紙コップについでのみながら苦笑した。「死体はこの下の岩にひっかかったが、海からまわっても、あの波と岩礁では収容することもできず、長らくそのままになっていた。――今でも、干潮の時、黄色いものが見えることがある、とクワン師は言われていたが、もう骨はばらばらになってさらわれてしまったろうが、ナイロン製のアノラックは、塩水ぐらいではなかなか分解しないからな……」

「死体が収容されなくて、しかも下に見えていたら、遺族は悲しんだでしょうね」

「遺族は誰《だれ》もこなかった……」私は湯気の立つコーヒーをゆっくりすすりながら言った。「パスポートは持ったままおちてしまったし、……島の入管の記録には、国籍はオーストリアで、住所はコペンハーゲンになっていたが、デンマーク、オーストリアどちらに照会しても、該当人物なし、の返事しかこなかった。友人なり恋人ぐらい、居そうなものだが……」

「いくつぐらいの人ですか?」

「三十四、五歳――あんたぐらいかな。赤っ毛で、小柄な男だった……」

その時まで私たちのことをまるで無視して、ごうごうと鳴る風の中で、不動の石塊のごとく禅定《ぜんじょう》に入っていたクワン師は、ふうーっ、と大きく息をぬいて、頭を海にむけて深く、長くさげ、それから坐禅をといて、クッションを手にぶらさげると、ひょこひょこと岩庇《がんぴ》の奥へやって来た。立ったとたんに、毛布が風でばあっとあおられ、細い、茶色の脛《すね》が、むき出しになった。

「ほいほい……」といったような奇妙な声をあげて、クワン師は私たちの傍に腰をおろした。「やっと昼飯か……今日はおそかったの、カルロス――」

「ぼくがついて来たものですから……」と青年は言った。「なれないもんで……ついおくれて……」

青年の方を見ずに、クワン師は紙に包んだ野菜サンドウィッチに手をのばし、ぱくりと口にほうりこんだ。――私は小さな水筒から牛乳を紙コップについで老師にわたした。

「すごい所で坐禅を組んでいらっしゃるんですね……」私の勧めた、マトンのサンドウィッチを一口食べて、青年はさっきまで老師のすわっていた岩棚の突端を、おそろしそうに見た。

「ああ……」クワン師はたてじわの一ぱい寄ったのどを動かしながら、くぐもった声で言った。「ここは、宇宙が一番よく見えるでな」

青年は、岩庇の上の空を見上げた。――西の水平線から、青黒い層積雲がのびて来て、満天一ぱいに放射状にひろがりはじめている。

「宇宙?……ああ、そんなに星がきれいですか? そうでしょうね……」と青年はつぶやいた。「夜も、坐禅をくまれるんですか?――こんな危い所で……」

「夜はやらんよ……」老師は牛乳をのみながら言った。「星なら今も見えている……」

青年は妙な顔をして、空を見まわした。

「ここからは地球の姿もよく見える……」クワン師は顎《あご》を水平線へしゃくった。「風を切ってまわっている様子がな……。あんたも坐禅をすれば、見えるようになる……」

「こういう場所をさがして、わざわざここへいらっしゃったのですか?」

「別にそういうわけではない――」クワン師は骨ばった手の甲で口をぬぐいながら首をふった。「こういう場所は、さがせば世界の中にいくらでもある。――私はこの島に、年をとりに来た……」

「年をとりに……」青年はコーヒーのはいった紙コップの中をのぞきこみながらつぶやい

た。「ヴェトナムでは、年をとれませんか？」

「自分の生れた土地では、なかなかむずかしいものだ——。あんたも、いずれわかるだろうが……」

サンドウィッチを食べ、コーヒーを飲み終ると、私はパイプに新しい煙草をつめ、火をつけた。——凹《へこ》みの奥では、風が少しはましといっても、ごっ、ごっ、と間歇《かんけつ》的に脈うちながら、海から吹きつけてくる烈風は、間をおいて奥まで吹きこみ、紙コップを吹きとばし、クワン師のまとった毛布をまきあげた。

西方から低気圧がちかづきつつあるらしく、空が雲でおおわれ、風が強くなりはじめた。気温も少し上りはじめている。——今夜おそくから雨になるかも知れない。

凹みから岩棚の端の方に体をのり出すと、岬全体が風を切って、びょうびょうとパイプオルガンのように鳴っているのが聞えるのだった。風と波は、水平線からごうごうとほえながらはてしなく押しよせ、波が岩棚のはるか下の岩礁に砕けて、どうん、という大砲のような音をたてると、岩棚の底から、不気味な震動がつたわってくる。風の吹きすさぶ断崖にそって、ウミツバメ、ミズナギドリ、アジサシ、カモメなどが、やかましく鳴きたてながら無数に乱舞していた。

「午後は少し早目にかえった方がいいですよ……」と私はクワン師に言った。「海がだいぶ荒れてきました」

「そうしよう……」と老師は言って、青年に語りかけた。「ところで、あんたはここへ、何をしに来なさったな？——海鳥を見るにしても、二度見るほどのことはあるまい」

「ただ、何となく……」そう言って青年は、ちらと私の顔を見た。「また本土の首都まで来る機会がありましてね。——船便をしらべていたら、すぐ出る便があって、何となくなつかしくて……」

「物を書いているそうじゃが、どんなものかな？——ミステリィか何かかな？」

「ええ、——そういったものも書きます。この二年間でわりとノンフィクションなんかが売れるようになりました。だいぶ雑誌や週刊誌にも名が出て来たんです。……でも、本当は、何か国際的な事件小説か何かを書きたいと思っているんです……」

「それで、休暇でもとって、この島へ来て、想を練ろうというわけかな？」

「そうですね……。まあ、それもあります。それにまあ——この群島を、舞台につかってみようかと思って……」

「そういうことなら、この島はあまり向かんじゃろう。——この島は、あまり宇宙にちかいからな……。ここは、人が年をとり、消えて行くためにくる所じゃ……」

青年はクワン師の言うことが、あまりよくわからないようで、救いを求めるように私を見た。——クワン師の、鼻音の多いフランス語訛《なま》りの英語が、よく理解できないのではないか、と、すこし自信を失っているみたいだった。

「あんた、結婚しているんだろう？」と、私は話題をかえた。

「以前は……」青年はちょっと眼を伏せた。「だけど——二年前にわかれました。前にこの島に来たすぐあと、離婚したんです」

「子供は？」

「娘が一人いました。――前の女房がひきとってます。腕のいい美容師ですから……」

「今は――独身かね？」

「同棲《どうせい》みたいにしている女はいますが――銀座に出ていて、今は自分で小さなブティークをやっています……」青年はふと気がついたように、挑戦的な眼つきになった。「だけど、なぜ、そんなことをきくんです？」

「別に……」私は腰をあげた。「さあ、われわれはひき上げよう。――老師の坐禅を邪魔しないように……」

革のバッグを腰に吊《つ》りながらふりかえると、たった今しゃべっていた老師は、胡坐《あぐら》をかいたまま、こっくりこっくり居眠りをはじめていた。

4

テッドは、角砂糖ばさみではさんだ、アルミ箔《はく》の皿《さら》を蠟燭《ろうそく》の炎にかざし、その上で灰褐《はいかっ》色《しょく》からセピア色に変色しつつある脂状《やにじょう》のものを、小さなフォークで丹念にかきまぜつづけた。――外はまっ暗で、風は相かわらずがたがたと窓をゆすっている。電灯は消し、テーブルの上のランプと蠟燭の明り、それに暖炉でパチパチと音をたてている泥炭《ピート》の炎だけが室内を照らしていた。すっかり塊《かたま》りがとけて、とろとろになった脂状のものを、テッドはテーブルの上においた阿片煙管《あへんぎせる》の火口に、注意深く、ほとんどのこさないようにかき入れた。――それがすむと、にっこり笑って、煙管をクワン師にさし出した。クワン師は手をふって、テッドに先に勧めた。テッドは私と神父にも、勧めるしぐさをし、私たちが身ぶりで勧めると、火口を蠟燭の火にちかづけて、深く、ゆっくりと煙を吸いこんだ。眼をつぶり、しばらく息をとめるようにして、ゆっくり煙を吐き出すと、テッドは、少しはなれた暖炉の前で酒のグラスを持っている中田青年をふりかえった。

「やってみるかね？」

「いいえ……」青年は、やや気味悪そうに肩をすぼめた。「ぼくはウイスキィをやりますから……」

「作用としては同じことだよ――」テッドはクワン師に煙管をわたしながら言った。「高等哺乳類《ほにゅうるい》の大脳の中では、阿片げしの子房で合成されるモルヒネの中間体にちかいものが、興奮した時や、刺戟《しげき》をうけた時に合成される。――THPという物質だが……それが普通なら別の物質にかわって行くのだが、酒をのんだ時に体内に生ずるアセトアルデヒドが、別の物質に変って行く反応過程に干渉し、THPをモルヒネの麻酔成分にちかいものに変えてしまうという学説がある。アルコールは体内での分解排出が早いから、モルヒネをのんだ時ほど大脳の麻薬効果が持続しないが――戦地の外科手術で全身麻酔がない時は強い酒をのませて鎮痛につかうし、モルヒネとアルコールは、どこか作用が似たところがあるのだ。――アルコールだって、慢性中毒になるし……」

「へえ……」青年は、信じられない、といった顔つきで、なめていたグラスをちょっと見つめた。「本当かな……。人間の脳の中で、麻薬みたいな物質が、自然に合成されるなんて……」

「テッドが言うのだから本当だろう」私はクワン師からまわって来た阿片煙管をうけとりながら口をはさんだ。「彼の専門は生化学だ。かっては有名な……」

つい言いかけて、私は口をつぐんだ。――そのことは、よそものには言わない約束になっていた。

「でも、麻薬類は大てい植物アルカロイドでしょう。――そんなものが、人間の体の中で、ひとりでにつくり出されるんですか?」

「生化学的レベルで見れば、植物と動物は、意外にちかいものだよ。何しろ同じ生物だからな」テッドは微笑した。「精神の基礎的作用は、また十九世紀のように、一つの複雑な生体内化学反応としてつかまえられようとしている。――植物のつくり出したさまざまな化学物質が、人間の大脳の生理、生化学過程に作用して、興奮させたり、鎮静させたり、笑わせたり、泣かせたり、幻覚を見させたりすることができるのが不思議だ、と思うべきだ。そういう現象は、外界に対する反応として、別に植物アルカロイドや向精神物質の助けをかりずに起るのだから、その時、植物から抽出された向精神物質を投与した時と、同じような化学物質が、自然に合成されている、と考える方が自然だろう。植物は、実に不思議な物質を無限につくり出す。――今だって、進化によって、無限に奇妙な物質の組み合わせを新しくうみつつあるにちがいないんだ。だが、植物の中に無限に存在する奇妙な物質と、動物や人間との〝出会い〟は、まだごくわずかだ。――いま欧米ではやっているLSDだって、一九四〇年代に、ホフマンが、麦角《ばっかく》の処理をしていて偶然その作用を見つけるまで、そんな物質が麦角にあり、大脳にそんな作用を起すとは全然知られなかったんだから……。ライムギに子嚢菌《しのうきん》というカビがつくことによって生ずる病気によって麦角ができることはずいぶん古くから知られていたし、この中にたくさんあるアルカロイドを、子宮収縮剤としてつかうことも、かなり古くから知られていたのに……」

「ネコ科の動物に対するマタタビの作用も不思議なものだな……」と私は煙管をルネ神父にまわしながら言った。「あれの〝出会い〟は、自然に起ったものかね？――人間が発見したものじゃないかな？　またどうして、マタタビが、ネコ科の動物を選択的に酩酊《めいてい》させるんだろう？　イヌ科は、全然何ともないんだ……」

「本当か嘘《うそ》かよく知らんが、もし本当なら、動物と植物の奇妙な〝自然の出会い〟が、食性によって起っている例があるという……」神父が阿片を吸いながら言った。「オーストラリアのコアラと、南米のナマケモノだ。――どちらも、木にぶらさがって、あたりの葉を食べちゃ、一生うつらうつらしている。コアラの場合、食べるユーカリの葉の油の中に、一種の麻酔成分があって、それで動作が緩慢になり、眠ってばかりいるんだそうだ。ナマケモノの食べる葉にも、同じように麻薬的成分があるという説がある……」

「まさに酔生夢死だな……」と私は言った。「人類にも食わせるといい。世の中が少しは平和になるだろう」

部屋の中に、軽い笑い声が起った。

「煙草や茶だって、アルカロイドがきいているんだからね」とテッドが考えこむように言った。「酒、煙草、茶、コーヒーなど、嗜好品《しこう》をふくめて、麻薬《ナーコティック》と人類の出会いというのは、実に不思議だ。香辛料だって、軽い中毒症状や習慣性があるし――香料に対するヨーロッパ人の渇仰《かつごう》は、ついに世界史をひっくりかえすところまで行ったんだから……」

「中国のもっとも古い伝説の皇帝に、神農氏《しんのう》というのがいるだろう。テッド……」神父が言った。「炎帝《えんてい》とかいう人物だ。――彼は農業をはじめるとともに、山野のありとあらゆる植物を食べて見て、薬になる何百種という植物を見つけ、農業と生薬の神様になった、とか言うが――本当にああいう時期が、人類にはあったのかも知れんな。特に中国人の食物に関する探究心、好奇心には頭がさがる。人類の食性を、こんなにものすごくバリエーションゆたかなものにしたのは、中国人、ペルシャ人、それにアメリカのインディオ文明じゃないかな。これから先、合成薬品をふくめて、また新しい、〝神農〟の探究とテストが必要になってくるんじゃないだろうか？」

「神農といえば、琴の発明者で、音楽の神様でもあるんだろう」と私はテッドの肩をたたいた。「何かきかせてくれよ、テッド……」

「今、それを考えていたところだ……」テッドは、緩慢な動作で、テーブルの上においた鞄《かばん》から、カセット・テープをとり出した。「ちょっと珍しいテープを持って来た。台湾にいる、中国の琴《きん》と箏《そう》の名人が、自分で作曲し、演奏したものだ。——北京《ペキン》からの亡命者だが、この道では世界的に有名な人だ」

私が次の間にテープレコーダーをとりに行っている間に、テッドは、赤い包み紙につつまれた虎牌《フーパイ》の生阿片をアルミ皿の上にのせ、二服目の阿片を練りはじめた。

「あんたは、全然こういう系統の薬をやったことがないのかね？」テッドはフォークを使いながら青年にきいていた。「アメリカにはよく行くんだろう？」

「ええ、まあ……少しはやってみましたけど」

「どんなものを？」

「マリファナとか……LSD——それに〃スピード〃っていうんですか？　ヒロポンみたいなやつ——アメリカではずいぶんはやっていますね。ギャングの資金源になっているらしい。——ぼくはだめでした。マリファナはあまりきかなかったし、LSDはひどいバッド・トリップで……」

「いいリーダーがいなかったんじゃないかな……」テッドは二服目を煙管につめながら首をふった。「大脳の中の化学反応過程は複雑微妙でね。ピン・ボール・ゲームのように、球をころがし入れても、どのピンにあたって、どの穴にはいるかまったくわからない。必ずすばらしいトリップができるとはかぎらないし、——ある程度自己訓練によって、反応を制御できるが……」

「日本人は、文化的にこういうものを好まないし、うけつけない……」神父が口をはさんだ。「不思議なことだ。ふえているとは言うが、アル中の比率だって、欧米にくらべれば、問題にならないほどすくない。――日本人は民族として若いからかな？　大麻だって、日本にはずっと古代からはいっていたのに、吸飲の習慣は全然はいらなかった。煙草はあれほど急速にひろまったのに……戦争前の日本では、モルヒネは薬局で自由に買えた。それなのに、中毒患者はすくなかった」

「上代には、仏教とともに、ある程度貴族階級にはいっていたかも知れん」私はテープレコーダーをテーブルにおきながら言った。「日本の奈良県に当麻《たいま》寺《でら》という寺がある。――真言《しんごん》・浄土《じょうど》兼宗の寺で、七世紀にたてられたという古い寺だ。この寺は今でも陀羅尼《だらに》助《すけ》という腹薬をつくっているが、もともとこの薬は僧侶《そうりょ》の眠気ざましにつくられた。――今は下痢《げり》どめ用で、そんな成分はないが、かつてその薬に、覚醒剤《かくせいざい》か幻覚剤か、向精神薬成分が秘伝ではいっていた可能性がないとは言えん。その寺に、中条姫伝説というのがあるが、あれはどうも、何か薬物による幻覚《ハルシネーション》じゃないかという気がする。――神道《しんとう》の方でも、神社からさずけられる神符の中に、大麻がはいっているが、これも大麻に一種の呪力《じゅりょく》がある、と思われていたからじゃないかな」

当麻寺の名を口にすると、中田青年は、何か言いたそうに私の顔を見たが、私は無視した。

「しかし、日本では、その実際の薬効は忘れられ、象徴としての意味だけのこった。日本人は〝毒〟をぬいて、美しい殻《から》だけのこした。——なぜだね？」

神父は、テッドの手から、二服目をうけとりながらきいた。

「さあ——日本の自然は変化があまりに多いから、そんなものは必要ないのかも知れん。ハシッシュと阿片も、〝時〟の圧力に直面するような、自然の単調な所ではやったからな」

「たしかに日本の自然は、そのままでサイケデリックだ……」神父は笑った。「自然がめまぐるしく変化するから、それにつれて、人間もちゃかちゃかめまぐるしく変化を追っかけている——。日本人の〝時〟の観念には、〝不滅、不動の永遠〟というイメージがないみたいだな……」

「真言、浄土は特にそうだが、仏教も密教系は、いろんな香料、香煙を幻覚剤につかっていたんじゃないかな」とテッドが言った。「ヒンズー教やゾロアスター、マニ、イスラムもその形跡がある。キリスト教でもギリシァ正教や東方異端は……」

「カトリックでもそうさ……」と神父は言った。「巨大な伽藍《がらん》、香煙、パイプオルガン、コーラス、ステンドグラスからさしこむ五彩の光、ゆらめく蠟燭《ろうそく》、——すべて幻覚《ハルシネーション》を起し、神秘体験を通じて、神や天国との接触感覚、ヴィジョンを現出させる仕かけだ……」

「坐禅もそうじゃ……」とクワン師が煙管をうけとりながらぼそりと言った。「ヨガの行でも、——インドという所は妙な所でな、体のつかい方、息の仕方で、薬をつかわなくても、恍惚《こうこつ》状態にはいれると知って……また、そう信じて、大勢の人間が、その方法を何千年にわたって追求して来た。むろん、バラモン教などでは、坊主の秘密として、さまざまの幻覚剤をつかって来たろうが……。もともと、麻薬や嗜好品は、飢えの感覚をおさえ、気分を晴れやかにさせるために、人類が見つけ出したものじゃ、と思うがね」

「中南米のインディオ文明では、それがきのこになっているわけだな……」と神父は言った。「〝薬物神学〟という学問があってね。――〝神はきのこである〟って大論文を書いた学者がいるくらいだ。――いわゆる大宗教といわれる仏教、キリスト教、イスラム教では、後代になるほど宗教を理性とつよくむすびつける傾向がある。プロテスタンティズムなど、特にそうだがね……」

「われわれの時代は、あまりにも理性を過大評価しているのかも知れんな……」テッドはにやにや笑った。「吸いこんだだけで、恍惚となる香りがあることを思うと、これから先は、〝古代の知恵〟である、フェロモンや向精神薬のことを、もっと考えなきゃいかんだろう。――人類の〝幸福〟のために……」

「ところで、テッド……」と私はクワン師からまわされた煙管をにぎりしめながら言った。「中国の琴の名手の演奏をきかせてくれよ」

「ああ……」テッドはのろのろとカセットをテープレコーダーにおしこみ、ボタンをおした。「一曲目は、――〝一羽の鴉《からす》〟という曲だ。中国の北の冬、一面の冬枯れの景色の中に、池が凍りついている。そこへ、一羽の鴉がやって来て、一羽が氷の上におりてすべる。と、またもう一羽が舞いおりる……」

ピーン……と澄んだ、金属的な弦の音がひびいた。――それだけで、灰色の、凍てついた北支の冬の空が浮かぶようだった。低音部が、重く、ゆっくりと、冬枯れの大地を、濃いセピア色で描いて行く。……全体として、高い、繊細な音色だ。きっと、螺鈿《らでん》や象牙《ぞうげ》の薄板をちりばめた、小さな、繊細な琴なのだろう。

低音部の弾弦が、まるく残響をかぶせながら雪でおおわれた遠景のぼかしをいれる。中音部の一本一本、はね上るような強いひびきで、前景の枯葦《かれあし》を描いて行く。そのむこうに高音部のアルペジオが、しらじらと凍った、白銀のような池氷を現出させる。――私は、中音部の枯葦の描き方に魅せられた。雄渾《ゆうこん》な筆力で、ぐい、ぐい、と大胆に描いて行く。まるで天才画家の墨絵を見ているようだ。墨のかすれやにじみまで、ありありと見える。……濃淡をつけて、節の所から葉がさっ、さっと描かれる。……ああ、あの枯葦は中途で折れている。

枯葦は描き出されるにつれて、冷たい風に蕭々《しょうしょう》とゆれる。――一陣の烈風が、葦全体をざっと鳴らして吹きわたったあと、風がはたとやみ、静寂が訪れた。

と――いつの間にか、池の傍に一本の枯木が天につきささり、その枝に一羽の鴉がいた。……高音部の単弦で、鴉が羽づくろいしているところがあらわされる。……羽音がして、もう一羽がどこからともなくとんで来て、別の枝にとまる。――二羽はしばらく羽づくろいしている。が……一羽がふと羽づくろいをやめると、突然ばたばたと池の氷の上にとびおりた。氷の上で、するりとすべる。つづいてもう一羽がとびおり、するっ、とすべる……。

——私は、深く煙を吸いこみ、しばらく息をとめて、そのイメージに見とれた。——濃いセピア色の前景、黒い葦、灰色の空、ごくあわい灰色にふちどられて白銀ににぶく光る池氷……その上にあそぶ、二羽のまっ黒な鴉……地平にかけて次第に濃くなる灰色の空を背景に、白雪におおわれた低い山や雪のつもった廃寺の塔がほの白くうかぶ。やがて、遠方に霏々《ひひ》と雪が降りはじめて、山や廃寺は消え、白い氷の上を、あるこうとしてすべり、羽をばたつかせる二羽の鴉と、墨色の葦のみが、視野の全景をしめる……。と突然、鴉はぱっととびたった。つづいてもう一羽、……二羽の鴉が、あっという間にとび去ったあと、動かぬ枯葦と白い池氷のみが、しん、とのこる……。

私はもう一服、ゆっくりと煙を吸いこむと、テッドに煙管をまわした。——まったく中国人は美の天才だ。冬枯れの野の、凍った池にあそぶ二羽の鴉……それは、それ自身以外の、何ものも意味しない。禅味すらない。その単色の光景が、「美」だ、ということを、彼らはこれほどよく知り、これほど純粋に表現することができる。純粋な美は、美以外の何ものも意味しないこと、美は、それが現前している間の恍惚以外、何ものでもないことを、これほどよく知っている民族、そしてそのことを、これほど純粋に表現できる民族とは、いったいどんな民族だろう？——これにくらべれば、日本の能の幽玄《ゆうげん》も、「魂」や「情念」といったものの重い根を切りはなしていない。その「様式」も「意味」の重い骨格をひきずっている。が、この曲はちがう。——凍った池に、二羽の鴉がくる……。純粋で、堅牢《けんろう》で、透明で、しかも恍惚とするほどたのしくさえあるのに、きらめくような金属弦のアルペジオが現前する間だけその「美」が現前し、消え失せたあとは、美しい残像、徐々に蜃気楼《しんきろう》よりもあわく消えて行く残像以外、何ものものこさない……。

「次は、箏曲——箏といっても、日本の十三弦より、ずっと小さいやつだ……」テッドは、しずかな口調で解説した。「曲名は……〃この世は夢であり、詩である〃……」

これはあまりにぴったりすぎたようだ。むしろ、無標題の方がいいような曲だった。

純粋な音楽——というより純粋な「技巧」が、その音のきらめき、たゆたい、うねり以外のすべてを消滅させて行く。旋律は存在する。かがやくばかりの黄金のひびきは存在する。がそれは現前したと思ったとたんに消え失せ、別の、思いもかけない所からあらわれる次のきらめきにとってかわられて行く。……この弦の音の存在する間、そのほかの一切のものは存在しない。暗い部屋も、うなだれるようにしてきき入る人間も、外の闇《やみ》も、窓を鳴らす風も……文明も、自然も、宇宙も……すべて現前し、次の瞬間消えて行く「美」によって溶《と》かされ、相対化され、一片の淡い夢となってたゆたいはじめる。——すべてが楽音に一瞬とらえられ、描かれることによって単なる「イメージ」にすぎないものにまで、その重くるしい「存在性」を昇華され、次の瞬間、そのイメージは、美しい破片となって雲散霧消する……。次から次へと幻影化されては消えて行くこの世界のあとにのこるのは、「時」のかろやかで、あえかなリズムのみである。

「すばらしいですね……」と中田青年が、小さく嘆声をあげた。「シタールよりも……」

前の曲より、この曲の方が、青年には気に入ったらしい。——というよりも、わかりやすいのだろう。

ラヴィ・シャンカールのシタール・ヴィーナの演奏なら、私も何度も直接聞いた。——かつては、レコードも持っていた。だが、あのすばらしいインド音楽も、この中国の琴《きん》の演奏にくらべれば、まだ「哲学的」すぎるような気がする。といって悪ければ、構築的、体系的すぎると言うべきだろうか? バッハよりさらに絢爛《けんらん》と構築的で、装飾的で、深遠にして華麗なウパニシャッド哲学の宇宙論をきいているみたいだ。アメリカ東部やカリフォルニアの、上流階級やアッパー・ミドルのスノッブのサロンで聞いたから、よけいそう思ったのかも知れない。何か「哲学的な深淵《しんえん》」に関するメッセージが過剰すぎるような感じだった。哲学好き、体系好きはインド文明の宿痾《しゅくあ》と言っていい。

だが、この音楽はちがっていた。——それはただひたすら、美しく、愛らしかった。それもすがすがしいほどきれいな、小柄な老人が、黒繻子《くろじゅす》の服を着、金襴《きんらん》でぬいとりした繻《しゅ》子《す》の靴をはいて、まっさおな空の下に一面に紅白の花を開かせている杏《あんず》の樹の下に立って、にこにことほほえみかけているような——そんな美しさ、愛らしさだった。……阿片と、琴の音楽——この上に玉の盃《さかずき》に古酒があればこれにこしたことはあるまい。阿片やハシッシュは、たしかに若年にとっては危険なものであろう。肉のたけりのはげしい青壮のころは、夢がなまなましい欲望にささえられ、惑溺《わくでき》もはげしすぎて、わが身をひきさく破滅の淵《ふち》への傾斜に簡単にのめりこむ。長い長いゆるやかな酩酊《めいてい》の中のたゆたいを陶然《とうぜん》とたのしむかわりに、即効性の、強く鋭い薬品で、爆発的な飛躍《ジャンプ》をいらだちながらくりかえそうとする。――若者たちには、健康な若い肉とともに、「未来」がありすぎる。「未来」がありすぎることが、彼らを焦《あせ》らせ、短気にさせ、未来との距離をちぢめようとするいらだたしいさまざまな試みが、かえってまた、その試みの苦《にが》い挫折《ざせつ》と、一刻の飛躍《ジャンプ》の幻影からの不快な覚醒《かくせい》をもたらすのだ。彼らには、息せききった飛躍《ジャンプ》しかなく、時の過去、現在、未来の枠《わく》をこえて流れ出す、真の意味での旅《トリップ》はない。……それは、もはや生身の未来はなく、肉の中を過ぎ去って行った思い出しかない、私たち老人にのみ……衰えた肉の炎が、小さな燠《おき》となって、はげしく燃え上るでもなく、といってすぐ消えるでもなく、徐々になくなって行く白い灰の下でほたほたとかすかに息づきながら、なおなごりのほのかなぬくみを保っているような、私たち老人にのみ可能な、老年にのみ許されたことなのだ……。

「もう一曲……最後は五十弦の瑟《しつ》の演奏だ……」とテッドの物倦《ものう》い声が、ずっと遠くできこえた。

「瑟か……」と私はつぶやいた。「潯陽江頭夜送客、楓葉荻花秋瑟瑟――か……」

「白居易《はくきょい》とは関係ない……。それに君の中国語の発音は、一箇所まちがっている……」とテッドが言った。「曲の題は……〝時と水〟……」

「あなたたちは、変った……変な人たちだ……」突然、大きな声で、中田青年が吐き棄《す》てるように言った。「まったく、……妙な人たちだ」

彼は彼なりに酔ったらしく、ウイスキィのグラスをわしづかみにして、妙になまぐさいぎらぎらした眼で、阿片の酔いに深く沈みつつある私たちをねめまわした。この場の雰囲《ふんい》気《き》と会話に溶けこめないいらだちと、老人たちに対する一種の怒りと嫌悪《けんお》が、その声音《こわね》にこもっていた。

が、その時、突如として、部屋の外の闇の底から、おどろおどろしく、地軸をどよもす波音がとどろきわたった。——波音は、闇をかきわけて、たちまち天を摩《かく》すほどに高まり、その波頭に、白く牙《きば》をむき出す泡《あわ》が見えた。

夜空をおおいつくすまでにそびえ立った波濤《はとう》は次の瞬間中天より天地を砕かんばかりの轟音《ごうおん》とともにくずれおち、すべてを粉々にかみくだき、ただ一面の渦《うず》まく泡と水流にかえしてしまった。引き波は一切をのみこんで、強い力ではるか沖合にはこび去ると見るや、その流れは、弧を描いて空へ舞い上り、いつのまにやら泡の波頭の頂《いただき》の上にあって、目くるめく高みから、冷たい、暗黒の奈落《ならく》にまでおちこんで行く……。

こんなことが何度くりかえされたろうか——ふと気がつくと、部屋も家屋も、島そのものも、一切がうち砕かれ、暗い波にのみこまれた。あたりは一面に黒闇々《あんあん》たる暗黒の大洋と化し、私たちは星もない夜空の下に、にぶく暗くたゆたう無数の波頭の間にもまれ、ゆられているのだった。

水天の合すると思われるあたりに、一陣の、夜の闇よりさらに黒い雲がわきのぼる。と、——銀線のように細く鋭い高音部の単弦が、はるかに遠くピアニッシモで鳴り、雲はいつしか島影にかわって、その頂から、白く、細く、一条の滝が海にかかるのが見えた。

白銀の滝は次第に大きくなり、粉雪のように細かい霧をあたりに舞わせながら、天心よりなだれおちて地軸をえぐる大瀑布《だいばくふ》となって、とどろきわたる水音とともに、視界を一ぱいにふさぎ、やがてすべてをつつみこんでしまう。——上下周囲、どちらを見まわしても、すべて白銀の飛沫、飛沫、飛沫だ。なだれおちるしぶきの中心にいて、体は無限に上昇しつづけるような気がする……。

瀑布の大轟音の底に、愛らしく透明な、せせらぎの音がいつの間にかしのびよっている。——あたりの岩につもる白い根雪や、岩陰の薄氷をとかしこみ、清流はちろちろと陽気に、春浅い陽ざしを反射しながら、岩と岩との間を浅い瀬をつくって流れる。つい、と青い小魚の影が清流を横切り、赤い小さな沢蟹《さわがに》が、泡をきらめかせながら、ゆっくり鋏《はさみ》を動かしつつ、岩場に出てくる。ぽたっ、と水音をひびかせて、真紅の椿《つばき》の花がおちる。淡紅の桃の、杏《あんず》の、桜の花びらが水面におちて散って行く。新緑の柳が水面をくしけずり、糸とんぼが水面に輪をつくる。——と、ゆるく流れる水面に、小さな無数の輪がかさなりあい……雨が降って来た。

大河——雪を頂く巍々《ぎぎ》たる山嶺《さんれい》は、青く地平にかすみ、うすく濁った大河は青紅の大地に段丘をうがって滔々《とうとう》と流れる。やがて山嶺が白く輝く雲の嶺《みね》にかわると、黄色く、また茶色に濁った水は、もはやどちらから来て、どちらに流れ去るかわからぬほど、ゆったり流れながら、見わたすかぎりの、荒涼たる赤褐色の大地の上をうねって行く。濁った水に青空がくっきりとうつり、もはや対岸も見えない。河岸をゆるく洗う波の中に、動物の、人の死骸《しがい》が、しずかに腐って行く……。

ふたたび、波……永劫《えいごう》の彼方から、はてしなく押しよせ、背後の過ぎ去った永劫の彼方へと消えて行く、無限の波の背……波とともに、波を逐《お》って、風もまた、宇宙の深淵より永劫にこの断崖《だんがい》に吹きよせ、砕ける波頭とともに、島の西の断崖を削り、やかましく鳴きたてる無数の海鳥を、白い、また灰色の、雪片のように舞わせ、吹きちらす。薄い雲を刷く空の上で、日はやや西にかたむき、押しよせる波の背を幾千万の黒く鋭いシルエットにしてうかび上らせ、また雲のヴェールがはずれると、金銀にきらめく光の斑点にかがやかせた……。

断崖の下から、カメラを手にして、ジーンズ姿の中田青年が上って来た。

「やあ……」と私は声をかけた。「写真はとれたかね？」

青年はだまって、私の隣の岩に、私とならんで腰をおろす。――風は耳もとでびょうびょうとなり、青年のややちぢれた長髪を後ろになびかせて、浅黒い、まだ幼い感じののこる額をむき出しにする。

「ここでは、いつでも同じ方向から風が吹くんですね……」

と、青年はぼそりと言った。

――この言葉を、彼から何度きいたろう？　温帯モンスーン地域で、四季、風の方向のかわる島国で育った青年は、一年を通じていつも同じ方角から風の吹く地域が、この地球上に存在する、ということが、まだ体にのみこめないのだろう。

「言ったろう――ここは偏西風帯だから……」私はパイプをとり出した。「亜熱帯には貿易風帯といって、いつも東風の吹いている地帯が地球をとりまいている。――高緯度帯には、南北とも、一年中西風の吹く地帯がある」

「この風は、ずっと昔から吹いていたんでしょうか？」

「おそらく、地球上に大気ができた時からだろうな……」と、私は言った。「貿易風や偏西風――いわゆる恒信風帯というのは、太陽熱と地球の自転による大気の大循環によっておこるのだから……」

「そうすると――この風は、地球ができてから何十億年もの間、ここを吹いているんでしょうか？」

「いやいや……」私は首をふった。「そうじゃない。知らんかね？　地球の自転軸はしょっちゅうかわっているからね、――四億五千万年ほど前、北極は今の南太平洋のあたり、南極はアフリカのサハラ沙漠《さばく》の北部にあった。それから、北極は北上してアジア大陸を通って動いて行き、南極はアフリカを南下して動いて行った。――恒信風帯は、その時その時の、亜熱帯付近と、緯度四〇度付近にあったんだ……」

青年は口をうすくあけて、ぼんやりした眼付きで水平線を見た。――押しよせてくる風と波の彼方に、数億年をへだてる〝時〟というものをとらえようとしているような眼つきだった。

だが、億年をこえる〝時〟を、胸の底にとらえるには、彼は若すぎるようだった。――

精神は、〝時代〟のフェンスをこえて、その彼方にひろがる悠久《ゆうきゅう》を垣間《かいま》見ようと必死に背のびしていたが、彼の魂は、まだ充分に、背丈がのび切っていないようだった。

「不思議なことに、この島――シャドゥ群島《アイランズ》の地質は、とても古い……」私はパイプを吸いつけながら言った。「ほとんどが古世代初期、四億年から五億年前の堆積岩だ。ほんの一部に、二億年ほど前、中世代ジュラ紀の地層がのこっている。――こんな大洋のまん中に、どうしてこんな古い地層の陸地がぽつんとのこっていたのかよくわからないが……あんたの腰をおろしているその泥岩も、おそらく日本列島よりずっと古い岩石だ――四億年ぐらい前の、浅い大洋の底につみかさなった泥が、岩になったものだろう」

「そんなに古いものですか?」青年は珍しそうに、腰かけていた、うすい褐色をおびた灰色の岩を見まわした。「でも、不思議ですね。どうしてそんな古い陸地が、こんな大洋のまん中にぽつんとのこったのか……。古い地層が隆起したんでしょうか?」

「そうじゃない――」私はパイプで西の水平線をさした。「ここからまっすぐ西に千キロほど先に大陸がある。――かつては、その大陸が、東の大陸と切れて、西へ移動した時、一部の陸地のかけらが、西の大陸からとりのこされたのだ、と考えられていた。だが、調査がすすむと、この島の地質は中世代末から新世代第三紀の地質をもった西の大陸よりずっと古く、むしろ六千キロ東の、古い大陸の一部――楯状地という、古世代の古い地質とそっくりだということがわかった。西の大陸が、東の大陸と切れて、新しい造山運動をともないながら西へ七千キロ移動した時、どういうわけか、東にある大陸の、古い地質のほんの一部がちぎれて、西の大陸のあとを追うように、六千キロ漂《ただよ》って来た、ということらしい……」

「シャドウ群島《アイランズ》というのは、どの島も、地層が東にかけて傾斜して、西の方が切りたった断崖になっていますね……」青年は眼下五十メートルほどの断崖を見おろした。「西の方が、逆断層でもり上ったんじゃないんですか?」

「そうじゃない――たしかに地層は西から東へかけてゆるく傾斜しているが、全部の島の西側が、急な断崖になっているのは、おそらく何千万年にわたって、偏西風と波浪に削られたからだ……」

私たちのすぐ傍の、大きな岩に、二羽のアホウドリがおりたちむかいあって、優美な灰色の羽を一ぱいにひろげ、淡いオレンジ色の嘴《くちばし》をあけて、やかましく鳴きたてた。――急斜面を十数メートルくだった所、岩石と草におおわれた泥湿地に、アホウドリの群棲《ぐんせい》地がある。ふわふわの灰色の毛におおわれた、ぬいぐるみのおもちゃのような雛《ひな》たちが、何百羽となく、泥をつみあげてつくった円錐《えんすい》台型の巣の上にすわって、両親が餌《えさ》をはこんでくれるのを待っているだろう。

「ここへすわって、西の海を見ていると……」青年は光る水平線に眼をほそめ、かすれた声でつぶやいた。「波と風があとからあとから押しよせて、この島全体が西へむかって進んでいるみたいだ……」

「そうだ……」私はうなずいた。「この島は、今も実際に、年間三センチメートルのスピードで西へ進んでいる。――だが、それ以上に、ここは〝岬〟なんだ……」

中田青年は私たちのすわっている斜面の右手、海中へ深く、高くつき出している岬に視線をうつした。――岬の頂には、あの巨大な丸い岩が、黒く、にぶく光っている。

「クワン師は今日あの岬で坐禅ですか？」

と青年は言った。

「そうだ……」私もスカル岬《ポイント》をながめた。「だが、別にあの岬にかぎらず、この島全体が、地球から宇宙へむかってつき出した岬なんだ……」

青年は岩の傍の草をちぎって、その茎《くき》を口にくわえた。

「地球上には、いくつか、こういった宇宙にむかってつき出した岬がある……」私はパイプをふかしながらつづけた。「そういう所では、この地球をふくめて、宇宙がよく見える……。広大な宇宙と、億万の星と、星雲と……そしてその暗黒の中を、燃えさかる太陽とともに、エーテルの風を切ってまわりながら進んで行く、地球という船が……」

「あなたたちはみんなクレイジィだ……」青年は草をかみながら言った。「阿片やハシッシュの中毒で――頭がおかしくなっている……」

「ヘロインやモルヒネとちがって、阿片吸飲はずっと緩慢に習慣性がすすむ――特に私たちのように、ずっと年をとってから、ほんのわずかずつやっていれば――私はこの六、七年やっているが、まだ全然禁断症状というのはおこらない……」私はかまわずつづけた。「ここは、何度も言うように、地球から宇宙へむかってつき出した岬だ。――地球という船の、舳《へさき》の一つなんだ……。ここにすわって、風と波と、日と月と星にむかっていれば、濁った地上、汚《よご》れた人間社会よりずっと宇宙がよく見え、身近に感じられる……宇宙と、その時の流れが自分の中を貫いて行くのが感じられ、自分が宇宙の微塵《みじん》の一つにすぎず、しかも微塵であってなお宇宙の一員として宇宙と同じ変化を生きていることが感じられる……」

「〝宇宙がよく見える〟……か……」青年は草の茎を吐き出して、煙草をくわえた。「まるで、天文台みたいだ……」

「そう――この島……この〝岬〟は一種の天文台だ……。望遠鏡のない天文台だ。望遠鏡が発明される以前でも、天文台はいくつでもつくられた。バビロンでも、アッシリアでも、中国でも……。人間は、昔はもっと宇宙のことをよくわかっていたんじゃないかという気がする。科学的な観測機械がないかわりに、宇宙のことを、もっと身近に感じ、宇宙をふくめて、一切のことを考えようとしたんじゃないかと……。人間は、今よりもっとよく、宇宙のよく見える、宇宙が身近に感じられる〝岬〟のことを知っていた。荒野……高山の頂……孤島……〝岬〟がない時は、彼らはそれをつくった……。ピラミッド……ジッグラト……バベルの塔……イースターの石像……」

「何だか、デニケンみたいなことを言いますね……」

「おかしいかね？」私は軽く笑った。

「どうして、あなたみたいな人が、宇宙がどうの、などと言うのかと思って……」

「年をとったからだ」と私は言った。

「あなた、本当に、自分の過去に興味ないんですか？」青年は探《さぐ》るような眼つきで私の顔をのぞきこんだ。「あなたは……奥さんを殺したかも知れないんですよ……高橋さん……。それに――あなたは、日本社会のある方面で、かなりの……一種の大物だった……」

「興味ないね」私は首をふった。「私が何であったにせよ……もう十五年もたってしまった。――どうせ、あんたには何もわからんだろうが、あのクワン師だって、一九六〇年代のサイゴンで、どんな立場だったか、しらべて何かわかれば面白いかも知れん。テッドだって、香港《ホンコン》、台北、そして上海《シャンハイ》とサンフランシスコで――十二年前の彼の〝影〟を見つけることができれば……。そしてルネ神父も……神父と、今もわれわれはよんでいるが、彼が中南米で、どんなことをやって聖籍を剝奪《はくだつ》されたか……。だが、ここでは誰《だれ》も、そんなことは問題にせん。クワン師が言ったように、私たちは年をとりに、この島へ来た。あのごたごたした文明の中では、人間は〝老人〟にさえなれん……。年齢だけが見ることを可能にしてくれるものを、あの喧騒が邪魔して見させてくれんのだ……。年さえとれない、ということは、〝老人の未来〟をうばうことだ。で――私たちは、老年の未来をとりもどしにこの島へ――〝岬〟へ来た……。人間は、自ら意志し、自らの人生を守る賢明さを持たなければ、せっかく長生きした人間にのこされている〝老人になる〟可能性さえ無茶苦茶にしてしまうのだ。肉体が衰え、頭がぼけ、暦数年齢だけふえて、まだ青壮時の我欲、煩悩《ぼんのう》に苛《さいな》まれながら、醜い妄執《もうしゅう》の中で死ななければならん……」

「年をとると宇宙が問題になりますか？」

「近代物理学で言っている宇宙ではないよ。――宇宙のイメージだ……物理学は、イメージをつくる手段の一つにすぎん……。問題になるのは、その中に自分が含まれ、自分の中を貫いて流れて行くことを感じさせる宇宙だ……。人間が、ずっと古代から、……まだ文明もきずきあげぬころから、野獣や鳥たちと一緒に感じていた、あの宇宙だ……。生れ、生き、人生をきずいた上で、さらにその先に年をとって死んで行くには、宇宙の一番よく見える所で、毎日それを眺《なが》め、呼吸しなくてはならん。幸福な死に方というものは、突然死ぬことではなくて、次第次第に、地上の存在を消して行き、透明になって宇宙の中へ消えて行くことだ……」

「この〝岬〟から……」青年はちょっと唇を曲げて言った。「宇宙へむかって飛ぶんですか？」

「人間は飛びはしない……」私は微笑した。「人間は飛ぶ必要はない。人間にはイメージをつくる力があるのだから……。だが、鳥は飛ぶ……。アホウドリの骨を見たかね？」

「ええ、この下で、たくさん……」と青年は顎《あご》をしゃくった。「くさりかけた死骸《しがい》も見ました」

「すべてのアホウドリが飛ぼうとするわけではない。若くして死ぬのもいるし、年をとって死ぬものもいる……。だが、中に、とりわけ体が大きく、りっぱな、年をとったアホウドリの中で、稀《まれ》にその最期を、宇宙にむかって飛ぼうとするものがいる。――私は二度見た。老いぼれて、嘴《くちばし》がひどく傷つき、羽もぼろぼろになった巨大な年とったアホウドリが、よたよたと岩にのぼり、風のもっとも強い、もっともつき出た断崖のはしに行って、風をうけてとびたとうと羽をひろげるのを……」

「で——その鳥は、とびましたか？」

「いや——一羽は石のように下の岩礁へおちて行った……」私はすっかり灰になった煙草を、針金でパイプから掻《か》き出しながら言った。「もう一羽は、……突風に吹き上げられ、あの岬をこえて、ずっと上の方まで吹きとばされて行った……」

「坊さんがおりて来ます……」と青年は岬の方を見ながら言った。

眼をはせると、黒光りする丸岩の少し下のあたりを、ぽつんと黄色い点が動いていた。——杖《つえ》をつき、まばらな緑と、茶色の土におおわれた急斜面をゆっくりおりてくる。

「やっぱりぼくには、あなたたちのやっていることは逃避としか思えませんね……」突然青年は腹だたしそうに、声を荒らげて言った。「あなただってそうだ。もっともらしいことを言って、結局自分の過去から……人生から、過去の罪や、家族や、社会的責任、やりかけの仕事といったものから眼をそむけ、逃げているんだ。その〝宇宙〟とやらへ逃げこみ、やるべきことから眼をそむけ、自分をごまかすために、阿片に酔っぱらい……、あなたの記憶だって、日本のことを、あれほどくわしく知っていることを見ると実は、もどっているのかも知れない……。それをかくし、あるいは無理に忘れるために……」

「今の私には、社会的責任などというものはない……。義務もない……、意識して逃げたわけではない。偶然が私をそういったものの一切の連鎖から押し流してしまった……」

　私は二服目のパイプをつめながらゆっくり言った。

「流されて、気がついた時、私には手もとにのこされた何もなく、あるものは自分の晩年だけだった。――そして、この〝岬〟にまで流されてくると、文明や人の世は、いかにも小さく、遠く見える……。私自身が、そういったものから遠くなってしまった。――過去が私をとらえ、ひきもどそうとすれば、別に拒みはせんが、もう私には、二度と心底からその世界にかえり、心底の衝動からしのこした責務を果す気はない。――もう私には、あのややこしく、小うるさい人間の欲望のからまりあった、責任とか義務を、本気に果す気はない……。私は年をとり、やがて死んで行く……。いつかあんたは、羊を岩と見まちがえたが、私もここの岩と同じ、鉱物にかえって行くのだ。あんたが――若いあんたが、いくらいらだっても、それをどうしようもあるまい……」

「わかりました……」青年はなお腹だたしそうに、まるでだだっ子がふくれかえっているような調子で唾《つば》を吐いた。「あなたには、人類が核戦争でほろびようが、飢餓《きが》で死のうが、どうでもいいんだ。――あなたは、もう半分死んでいるんだ……」

「その通り――半分死にながら、自分の老年を生きている……」私は青年のすね方がおかしかったのでつい声をたてて笑った。「欲望や、怒りや憎悪《ぞうお》……つまりはのぞんで得られず、挫折《ざせつ》し、自らはずかしめられたと思いこむ屈辱感だろうが……それに、無いものねだりの変身願望からくる自己顕示欲……そういったものに翻弄《ほんろう》されながら、そういったものに忠実に生きることだけが、〝熱い〟人生の生き方だ、と思いこみ、その熱い欲望の衝突とからまりあいの延長に〝文明〟を見ていれば、腹も立つだろうが……だが、そういったものから切りはなされて見れば、人類文明などというものは、いかにもかぼそい、束《つか》の間《ま》のものにしかすぎん。――トルネードというものを見たことがあるかね？」

「いいえ……」

「北アメリカの中南部をよくおそう大竜巻だ。――文明というものは、そのトルネードに似ている。近くで見ればいかにもすさまじい。中に巻きこまれれば、時速百キロから二百キロというすさまじい風が渦《うず》巻き、途中の何ものをも巻きこみ、吸い上げ、吹きとばさずにはおかない……。が、何キロかはなれて見れば、それはかけ足であっというまに短い距離を通りすぎて行くつむじ風にすぎず、天気図の上では、点としてもあらわすことのむずかしいような存在だ。――月へ行き、地表を電波でむすんでも、文明とはしょせんそんなものじゃないかな？――トルネードの破壊のあとのように、過去いくつもの大文明の痕跡《こんせき》はのこっているが、それもいつかは消えてしまった……。文明の外に、宇宙的時間があり、人間はもともと、その中から生れて来て、その中にかえって行くものだ……。ここには、そのことを感じさせてくれるものがいくらもある……。その岩は、四億年前の浅い海の底にある、ふわふわの泥だった……。四億年たって、今ここに……断崖の上にあり、あんたがそうやって腰かけている……。この島は、一億年から二億年前に地上にあらわれ、削られては沈み、また浮き上りながら、六千万年かけて、六千キロの距離をただよって来た。

六千万年の間に、島の西側はこうやってもとの姿の半分に削られ、何十万年か前から、断崖に鳥たちが巣食い、その上で今、私たちがこうやって話している……。――人間も、この〃もう一つの時間〃の中から生れて来たのだ。人間をうみ出すのに、地球は四十億年かかった。人間らしい存在になってからでも、五万年、十万年たっている。その間、人間は文明なしに、鳥や岩石や島と同じ時間の中を生きてきた。――文明はわずか五千年、それもとぎれとぎれだ。ここにくれば――宇宙と地球のよく見えるこの〃岬〃に来れば、文明が、いかにもかぼそく、小さく、束の間のものに見えるのも当然だろう。人間は――この私は、文明なぞより、ずっと古いものをうけついでいる。たとえ未開人や原始人でも、一人の人間は、文明のうみ出した高エネルギーの渦の中でとりきめられた〃時〃より、ずっと長い〃時〃を生きている……。文明というものは〃約束事〃のつくり出したものにすぎないから、人間が所与において属している〃時〃と性質のちがう時間を持っている。だが、人間は、いつかは――年をとれば文明の〃時〃からはなれて行くし、もとの〃時〃にかえることができる……」

青年はだまって短くなった煙草をはじいた。――煙草は風に吹かれて、斜めに草の間におち、ほんのわずかの間、うす紫色の煙をあげていた。

「あんた……ここへ来てから、何も書いていないようだな……。メモも、ノートも……」

私はいたわるように言った。「小説を……書くと言っていたな……。国際事件小説とか……戦争や、革命や、スパイや、陰謀や、セックス、金、暴力、テロ、冒険、……そういったもののからまったものを書くつもりだろう。――それには、あまりここはむかんかも知れん……。ここでは〝時〟が、あまりに拡散しすぎている……。宇宙や死について考えるにはいいかも知れんが……」

傍の草が鳴って、クワン師の、てらてら光る茶色の頭があらわれた。

「早いですね……」私は水平線の上の、太陽の高さをはかりながら言った。「今日は、もう坐禅はおしまいですか?」

「邪魔がはいっての……」とクワン師は眉《まゆ》をひそめ、口をもぐもぐさせた。「あの岩の左手の十字架、この間の風でたおれたんじゃろうか? 石の十字架をふきとばすほどの風が吹いたかな?――それとも、だれか、不注意で蹴《け》りおとしでもしたか……」

私の横で、青年が、びくっとしたように顔をあげた。

「へえ……」と私は岬の上の岩を見上げた。「で、どうしました?」

「あの四年前、あそこからおちて死んだカメラマン……あれはまだ、成仏しとらん……」クワン師は私のすぐ横に腰をおろしながら言った。「えらい邪魔されての……。ひき上げてくれと言うて……。さびしがっとるようじゃったが……、わしではだめじゃ。神父にミサをあげてもらわにゃ……。相手はキリスト教徒じゃから……」

「あんたたち……」青年が突然岩から立ち上り、まっ白な顔をして、後ずさりしながら、上ずった声で叫んだ。「あんたたち、ほんとに頭がどうかしている! ぼけてるんだ! 阿片ののみすぎで……狂ってるんだ!」

波は、なおも永劫《えいごう》の彼方からおしよせてくる。――岩を嚙《か》み、空に砕け……またはてしない砂浜に、さかまく怒濤《どとう》の壁となって轟々《ごうごう》ととどろきながら渦を巻いて立ち上り、なだれおち、大地の底をゆさぶる。――五十弦の瑟《しつ》の低音部がいっせいに轟《とどろ》き、うねり、短くなった蠟燭《ろうそく》の火と、芯《しん》の焦《こ》げたランプの明りにぼんやり照らされた室内をゆすり上げる。壁は消え失せ、島も消え失せ、あたり一面は再び煮え沸《たぎ》る夜の大洋に変って行く。

ふいに中音部が、濁った不協和音をひびかせ、不協和音はふるえながら何度かゆれかえした。――と、荒れ狂う波間に、ふとゆれる帆柱が見えた。帆をたたんだ一隻の中国の漁船が、船腹を横ざまに空へむけながら、波頭から波の底へと、木の葉のように翻弄されていた。怒濤《どとう》が中天よりさかしまに扁舟の上になだれおちる……。船はたちまち帆柱を折られ、舷《げん》を破られて水漬《みずびた》りになる。――沈む……裂けて、沈んだ……。青黒い静かな水の底に、裂けた船がゆっくり沈んで行く。が、突如として高音部が美しくきらめきながら救いの手をさしのべる……。海が凪《な》ぐ……。嘘《うそ》のように……荒れ狂う怒濤は、絨毯《じゅうたん》を巻くように、一方の水平線に押しやられ、あとにきらきらと美しい小波をたてた、湖水のような海があらわれた。

高中音部の長調《ドゥール》の和音が、まるく、美しくひびいて、水平線にぬれぬれとした、銀盆のような月があらわれた。――月の光が、水平線から手前へかけて、ゆらめく銀の橋のようにのびてくる。その月と、水面にゆらぐ月光を背景に、今、波に裂け、沈んだ船のシルエットがうかぶ。——船はするすると、真紅の帆を上げた。

月は水平線をはなれた。たちまちにして高く高くのぼる。と、海面《うなも》にのびる月の光は、たゆたう海をはなれて、月もろとも中天に高くのぼって行く。それは金銀にかがやく川となってうねりながら、たちまち月を貫き、日をかすめ、億兆の星が輝きながら渦まく銀河の大環流へと流れこんで行った。——光の川……星の大渦……〝時の流れ〟はやがて銀河もこえて、数々の島宇宙が青く、わびしくまたたく宇宙の闇わだの中へと放たれ、虚無と酷寒の大洋をわたりながら、なお暗黒の流れであることをやめない。やがてその暗黒の虚無の海流は、さらに宇宙のはてのはてを経めぐり、億兆年を須臾《しゅゆ》に経ながら、ふたたび銀河へ、地球へ、大洋の中の小さな島へ、陋屋《ろうおく》の部屋におかれた、中古のテープレコーダーへとかえってくる……。

短くなって、蠟涙《ろうるい》をまわりに一ぱいにたらした蠟燭の火が、せわしなくはためきはじめた。——じい、じいと、誰かの吸う阿片の焦げる音が、かすかにきこえる。——弦は、まだかすかに鳴っている。低音部の残響の奥になお、蠟涙の滴《したた》るような、ささやかな、〝時の雫《しずく》〟の最後のしたたりをきかせている……。

「!」

と——ふいにクワン師が、今までうつらうつらと閉じていた眼をぱっと見開いた。

「死んだ……」とクワン師はかすれた声で言った。——眼が、またたく蠟燭の炎に、石のようににぶく光った。「あの若者が……死んだ……」

「そんな……」と神父が眠たげな声で言った。「彼があの岬の断崖からおちたのは、きの

うの夕方です……」

「いや――岩礁の上におち、全身の骨がめちゃめちゃになりながら、今まで虫の息があっ

た。――が、潮が満ちて、大波がさらい……たった今、息をひきとった……」

「そんなばかな……」私は重い目蓋《まぶた》をむりにこじあけながらつぶやいた。「彼なら……つ

いさっきまで、そこで……暖炉の傍で、ウイスキィをのんでいた。――寝室で寝てるんだ

ろう……」

「いや……たしかにきのう、おちて死んだよ……おれは見た……」とテッドが呻《うめ》くように

ゆっくり言った。「あのばかな……赤毛のカメラマンめ……カメラをかまえて、岬の上か

ら……海へむかってとんだんだ……。LSDの飲みすぎで……鳥にでもなったつもりだっ

たんだろう!」

「夜が明けたわ……」

無線電話《ラジオ》の前から立ち上った妻は、くしゃくしゃの頭に、ガウンをひっかけたままの恰《かっ》

好《こう》で、居間を横切り、窓の所に行ってカーテンをかかげた。――短い夏の夜は、だがまだ

ほの明るくもなっておらず、外には漆黒《しっこく》の闇の底をゆすって行く風の音があるばかりだっ

た。

「船が湾にはいってくる……」妻は暗い窓を見つめながらつぶやいた。「さっきラジオで、

今日、前に家に泊ったことのあるお客がくる、と言ってたけど……この風と波じゃ、とて

もボートはおろせないわね……」

蠟燭が、二、三度大きくまたたいて、ふっと消えた——。あとには、赤く濁ったランプのうす暗い光と、暖炉にかすかに息づく泥炭の燠《おき》の明りが、わずかに床の一部を照らすだけだった。

部屋がうす暗くなると、島の斜面の背後で、岬の突端が夜空の底をたえ間なくわたって行く風を切る音が、一層はげしく、ごうごうと聞えてくるのだった。

ゴルディアスの結び目

——かつて、それは「部屋」だった。

間口五メートルに奥行き七メートル、高さ四メートル、特殊合金製の鉄筋を入れた特別製のPSコンクリートの柱で四隅をささえられ、壁面も、天井も、床も、内装をのぞいて、厚さ四インチの鉄板、PSコンクリートのパネル、さらにその外をぶあつい鉄骨入りのベトンでかため、それ自体が頑丈《がんじょう》きわまりない、「箱」のようなものだった。

いま、それは、直径二十五センチ弱の、表面にわずかに凹凸《おうとつ》のあるボールになっている。にぶい光沢をはなつその表面には、血管のように細い線がはいまわっている。——かつて、「部屋」の構造の一部だったL型鋼やI型鋼の一部である。よく見れば、毛筋ほどになった鉄筋も見わけられる。

「部屋」が崩壊した時、その体積は数秒間で百分の一ほどになった。室内の機械類はもとより、空気、水その他何ものも外へ逃れ出るものはなかった。圧壊後、二時間たった時、「部屋」は一辺約六十センチの、ほぼ正六面体にちかい形状になり、二十四時間後、直径五十センチの球状となって、以後、一日について二パーセントから三パーセントのわりあいで縮まりつつある。計測の結果、当初の「部屋」の総質量は、ほとんど失われていない事がわかった。すなわち、「部屋」は、原因不明のまま、高密度に圧縮されたのであり、現在の重量は約五十トン、密度にして六百九十をこえ、これは地球上に存在するもっとも高密度の元素の三十六倍以上になる。

かつて「部屋」だった球体は、精密な特別観測室の中におかれており、それによれば、球体は一日あたり、ほぼ五十グラム、すなわち百万分の一の質量を失いつつある。表面からの揮発はみとめられず、むしろ球体表面は、周辺の気体分子を吸着しつつあるので、この質量損失は、どこに行ってしまったかわからない。球体の表面温度は二十五度Cであり、輻射《ふくしゃ》その他によるエネルギーの放出は観測されない。

一日あたり百万分の一の質量減少は、一日あたり約五ミリの直径減少、すなわち百万分の八の容積減少率にくらべて八分の一であり、その分だけ、圧縮はますます進み、内部はさらに高密度になりつつある。——当然中心部においてますます圧力があがり、その分だけ温度もあがるはずであるが、球体表面は室温と完全に平衡をつづけている。

球体は、現代物理学の常識をこえる。物理学的な手段による内部構造の測定は、今のところ成功していない。表面硬度はロックウェル硬度計Aではかり切れず、ダイヤモンドよりはるかに高い。電流、振動、いずれも表面波にとどまって、内部に滲透《しんとう》しない。ガスレーザーを使って、二千万度にちかい高温点をあててみたのだが、表面が若干ざらついた以外、ほとんど変化がない。大容量加速器をつかって高エネルギー中性微子《ニュートリノ》ビームをつくり、あててみたが、中性微子のような、地球をもつらぬくというほど透過度の強い粒子でさえ、この球体を透過できなかった。散乱は観測されず、中性微子は、球体内部において、完全に吸収されたとしか思えない。

前に言ったように球体表面は、ロックウェル、シュア、その他いかなる硬度試験法でテストしても、地球上に存在するいかなる化合物よりもかたい。ダイヤモンド、カーボランダムのおそらく十倍以上あるであろう。

いかなる方法をもってしても、この球体の内部をうかがい知る事はできない。――水爆の中心部にこの球体をおく事も、一部の科学者たちによって提案されたが、専門家の意見は否定的だった。

球体は、刻一刻、よりかたく、より小さくちぢみつづけている。――ごくわずかな質量がどことも知れず失われつつあるが、密度はさらに上るだろう。最後には一体どうなるのか？　内部の高圧が、ついに核融合をひきおこして大爆発をとげるのか？　それとも、このままちぢみつづけ、ついに点となって空間に消えうせるのか？

――誰《だれ》もわからない。

何人も、このちぢみ行く球体の内部をひらく事はできず、またその縮小をとどめる事はできない。――それは、アレキサンダーの英邁《えいまい》をもってしても、たち切る事のできない〝ゴルディアスの結び目〟である。

かつてこの球体が「部屋」であった時、中に二人の人物がいた。――男と、女と……。

――アフドゥーム病院秘密記録A6×××Sよりの抜萃

1

それは病院というよりも要塞《ようさい》のような感じだった。

ごつごつした、岩だらけの、赤茶けた沙漠《さばく》のはずれにそびえる、荒涼たる山脈の中の、そそりたつ禿山《はげやま》の頂上にあり、灰色の高いコンクリート塀《べい》と、窓のすくない、岩の塊《かたま》りのようなごつごつした建築群からなっていた。――沙漠の中をどこまでも一直線につきって行く道路から出た、一本の支線が山麓《さんろく》までのびており、山麓から頂《いただき》の建物までのぼっているケーブルカーの無人駅に達している。

だが、その客は、沙漠のハイウェイ経由で来たのではなかった。――乾《かわ》き切った山脈の上空を、白い飛行機雲をひきながら横切って行った貨物機《エアカーゴ》の後尾から吐き出された、小さなアイオノクラフトにのって、中庭のへリポートに、ゆっくりと、風に舞う帽子のように降りて来たのだった。

「コーヒータイムに間にあいましたな」

と、たった一人で中庭にむかえに出ていた初老の人物は、かすれた声で、ささやくように言った。

「ユーインです……。荷物は?」

「これだけです」と乗物からおりたった、背の高い、三十がらみの瘠《や》せた男は手にしたトランクをちょっと持ち上げてみせた。「ここには、乗物を調整できるメカはいますか？——あれをちょっと見ておいてほしいのです。ついでにチャージもしておいてもらえると……」

「言っておきましょう」先に立って、歩き出しながらユーイン医師は言った。「急ぐことはないでしょうが……」

「長逗留《ながとうりゅう》になるとお思いですか？」と、男は小柄な医師の背にきいた。

「たぶん……」と医師は口の中で、ききとれないほどの声でつぶやいた。

「ここはひどい——いや、さびしい所ですね」戸口の所でふりかえって、男はつぶやいた。

「世界の果てか……あるいは世界の終末のあとみたいだ……」

「そう感じるのは、あんただけじゃない……」戸口をくぐりながら医師は言った。「この地域のアフドゥームという名は、aft《アフト》・doom《ドゥーム》——つまり〝最後の審判のあと〟という意味です」

「どうして、よりによってこんな所へ病院をたてたんですかね」

「パラサイエンスというのは、一般にうす気味悪がられますからな……」と医師は、さびしそうに笑った。「ましてパラメディシンともなれば……半分悪魔あつかいだ。それはあんたも知っているでしょう？——だが、協会の方のプランナーに言わせると、こういう所につくったのは、それなりの意味があるそうです。カルメル派修道院や密教寺院は、人里はなれた山の頂に建っている。昔のチベット高原では、風の中に悪魔がいて、それが災いや病気をおこすから、十字架に糸をはった、アンテナのようなものを風の中にたて、それに悪魔をひっかけて、谷底へすてていました。――仏教がはいってからは、幡《はた》や幟《のぼり》に経文を書いて、それを風にはためかすようにした……」

「そう言えば風が出て来ましたね」男は、がたがた鳴る窓ガラスをふりかえってつぶやいた。「一足ちがいで運がよかったな……」

「風以上に、もっと運がよかった事がありますよ……」医師はレセプション・デスクの前でたちどまってふりかえった。「せかしたのは、こちらが悪いが、まさか空からおいでになるとは思わなかった。――あらかじめ御注意しなかったのも手落ちだったと思います。ここへは、空からくる人はほとんどいません。パイロットは知っていませんでしたか？」

「そう言えば、ぶつぶつ言っていました。――高度八千からアイオノクラフトでおりたのは、はじめてです。もっと高度を下げてくれ、とおがむようにたのんだんですが、きいてくれないんです。スピードもおとしませんでした。――いったい何があるんです？　UFOでも出るんですか？」

「ええ、よく出ます！」医師は何でもない事のように言った。「むかいのとがった山のむこう側から、とびたったり、下降したりするのがよく見られますよ。上空を編隊でとんだりもします。――私がここへ来てからでも、もう二機、UFOの発見、接触を無電で報告したまま、空中分解をおこしました。――あなたの乗物も、少し調子が悪くなったようですな。あとでよくしらべさせましょう」

デスクのうしろのドアがあいて、白衣に身をつつんだ、五十がらみの肥《ふと》った女性が出て来た。――二人の顔を見ると、だまってデスクの下から黒革のノートをとり出してひろげ、男の方につきつけた。男がサインしている間に、背後のドアから、同じく白衣を着た、つるつる頭の大入道が出て来て、男のトランクをまるで紙バッグのように指先でつまみあげた。

「すぐコーヒーショップの方へ行きますか？――院長も、この時間行っているはずです」

とユーイン医師は聞いた。

「一度部屋へ行って着がえます。シャワーもあびたいんですが――いいですか？」

と男は言った。

「けっこう。――じゃ、二十分後にお目にかかりましょう。――コーヒーショップはあなたの部屋のちょうど真下です。ドーナツはお好きですか？」

「ええ……」

「それじゃ、あなたの分を確保しときましょう。よく無くなっちまうんでね。――じゃ、のちほど……」

きっかり二十分後、一階下のコーヒーショップにおりて行くと、中はがらんとして、ほとんど人影はなかった。

キッチンの中もしんとしており、二十ぐらいあるテーブルの上も、全部かたづいていて、今まで人が大勢いた気配もない。

入口をはいった正面に、顎《あご》ひげをはやし、長髪の、若い男が、煙草を吸いながら所在なさそうに古いコミックブックのページをめくっているのが眼についた。

一番奥のすみに、ユーイン医師の、ふわふわした白髪にふちどられた禿《は》げた頭が見えた。——医師と向いあって、亜麻色のうすい髪をきれいになでつけた、小山のような巨大な男が背中を見せていた。

近よって行くと、医師は手をあげて、隣りの椅子《いす》をさした。

「院長のクビチェック博士……」と、医師は向いあってすわった大男をさした。「伊藤浩司君です。——ところで、コーヒーでいいですか?」

「ええ……」

彼は腰をおろしながらうなずいた。——院長は、口髭《くちひげ》の間につっこんだ拇指《おやゆび》を動かしながら、テーブルの上にひろげられた書類をむずかしい顔をして見ており、握手をするような雰囲気《ふんいき》ではなかった。

「りっぱな御経歴ですな……」とクビチェック博士は、口髭《くちひげ》の中につっこんだ拇指をはなして言った。——低い、甘ったるい声だった。「打率七割だ。——サイコ・デテクティヴとしては、トップランクでしょう」

「探偵《デテクティヴ》って言葉は、ぼく自身は好きじゃないんですがね」と伊藤は言った。「——サイコ・エクスプローラーと、自分で勝手に言っています」

「探検家《エクスプローラー》……なるほど……」とユーイン医師はつぶやいた。「だが……サイコ・デテクティヴの方がやっぱりふさわしいような気がする——。この職業はやっぱり精神分析医《アナライザー》の特殊化したものでしょう。精神分析は、ある意味で、推理小説と大変似た構造をもっている。どちらも大変な洞察力《どうさつりょく》と推理力がいる。精神分析は、ある意味で、推理小説と大変似た構造をもっている。どちらも大変な洞察力と推理力がいる。入りくんだ、精神の迷路にはいりこみ、むすぼれた糸をときほぐし、何度も相手にはぐらかされ、わざと嘘《うそ》をつかれ、自分でも迷い、一歩一歩、障害のもととなった心のむすぼれを追いつめて行く……」

「昔はね……」と伊藤は笑った。「探偵も上品でかっこよかった。ホームズもファイロ・ヴァンスもポアロも、申し分ない紳士で大インテリで、中にはアームチェアにすわったまで、高級煙草をくゆらしながら不可能と思われるような犯罪の謎《なぞ》をとき、犯人を指摘したものです。だが、ハードボイルド以後は、きっつはっつ、のしつのされつ、スナブ・ノーズの拳銃《けんじゅう》片手に、傷だらけで殺されかけたりする、汚《よご》れ役になっちまった。サイコ・リゾナンシャル・コンバーターなんて妙な機械ができてからの、私たちの仕事って、そんなものです。——あなた、アクアラングをつけて、ビルのトイレの浄化槽《じょうかそう》につまった排水口をなおしにもぐった事がありますか？　私だってないけど、似たようなものじゃないかって気がします……。汚《きたな》い仕事です」

彼は、ちょっと苦《にが》いものをのんだように口をゆがめた。

「別に汚れ仕事がいやだってわけじゃありませんが——しかし、他人の心の中にわけ入るなんて事は……時に、それ自体が汚い事のように思えてね……」

「ペトロフ教授の事ですか？」と院長は無表情な眼つきで言った。「自動車事故で、長い間人事不省になっていた時、よばれたそうですね……」

「知っているんですか？」と彼は思わずするどい声でいった。「そんな事が、経歴書に書いてありますか？」

「いや……」と院長は首をふった。「ですが、秘密機関《シークレット・サービス》の方からの推薦《すいせん》もありました。——われわれのリファランスが不愉快かも知れんが、こちらとしては、もっとも有能で、もっともタフな人物を求めていたので、あちこちに照会したのです」

「あの時は、別に連中を助けるつもりで出かけたわけじゃないんです……」伊藤は煙草をくわえながら眉《まゆ》をひそめた。「脳外科治療の手助けをするぐらいに思って……あの世界的頭脳を、もとのレベルにもどせるかどうかという事をしらべてほしい、というのが、先方の口実でした。途中から、おかしいとは思ったんです。脳の一部が潰滅《かいめつ》して脳内出血があちこちにあって、絶対安静中の患者に、コンバーターをセットして、はたして大丈夫か、と医師たちにきいたんですが、先方は保証する、と言いましたし、——それに、私としても、そういう状態の患者の意識の中を、一度は見ておきたい、という気がありましたしね。しかし、探索はいつも、本国の医師たちがいない夜中にやられたし、昼間はコンバーターがかたづけられていた。おまけに医師でもない妙な男がうるさく質問するし……むろん、SSの連中にも、教授のアイデアを盗むなんて事はとうとうできませんでしたが……」

「でも、連中にしてみれば、直接あの人物の意識から何かを盗むなんて事は、はじめから考えていなかったでしょうな……」と院長はパイプに煙草をつめながら、ぼそぼそした調子で言った。「完全に恢復《かいふく》してから一年後、ペトロフ教授は亡命しましたね……」

伊藤は頬《ほお》がかすかに痙攣《けいれん》するのを感じた。――なるほど！　それと何か関係して……。

「何でもないような事でも、別の意図を抱いて、別の視点から分析すれば、思わぬ可能性を発見するものかも知れませんな」

院長は短いマッチで器用に煙草を吸いつけながら、言った。

「すると、連中は――私の探索の結果から、教授に工作をしかけるつぼのようなものを見つけ出した、と言うわけですか？――信じられないな。あんな内容から……」

「そう考えてしかるべきでしょう……」と院長は、もうもうとパイプの煙を吐き出しながら、抑揚のない声で言った。「――でなければ、連中が、あなたを推薦してくるわけはありませんからな。あの工作の成功に、あなたの探索《インヴェスティゲイション》が、大変役に立ったにちがいない……」

「人間の〝心〟の中も、今やふみ荒された花園ですな……」伊藤はほろ苦く言った。「WHO（世界保健機構）の勧告から、もう二十年たつのに、心理・精神医学の政治的利用は、ますますさかんだ。むろん、誰《だれ》も、積極的に協力したりやとわれたりはしませんがね。むこうが、こちらの出した結果を上手《じょうず》に利用するのは、これはどうしようもない。――利用するのは、先方の勝手で、こっちの知ったことじゃないが、あまり愉快じゃありませんね。モラルを失った政治というやつは、それ自体が、人類精神の病気かも知れませんな」

「ところで、あなたは――〝憑《つ》きもの〟を相手にした経験がおありですな……」とふいにユーイン医師が口をはさんだ。

「ええ、何度も……」と伊藤は答えた。

「手ごわい相手はいましたか？」

「私などの所へまわってくるのは、相当こじれたものばかりですがね……」彼は冷たくなったコーヒーの残りをのみほし、かたいドーナツをちぎって口に入れながら言った。「でも、大体において、無理はしない事にしているんです。――〝憑《つ》きもの〟というやつの大部分は……ある特定社会の、集団的無意識の中にのこっている、古い、歴史的文化的な情念や思考の〝型〟と、ずっと奥の方でつながっています。ですから、誰かその〝型〟をささえるものなしで――つまり人眼のない所で、〝憑かれた〟症状を起すケースはめったにありません。ほとんどの場合は、必ず〝観客〟が必要なんです。でも、そうなると、完全に症状を除去しようと思えば、ある地域集団全体の、下意識の改変をおこなわなければならない。そんな事はとてもできませんからね。で、〝憑きもの〟の凶暴性、邪悪さ、というものを慰撫《いぶ》して、周囲との〝融和〟をはかる。つまり、おとなしい憑きもの、できるだけ愛すべき憑きものに変えるわけです。――そのためには、周囲の恐怖心をとりのぞかなければなりません。もし〝愛すべきいたずらものの霊〟のイメージが、その地域文化の伝説や神話の中にあれば、それと入れかえます」

「しかし――例外もあるでしょう」と医師は眼をふせて言った。「あなたの記録によると、パラグァイのプエルトピナスコの……」

「ええ、あれは……」伊藤はふと顔をくもらせた。「あれはいいやな経験でした。もっと簡単に行くと思ったんですが……。似たような例は、タンザニアの南部のニアサ湖畔《こはん》にいた、マコンデ族のある男のケースがありますが、あの方はまだいい。壁や天井を走りまわったあげく、四人が見ている部屋の中で、わずか数秒の間に消えてしまったんですが……これは、まだ何とか無理矢理に納得をいかせようとしてできない事はありません。何しろ木造の、わりと粗末な病院の一室ですから……。ですがプエルトピナスコの老婆の場合は……石造で漆喰《しっくい》張りのがっちりした病室の中に、いきなりどすんと大きな何百キロもある石が出現したり、医師や付きそいや、私の見ている前で、小さな体が、ベッドからはみ出すぐらい、長く伸びたりしたんですから……、カトリックの神父も来ましたが、結局はどうにもならず、暴れまくったあげく、自分の爪《つめ》で、胸を切りさいて、心臓をつかみ出して……その血まみれのびくびく動く心臓をつかんだまま、五十メートルも走って死んだんです」

「で――その時、あなたは〝探索〟をやったんですね」

「ええ、むろん――そのためによばれたんですから……」

「それで……どうでした？」

「そうですね、最初のうちは……」

そう言いかけて、伊藤は、ふっと口をつぐんだ。――顔色が心持ち白くなり、のど仏が、何かをのみこもうとするように、何度も大きく動いた。

「いや……どうも……今は言いたくありません……」としばらくして、伊藤はかすれた声で言った。「何ともわけのわからない、いやな体験でした。あれが何だったか、まだよくわからないし……もっと時間をかけていれば、とも思いますけど……気持ちの整理もできていない……。何か、ものの考え方の基礎がくずれかけるような……いろんな事に自信を失わせるような、大変奇妙な経験でした……」

「ここの場合、時間はうんとかけられます……」と院長は、腰をあげながら言った。「私たちが期待しているのは、あなたの豊富な経験と、なみはずれた精神のタフネスです……」

2

砦《とりで》のようなアフドゥーム病院の廊下は、どこもかしこも森閑としずまりかえり、ほとんど人の住んでいる気配がしなかった。

それでも時折り、灰白色の長い廊下の、リノリウム張りの床を、誰かがこつこつと歩いて行く足音が、遠くに聞える。

壁面が、おそろしく固い、頑丈《がんじょう》でぶあつい材料でできているので、ずっと遠くの物音や話し声が、妙にはっきり聞える事がある。

――ミセス・ガートルード……八号室の患者は……

――もう、大丈夫でございます。先生……、死後、六時間も大さわぎでしたが、……すっかり静かになりました。あと、焼却するかどうするか、おうかがいしてこいと……ケッフェル先生が……

といったひそひそ話や、

――ドクター・スミス！……ドクター・スミス！……シュタインさんが……

といった、ずっと上の階の金切り声が、居室のドアをあけておくと、時たまつたわってくる。

しかし、それもごく稀《まれ》な事で、ひそひそ話も、叫び声も、廊下をこつこつ歩く音、また車付き寝台のきいきい軋《きし》む耳ざわりな音や、食器か手術用具をがちゃがちゃひっくりかえす音、誰かが吹きながら遠ざかって行く調子はずれの口笛の音《ね》といったものは、たちまちに、この巨大な、岩山をくりぬいた洞窟《どうくつ》のような建物の静寂の中にとけこんで行き、ほとんどの時間は、しん、とした、静かすぎてかえって耳の痛くなりそうな、ぶあつい吸収性の静寂にみたされているのだった。

ついた午後は、簡単なうちあわせだけで、院長もユーイン医師も、別の仕事があるから、と言って、それぞれどこかへ行ってしまった。――食事は残念ながら一緒にできないから、最下階の食堂でとるか、部屋へはこばせてほしい、という事だった。食堂をさがすのが億《おっ》劫《くう》だったので、彼はインターフォンで夕食をはこんでもらった。例の、つるつる頭の大入道が、それこそ見越しの入道が出てくるように、ぬっとドアから巨体をのぞかせ、トレイをテーブルの上におくと、あとでドアの外へ出しておけ、という身ぶりをして出て行った。

食事は悪くなかったが、テレビもラジオもない部屋で、一人でとるのは味けないものだった。――伊藤は、所在なさに、もって来たグラフィック誌のページをめくりながら食べ、食事のあと、そなえつけの冷蔵庫から氷とウイスキィを出し、ドアをあけはなしたまま、またグラフィック誌を何度もひっくりかえしながら、かなりの時間飲みつづけた。

一度、廊下のむこうから、鋭い女の悲鳴がきこえたので、はっ、としたが、悲鳴はすぐ、かぼそい泣き声にかわり、いやよう……いやよう……帰してよう……といった言葉と、なだめている看護婦の声らしいものがきこえたので、別に気にもとめなかった。

飲みながら、長旅の疲れがでてきてついうとうとした。――次におどかされたのは、突然、あけっぱなしの入口の、すぐ横のあたりで、へえへへへ……といった感じでひびいたうす気味悪い笑い声だった。彼は、ぎょっとして、持ったまま眠りこんでいたグラスをとりおとした。たった今まで、誰かが戸口からのぞいていたような気がして、彼は思わず腰をうかした。下卑《げび》た感じの、いやらしい笑い声は、また廊下にひびいた。今度は少し遠くなり、廊下を右手の方に遠ざかって行く気配だった。彼は立ち上って、戸口の所に行き、廊下をのぞいた。

廊下には人影はなかった。

室内では右へ遠ざかりつつあるようにきこえたのに、廊下へ出てみると、笑い声は左側の角のむこう側からきこえて来た。――ひっ、ひっ、という、嘲《あざけ》るようなしのび笑いが遠ざかって行くと、今度は、反対の、右手のつき当りをまがったあたりで、げらげら、と馬鹿笑いが爆発し、走るように遠ざかって行った。

夜中には地震で起された。

ゆらゆら、みしみし、と部屋が大きなうねりにのったように左右にゆれ出し、それが段々とひどくなり、部屋が菱型《ひしがた》にゆがみ、天井が弓なりにそったように感じられるほど、はげしくぶんまわすようにゆれた。——妙な事に、そのあとに上下動が来た。どん！　どん！　どん！　と巨人の鉄槌《てっつい》で、床の下からたたきつけるように、ものすごい震動がきて、寝台が奔馬《ほんば》のようにとび上り、テーブルがおどり、灰皿《はいざら》や、書籍や、あらゆるものが空中におどり上って床におちた。

震動が、ふいにやむと、そのとたんに頭上の、ずっと上階の方角で、おそろしい咆哮《ほうこう》が聞えた。——象《ぞう》ほどもありそうな、ライオンかゴリラが、地震におどろかされて、のど一杯にわめいているような唸《うな》り声と咆哮が……そして、それにともなって、重い鎖《くさり》をじゃらじゃらひきずるような音と、ずしぃん！……ずしぃん！……という、この頑丈づくりの建物全体にひびくような足音が、天井の、ずっとずっと上の方を歩きまわった。

「ずいぶんにぎやかな所ですね」翌朝、コーヒーショップで、再びユーイン医師にあった時、彼はちょっと苦笑しながら、かるい皮肉をこめて言った。「まるでお化け屋敷だ」

「慣れておられるでしょう」

ユーイン医師は、ぬるそうなカフェ・オー・レにクロワッサンをひたしながら顔をふせたまま言った。

「それはまあ……精神病棟《びょうとう》は、ずいぶんまわりましたが、ここには相当〝大もの〟がいるようですな」

彼は、カウンターの横のオートマットのガラス越しに、ハムをそえたワッフルのパックを見つけ、それをとり出して、コーヒーと一緒に医師のテーブルにはこんで来た。ワッフルは熱く、パックの横にプラスチックのナイフ、フォークとスプーンがそえてある。

「おかげで、今朝は寝不足ですよ。――それに、昨夜の夜中の地震……あれはすごかったですね。あんなのが、ちょいちょいあるんですか……」

「地震？」ユーイン医師は、何かを思い出そうとするような顔付きをした。「ありましたかな」

「気がつかなかったんですか？」彼は少しおどろいて、相手の顔を見つめた。「よほどよくおやすみになってたんですな。――こっちは、びっくりして眼がさめて、それから暁《あ》け方まで、眠れませんでした」

コーヒーを最初はブラックで、次に砂糖を少し入れて飲み、最後にミルクをたっぷり入れて飲みながら、彼は横眼をつかうようにして、コーヒーショップの中を見まわした。きのうの通り、がらん、として、彼とユーイン医師以外、誰もいない。

――朝の七時半だというのに、もうみんな、食事をすませて、職場に行ったのだろうか？

「廊下はにぎやかなのに、ここはいつも静かですね……」とワッフルに、パックにそえられたメイプルシロップをかけながら彼はつぶやいた。「いったい、この病院には、どのくらいの数の人が働いているんです……」

「さあ……二、三十人――そんなところですかな……」

「これだけの規模なのに、たったそれだけですか？」彼はびっくりして、ナイフの手をとめた。「いったい、患者は……何人ぐらいいるんです……」

「それは、あなたの仕事とは関係ないでしょう……」

ふいに斜め後で声がした。――ふりむくと、いつはいって来たのか、クビチェック院長が、パイプをくわえ、小山のような体をそびえさせていた。

「まあ、いずれあなたもわかると思いますがな……大した人数はいません。――実を言うと、私にも、はっきりわからんのです……」

「院長のあなたにも……はっきりわからないって？」彼は呆《あき》れてききかえした。

「この病院は、一切が財団とPS協会のものですからな……」院長はパイプをふかしながら顔をそむけた。「経営も事務処理も、すべて財団の方から来た連中がやっていましてね。――やる仕事は、パラサイエンス協会から指示され、私自身は、そのやり方を指揮するだけです」

「すくなくとも、私は、あなたの指揮によって呼ばれたわけでしょうな……」と彼はハムをはさんだワッフルの一片を口におしこみながらきいた。「書類には、あなたのサインがありましたからね」

「そうです……」院長は、灰皿のふちでパイプをたたきながらうなずいた。「いろいろと調査して、推薦《すいせん》して来たのは協会ですが、えらんだのは私ですからな。――そこで、大変せかして何ですが、朝食を急いでいただけますかな？　八時から、仕事にかかりたいのですが……」

廊下にはあいかわらず人影がなかった。――時たまつきあたりの壁に誰かの影がふっとうつったり、看護婦か職員のものか、白衣の裾《すそ》がちらと見えたりするのだが、そこまでたどりついて、両側を見まわすと、もう誰もいないのだった。

三人の靴音《くつおと》だけが、うつろにつめたく廊下をどこまでも遠くひびく中を角を曲ったり、ドアをぬけたりして建物の奥へ奥へとはいって行き、幽霊のようなうす水色にぬられた、頑丈なエレベーターのドアの前までくると、院長は昇りのボタンをおした。

「迷路ですね……」と彼は笑いながら言った。「うまく部屋までかえれるかな……」

エレベーターにのりこむと、院長は行先き階のボタンをおさず、操作盤をあけて、何かした。――エレベーターは上昇をはじめ、最上階の七階をすぎRの標示ランプが消えても、まだ上昇しつづけた。

やがてとまってドアがあくと、数少い電灯がわびしくともる、暗く、しめっぽい通路がひらけた。――一瞬、伊藤は、最上階でなく、地下室におりたような錯覚をおこしかけた。

廊下の突き当りの、重い鉄扉《てっぴ》がモーターでごろごろひらくと、そのむこうは、電子機器がぎっしりならんだ、明るい部屋だった。——その部屋にはいって、はじめて、三、四人の男たちが働いているのを見た。「コンバーターの調子を見ますか?」とユーイン医師がふりかえってきいた。「性能は保証しますが、どうせ、個人的に調整しなければならんでしょうから……」

「調整は簡単にすむと思います。——私の場合、いつも、二、三十分です」伊藤は室内の正面にすえられた機械を見ながらこたえた。「それより、患者はどこにいるんです?——ここですか?」

クビチェック院長は、顎《あご》をしゃくった。——コンバーターの隣りに、何かの測定器のものらしい複雑なコンソールがならんでおり、その上に、二十五インチほどの、壁かけ型のテレビ画面がかかっている。コンソールの前にいた男が、無表情にスイッチをいれると、寝台に横たわった、若い東洋人の女性の画像があらわれた。

娘は、少女と言っていいほどの若々しさだった。——長い黒髪が、肩の所に流れている。伊藤は、少女の美しさ、清らかさにかすかにショックをうけた。顔色は死人のように青ざめていたが、その﨟《ろう》たけた顔だちは、眠りの森の美女のように、神々《こうごう》しくさえあった。肩までかけた粗い毛布の上を、おそろしく頑丈そうな、細長い鉄板が、胸もとから足首へかけて、四箇所をおおい、これも頑丈そうな鉄の寝台に、がっちりととめている。

「美人ですね……」と伊藤は嘆息をもらした。「あのフランケンシュタイン嬢がそうですか？――あの鉄の帯は……」

「今は大丈夫だろうな……」院長は、彼の質問を無視して、コンソールの前の男に声をかけた。「じゃ……開《あ》けろ」

室内の男たちの間に、さっと緊張が走るのが感じられた。――単なる緊張というより、かすかな恐怖の反応が起ったように、彼は思った。しかし、それはあくまで雰囲気《ふんいき》であって、表面にはあらわれず、男たちは、単調な声で、能面のようなポーカーフェイスのまま、いろんな計器をチェックしあった。コンソールの前の男が、心もち頬《ほお》をこわばらせて、スイッチの一つをいれた。床のどこかで、モーターのまわり出すかすかなうなりと、ラックとピニオンのかみあう軋《きし》りがはじまった。――それにつれて、コンバーターのさらに奥の壁の上で赤、緑のランプが点滅し、金属光沢の壁面の一部が徐々にうき上りはじめ、やがて直径三メートルに厚み一メートル以上はありそうな銀行の大金庫室についているような円型ドアがゆっくりひらいた。

――大金庫室のドアというより、大砲の尾栓《びせん》だな……。

と、院長、ユーイン医師につづいて、円型の入口をくぐりながら彼は思った。

くぐった所は、奥行き三メートルほどの、せまい、箱型の空間で、全面、合金鉄らしい板ではりつめられていた。――その空間にはいったとたん、背後で巨大なドアがしまりはじめた。ギアの音をたてながら、背後のドアがぴったりしまってしまうと、院長は壁面のスイッチを入れた。前面の壁の一部が、今度はむこうへむかってひらきはじめた。ドアは長方型だったが、それでも厚みは、鉄板とコンクリートあわせて、三十センチ以上あった。内部は何の飾りもない、殺風景な四角い部屋だった。——床は汚《よご》れて、しみだらけのリノリウム張り、窓は一つもなく、壁面を太い導線管やエアパイプらしいものがはいまわり、ドアの傍にターミナル・ボックスがあった。天井も壁面も灰褐色《はいかっしょく》の布がはられている。

「このにおいは……」彼はまわりを見まわしながらささやいた。「何か焦《こ》げたんですか？」

硫黄《いおう》の燃えたような、あるいは動物の尿のような、かすかに焦げくさい臭気《しゅうき》が、ひやりとした空気の中にただよっている。

院長は答えずに、部屋のほぼ中央におかれた寝台の横にすすんだ。——妙に慎重な態度だった。

「患者です……」と院長は手まねきした。「マリア・K——十八歳です……」

伊藤は院長とならんで少女の顔をのぞきこんだ。美しい卵型の顔、鉛色にしずんでいるがなめらかな皮膚、細く通った鼻筋、色あせた愛らしい唇、やさしい弧を描くよくそろった眉《まゆ》、長くつややかな黒髪……まったく完璧《かんぺき》と言っていい美しさだ。死人のような顔色さえなければ、彼の動悸《どうき》はややまっただろう。少女はあつさ一センチの鉄の帯四本でがっちり寝台にしばりつけられたまま、呼吸もしていないように見えた。

「伊藤さん……」寝台の向うに立ったユーイン医師が、かすれた声をかけた。「〝探索〟用のベッドは、こちらにあります。——ですが、もし、危険だと思ったら、隣室からでもできない事はありません。テレメーター装置はそなえつけてありますから……。もっとも、誤差がはげしくなる時がありますが……」

「むろん、ここでやります。〝探索〟をリモコンでやった事などありません。ですが……危険って何です？」

ユーイン医師は、手をのばして、眠っている少女の唇《くちびる》にふれた。――上唇がわずかにめくれると、下から美しいまっ白な歯なみがあらわれた。門歯の両脇に、長さ三センチほどにのびた鋭い牙《きば》も……。

「髪の中をさぐってごらんなさい……」ユーイン医師は低い声ですすめた。

「前頭部を……」

たっぷりある黒髪の間に、彼はおずおずと指をもぐりこませた。――固い、小さな円錐《えんすい》形《けい》の突起が指頭にふれた。右と、左に……二箇所……皮膚をやぶり、頭蓋《ずがい》から直接……。

「角《つの》ですか？」

彼は眉をひそめた。――医師はうなずいた。

「三本目が、頭頂部に生えかかっています」

「八か月前……」クビチェック院長は、ちょっと咳払《せきばら》いした。「彼女はサンベルナルディーノ郊外の山中で、四歳年上の恋人をかみ殺しました。――どうしようもないやくざで、上流階級の女性をひっかけては、金をまきあげていた男ですが……彼女は、申し分ない恵まれた家庭で育ち、上流階級の子女だけが行く、上品な私立学校へ行っていました。カレッジへはいったばかりですが……」

「かみ殺した?」彼はききかえした。「その時、もう牙がはえていたのですか?」

「その日の午後、家を出る時は、ふつうの少女でした……」院長は肩をすくめた。「彼女の両親にたのまれた私立探偵たちが、岩山の麓《ふもと》で見つけた時は……その男ののど笛を食い切り、心臓をひきずり出して食べていたそうです……」

彼は手を後に組み、半歩さがって、死んだように眠りつづけている少女を見つめた。唇をとじてしまえば、その下に上下四本の牙があるとはとても思えない。朱をさせば、花びらのようになるであろう可憐《かれん》な唇である。——肩のあたりのシーツの上、床の上に、茶色の、獣毛のようなこわい毛がちらばっている。例の獣の尿のような異臭は、枕《まくら》もとあたりに特に強い。

「まだおそってくるんですか?」と、伊藤はきいた。「しかし、それにしても、こんな少女にこの鉄のベルトはちょっと……」

「おそうだけではありません……」ユーイン医師は悲しげに首をふった。「この寝台を……しばられたまま持ち上げます。岩や石を降らせたりします。あなた、昨夜、地震があったと言われましたね? 申しあげておきますが、このあたりは、大変古い地塊で、ここ数百年、地震はありません……」

「なるほど……」彼は腕を組み、顎をなでた。「そういう事ですか……。そうなると、私などより、エクソシズムの方が……」

「誰もがそう思います。われわれだってそうでした——」クビチェック院長は、寝台の裾の方へまわって行きながら言った。「伊藤さん……ここへ来て、もう一度あなたの意志をたしかめておきたいのです。こんな患者はごめんをこうむるとおっしゃるなら、やめておいていただいてけっこうです。往復の旅費と、それからわざわざここまでお出でいただいた手数料をおはらいして、明日の通過便とランデブーできる手配をしましょう。しかし、はじめから説明して、あなたに頭からことわられるよりは、と思って、ここへ御足労ねがって、この患者を見ていただくまでは、わざとくわしい事は伏せておきました。ですが、ここで、あなたも最後の選択ができます。――エクソシズムは、ここで三度、おこなわれました。そしてカトリックの神父が一人、東南アジアからよんだ密教の仏僧が一人死にました。イスラム圏からは、アフガニスタンからイシュマイル派の生きのこりの専門家が来ましたが、彼は発狂し、次いで廃人同様になりました。そしてこの病院内の特別病室から、裸のまま消え失せ、その後どこへ行ったかわかりません……」

ユーイン医師が、心配そうに彼の顔を見ていた。――彼は腕を組んだまま、枕もとをはなれた。

「〝憑《つ》きもの〟なら、〝憑きもの〟と、はじめからおっしゃってくだされればよかったんです……」と彼は考え考え言った。「それはたしかに、経験はありますが、あれはあくまで特異例で、専門ではないんです……」

「ごもっとも……」院長は、彼とならんで、出口の方へ歩きながら吐息をついた。「じゃ、エアラインに電話して、明日、この上空をとんでもらうように言いましょう。――よければ、今夜、ここへいらっしゃいませんか？　別に時間がきまっているわけではありませんが、もしはじまったら、一度、どんなものかごらんになるといい……」

「電話はけっこうです……」ドアをくぐりながら彼は言った。「それより、コンバーターの調子を見せてください。――ただし、事情がわかった以上、料金は五割増しにしていただきたいんです。危険手当てという事でね。そして、もし……」

「もし……調査期間中に、われわれにとって、何か有力な手がかり、と思われる事がわかったら、成功報酬として一万ドルはらいましょう」機械室との間の小部屋で、一方のドアがしまり、他方のドアが開くのを待ちながら、院長は事もなげに言った。「あなたが、調査期間を延長してもいい、とおっしゃるなら、もちろんその期間、五割増しではらいます し……もし、何か決定的と思われる事がつかめたら、あなたに十万ドルはらいます」

「十万ドルですって？」伊藤はさすがに眼をむいた。「正気ですか？」

「何なら、こまかい契約をこしらえてもいいです……」

「彼女は……マリア・Kの家は、よほど金満家なんですね」

「ちがいます、伊藤さん……」開いた機械室のドアの前で、院長は、ふと謎《なぞ》めいた笑いをうかべ、ユーイン医師をふりかえった。「報償金は、パラサイエンス協会から――つまりは、ローゼンクロイツ財団から出るのです。これは、この病院をふくめて協会の、長期にわたるプロジェクトの一部なのです。そしてRK財団は、すでにこのプロジェクトに、十数年にわたって何億ドルもつぎこんでいます……」

3

「はじめます……」とイアフォンの底からオペレーターの声がきこえた。「もう一度確認します。このピッチの音がきこえたら、一応回避態勢にはいってください。このピッチの音が、断続したら緊急退避です。すぐ、撤退して、眼をさましてください……」

「了解……」と、彼はのどもとのマイクにむかってこたえた。「慣れているつもりだ。安心してくれ……」

「では、はじめます。深呼吸しながら、数をかぞえてください。どうぞ……」

彼は眼をとじて、――いち……と数えた。鬘《かつら》をとって、つるつるに剃《そ》った頭にぴったりとりつけた専用のコネクター・ヘルメットのあちこちから、弱い電流や振動が出はじめる。顔の皮膚がかるく痙攣《けいれん》したり、四肢《しし》の筋肉がわずかにつっぱったりする……。にい……。「患者」マリアの頭にも、同じようなヘルメットがとりつけられ、彼のヘルメットと無数の電線でつながれている。――髪を剃った方が、と彼は言ったが、ユーイン医師は首をふった。

「やってもむだです。――何度もやったのですが……」

患者の協力が得られないのは、珍しい事ではなかったが、それでもほかの生理的所見が、すべて熟睡――というより、昏睡《こんすい》状態にあるのに、脳波だけが、覚醒《かくせい》時のβ《ベータ》波をあらわし

ている のが、ちょっと気になった。波形をよく見ると、熟睡時のδ《デルタ》波の相《フェーズ》と、β《ベータ》波の相《フェーズ》が不規則に交替しており、時おり脳障害の兆候の一つである棘波《スパイク》があらわれる……、ろく……しち……。〝発作〞は、大体真夜中――午後十一時から午前二時までの間が多いようですが、規則性はあまり認められません……とユーイン医師は言った。……ですが、十二時間以下の間隔で起った事は、これまで一回しかありません。……はち……だから、まず大丈夫でしょう……。

まさかの時は、あなたのベッドと、患者のベッドの間に、鉄板のしきりがおちて来ますから……とオペレーターは言った。……コネクターの緊急切断をするので、警報がなったら、すぐ退避の〝意志〞をきめてください。でないとショックが大きいですから……。

……大した事にはなるまい……じゅう……と、彼は、自分で自分に言いきかせていた。……何しろ、これは、はじめてのテスト・アプローチなのだ。時間も三十分、深くはふみこまない、ざっと「様子」を見てくるだけだ……。

だが、どこかにやはり、恐怖が首をもたげようとする。――可憐な……清純な少女……十八歳のあの少女が……たとえ男にすてられたにしても……その男を食い殺し……のどを食い破り……心臓をとり出して食ったのだ。……カリフォルニア州サンベルナルディーノ……ロサンゼルスの東方百キロの町……東北方につらなるサンベルナルディーノ山脈をこえればコロラド沙漠《さばく》、北へたどればモハーヴェ沙漠を経て〝死の谷〞だ……。あの岩だらけの山の麓《ふもと》で……彼女は何かにとりつかれたのだろうか……？　じゅうに……じゅうさん……。

牙?――ええ、たった一例か二例ですが……こういう例があります。……一人はやっぱり、女性でした。……二十二、三だったと思いますが……インドの南部ですよ……。何か、大変大きなショックのあったあと、突然上顎《じょうがく》の犬歯がのび出した、というんです。人間の体の中の遺伝情報は、ふしぎなものでね……。犬歯をのばす情報はストックされているが、それが歴史的に、〝発現〟をおさえられているんですね……。何かの機会に、そのおさえているブレーキがはずれると、異常成長するんだ、と思います。ええ、成長のスピードは、若い時はすごいですよ。その女性も、たった二日か三日の間に、二本の犬歯が一センチ半ものびました。むろん、すごい発熱で……。

角《つの》?……角は、はっきりした報告例は……いや、これもありました。古い言い伝えと……近代になっての報告があったことをきいています……。皮膚の角質の異常増殖だけでなく、骨まで……。

じゅうご……。

彼は、灰色の霧におおわれた空間に立っていた。――空はやや明るかったが、見透しは悪かった。大地は黒く、ゆるく湾曲しているように感じられた。ずっとむこうに、何かまっ黒なものが、巨大な触手のようにうようよと動き、そのあたりから、黒い雲がむくむくと天頂めがけて湧《わ》き上ってくる。

風が、ごっ、と音をたてて地上を吹いて黒ずんだ砂礫《すなつぶて》をとばす。

——イトウ……と、院長がよびかける。——うまく滲透《しんとう》したか？……数読みが聞えない……。

——はいった……。と彼は答えた。

——こちらではうす暗くてもやもやして、何も見えんぞ……。

——そう、その通りだ……と、彼はいった。——霧と……雲と、大地だ……。風が吹いている……。それだけだ……。むこうに何か動いているものが見える。そちらへ行ってみる……。

——了解……。生理状態は変化なし。脳波は依然としてδ波基調……。充分気をつけてくれ……。

彼は、正面に見える、黒く蠢くものへむかって移動をはじめた。——灰色の空を、いくつものうす黒い渦巻《うずま》き模様が速いスピードで動いて行く。霧はやや晴れて来たが、依然、見透しは悪く、地平はかすんでいる。進むに連れて、黒い大地は、暗緑色を帯びはじめた。あたりに注意しながら進むが、何の気配も感じられない。

……何という荒涼たる世界だ……。と、吹きすさぶ風の冷たさに、思わず身ぶるいしながら思った……。これが……花のような、十八歳の乙女の心の中か……。

地平にもり上る黒いものは、近づくにしたがって、まっ黒な森になった。——逆まく黒髪のように、梢《こずえ》が灰色の空を掃《は》いている。

——何だ？……とクビチェック院長がきく。

——森らしい……。はいって見る。

——大丈夫か？　気をつけろ！

——むろん、気をつける……。彼女には、まだお目にかかれん……。

近よってみると、森の樹は、幹も葉も、灰色がかった暗緑色で、ぬめっ、とした感じだった。近よりながら、彼は警戒心を強めた。——以前、彼は、ある男の心の内部で、同じような暗い森にはいった事があった。その時は、はいったとたん、森の樹はすべて、緑色の蛇《へび》になって彼におそいかかった。その奥に、男の最もはげしく抑圧された祖母への近親《きんしん》相姦《そうかん》願望が秘められていたのだが……。

だが、その森ではそんな事はなかった——。ただ暗く、奥深く、霧がただよっているだけで、時おり梢からさす白っぽい光が、縞《しま》をつくり、森閑として風の音さえ聞えない。足もとは、苔《こけ》のような感じで、じめじめしている。

前方で、森が切れているらしく、行く手が明るくなって来た。——だが、それを目がけて進むとまた暗くなる。

——何か見えるか？　と、院長がきいた。

——何も……。相かわらず森の中だ。

——十分経過……とオペレーターが言った。

——テスト・アプローチだ……。あまり無理せずに、適当な所でひきかえせ……。

——そうは行かん。まだ、彼女のエゴの〝影〟さえ、見ていないんだから……。

――それがおかしいと思いませんか？　伊藤さん……、と今度はユーイン医師がわりこんで来た。――少し、静かすぎる……。

――そう、私もそう思う……と伊藤はこたえた。――これだけ荒涼として……何の気配もない、というのは、かえって妙だ。若い娘の、心の中みたいじゃない。うんと年をとって死にかけている老人みたいだ……。生理パラメーターは？

――異常なし……と、オペレーター。――脈搏、体温、変化なし。脳波形は、α相《アルファフェーズ》も棘《スパイク》波も消えて、δ《デルタ》波形のみ……熟睡中……。

それがおかしい……。と、彼は思った。――熟睡中なら、もっともプリミティヴな、幼児・動物型想念が、解放されて次々あらわれていいはずだ。蛙《かえる》と兎《うさぎ》が一緒になったようなものや、ふわふわと白く、やわらかく、あたたかい乳の臭《にお》いのする不定型のやさしいもの、胃や腸の蠕動《ぜんどう》のうねり、赤い、大きな眼をもった玩具《がんぐ》、こわい、大きな顔……そういったものが、無秩序にあらわれては消えるはずなのに……。マリアの熟睡中の心の中は、もう夢も見なくなった百歳の老人のそれのように、暗く、荒れ果て、冷え冷えとしずまりかえっている。

――十五分経過……、とオペレーター。

――異常なし。いや……。ちょっと……。

ふいに森が切れる。

彼は、きっとして身がまえた。にぶく光る、まるいものが地上に横たわっている。

——見えているか？　と、彼はききかえす。——池だ……。異常は？

——室内エネルギー・レベルの方にかすかな変動があった。今、チェックしている。

……生理パラメーターは異常なし……。

森にかこまれて、小さな池があった。水面を油断なく観察したが、さざ波一つたたず、鏡のようになめらかだ。水は重く濁って、底は見えない。何かが水底から、いきなりおそってくるか、と思ってしばらく警戒していたが、何の気配もない。

ふいに傍で、しくしく泣く子供の泣き声が聞えた。——ぎょっ、としてふりかえると、短いスカートの、オレンジ色のワンピースを着て、白いエプロンをつけた三、四歳の女の子が、両手を眼にあてて泣きじゃくっている。黒い、つややかな髪、ふっくらしたピンク色の頰《ほお》……。顔から手をはなして、涙をいっぱいにたたえたつぶらな眼をあげた時も、彼はなお、警戒をゆるめなかった……。

——マリアだね……と、彼は幼女に語りかけた。

幼女はこっくりうなずいた。

——いま、いくつ？

——三つ……。と幼女はしゃくり上げながらいった。

——どうして泣いているの？……。

彼はできるだけやさしく、あやすように言った。

——どうして、こんなところにいるの？

──猫《ねこ》のパイパーをおっかけてて、花瓶《かびん》をこわしたの……。三歳のマリアは、また泣きじゃくりながら言った。──そしたら、ベッツィが、おしりをぶって、おやつはぬきですって言ったの……ここへ来て、晩ご飯まで立っていなさいって……。

罠《わな》かな……。と彼は迷った。

だが、幼女の内部には、何一つ、邪悪なものの気配は感じられなかった。……ごめんなさい。ベッツィ……ごめんなさい、ママ……もう客間でパイパーを追っかけたりしません……。

くりかえされるのは、その想念だけだ。

手がかりにはなりそうにないな……。と、彼は、やや落胆しながら、幼いマリアを見つめた。……これは、純粋に三歳の時のマリアの記憶らしい。たまに罰をうけても、元来は、やさしく、すなおに育てられた、幸福な家庭の子だ。このすなおな愛らしさは、母親ゆずりだろう……。

──さあ、泣かないで……。と彼はやさしく言った。──おじさんが、ベッツィにあやまってあげるから、一緒に行こう……。

しゃがみこもうとすると、ふいに幼女は、おびえた眼を、池の方に投げた。

──いやよ、ベッツィ！……と幼女は叫んだ。──ごめんなさい、ベッツィ！　屋根裏部屋はいや！　勘弁して！

ぱっ、と幼女が森の中へむかってかけこむのと、一二〇ヘルツの警戒音が、頭の中に鳴りひびくのと同時だった。

幼女のあとを追って、反射的に森にかけこもうとした彼は、突然背後に、何かの〝視線〟を感じてふりかえった。

とっさに、それが何だか見きわめがつかなかった。――彼は背後から見つめている視線が、どこからくるのか……。が、それが動いた時に、はじめてわかった。池の対岸の、森全体が、わずかにもち上っていた。いや、森と見えたのは、一かかえもありそうな、密生した睫毛《まつげ》で、それがわずかにもち上った下に、地平線の端から端まである白眼がうっすらのぞき、その間から、ぎらぎら光る巨大な瞳《ひとみ》が、面白そうに、嘲笑《あざわら》うように、彼を見つめているのだった。

警戒音は、突然一〇〇〇ヘルツで断続する緊急退避信号にかわった。

――エネルギー・レベル異常発生！……とオペレーターが叫んでいた。――大丈夫、まだ間がある。あわてず、ゆっくり、撤退しろ……。

彼は、地平線一ぱいに開いた、巨大な眼をにらみながら、ゆっくり、深呼吸をはじめた。

……ひとつ……ふたつ……と数えながら……。

寝台の上で、彼はゆっくり眼をあけた。深呼吸は、十六をこえて、なおつづけていた。

――眼蓋《まぶた》をしずかに、二、三度またたいてみる。よし、大丈夫……。

「オーケイ、伊藤……。早く部屋を出るんだ」

と、クビチェック院長の声が、今度は壁の埋めこみスピーカーからひびいた。

「そっとだ……。あわてるんじゃない……」

ヘルメットをはずし、体を起しながら、彼は、何もあわてる事はないじゃないか、と腹の中で考えた。――左の傍を見るまでは……。
見た時も、すぐには、事態がわからなかった。マリアも、寝台にしばりつけられたまま、体を起しかけているのか、と一瞬思った。

マリアは実際、体を斜めにしていた。しかし、それは上体を寝台から起したのではなく、寝台自体が、斜めになっているのだ、という事に気がつくのに、ほんの一、二秒かかった。

マリアをしばりつけた、頑丈《がんじょう》な、鉄製の寝台は、裾《すそ》側の脚を床につけたまま、頭側の脚を浮き上らせて、水平面に対して、約三十度の角度でかしいでいた。――彼は思わず唾《つば》をのみこみ、浮き上った方の脚の下をまじまじと眺《なが》めた。

何もささえるものはない。――むろん、天井から釣《つ》り上げているものも見えない。寝台の一方の端は、約三十度の角度から、なおじりじりと浮き上りつつあった。

「何をしてるんだ、伊藤！」と院長のいらいらした大声がひびいた。「早く――非常脱出口から閘室《ロック・ルーム》へとびこめ。早く！」

だが、彼は、自分の寝台からそろそろおりながら、マリアの顔面に起った変化に気をとられていた。

死人のようにまっさおだったマリアの顔は、かすかに赤みがさしているように見えた。――が、その赤みは、なめらかな皮膚の下によみがえって来た血の色ではなかった。濃い目のドーランをべっとりぬりつけたような、つやのない、どす黒い赤みだった。寝台からおりたって、眼をこらしてみると、マリアの、なめらかな青白い顔の皮膚一面に、五ミリばかりの、茶色の、ややちぢれた剛毛がはえているのだった。

ぞろっ、というような音が、床の上でした。彼は思わず一歩とびのいた。——マリアの頭髪は、もう二メートル以上にものび、斜めにかしいだベッドの上から、床の上にひろがって渦《うず》まいているのだった。ざっ、という音は、今またその髪が、二、三十センチものびて、床の上に新しい波をつくった音だった。

クビチェック院長のわめき声が、窓のない部屋にがんがんひびいていたにもかかわらず、彼は、その不気味な光景に魅入《みい》られたように立ちすくんでいた。全身の血が、一滴のこらず、凍りついてしまったみたいだった。——マリアの顔面に生じた茶色の剛毛は、もう一センチほどの長さになっており、その顔は一匹の獣のそれに変っていた。

ふいに、その茶色の毛むくじゃらの顔面の中で、にーっ、と唇《くちびる》が横につり上りながらひらいた。二本の鋭い牙《きば》が、黝《くろず》んだ唇の間から、ニュッ、とむき出しになった。ヘルメットが頭からわずかにうき上り、ぐらぐらしていた。ヘルメットの下で、三本の角《つの》ものびはじめているにちがいない。

毛におおわれた眼蓋《まぶた》がうっすらと開かれて、下からぎらぎら光る瞳がわずかにのぞいた。——彼はまだ、あのマリアの「心の世界」の中にいるような錯覚におそわれた。うすくひらかれた眼蓋からのぞく瞳は、あの巨大な森の睫毛の下からのぞいた、地平の端から端まである眼のそれと同じだったからだ。

ふいに、マリアはこちらに顔をふりむけ、ぐわっ、と口を開いた。真赤な口の奥から、硫黄《いおう》の燃えるような、何とも言えぬいやな臭気《しゅうき》がむうっとたちのぼって、彼は顔をそむけた。マリアはかっと眼を見開くと、毛が一面にはえた顔をゆがめて、にたっ、と笑い、おどかすように、彼にむかって鋭い牙をがちがち鳴らして見せた。——思わず、二、三歩たじろぐと、何かが背後から腰のあたりを、どん、とつきとばした。ふりむくと、たった今まで彼のねていた寝台が、がたがた床の上でおどりくるっているのだった。

突然、斜めになっていたマリアの寝台が、さあっと、ひるがえりながら宙に舞い上った。三メートルちかくなっていた黒髪が、漆黒《しっこく》のカーテンのように視界をおおった。天井から部屋中にしわがれた高笑いがひびき上った。見上げると、寝台は、マリアをしばりつけたまま、四メートルの高さの天井に、四つの脚をぴったりつけてはりついていた。黒髪は、ヘルメットをふりおとした彼女の頭から、黒く燃え上る頭光のように半円形にひろがり、天井にべったりはりついている。立ちすくむ彼のまわりを、退路をふさぐように、もう一つの寝台が、ぴょんぴょんはねながら、おどりくるっている……。

「彼をひき出せ！」と院長がわめいているのがきこえた。「早く！——誰《だれ》か、助け出すんだ！」

「くるな！」と伊藤は叫んだ。「自分で逃げられる……」

うす気味悪い笑い声が、また部屋一ぱいにひびいた。——天井に、寝台ごとさかさまにはりついて、大の字なりに手脚《てあし》をふんばっているマリアの横に、何かがうっすらと影をあらわしつつあった。それが、一かかえもありそうな、赤褐色の岩の塊《かたま》りだ、とさとった時、彼はさすがにはっとして、壁ぎわに身をよけようとした。

そのとたん、大の字なりになったマリアの股間《こかん》のあたりから、粗く、厚い毛布を通して、消防ホースからの放水ほどの勢いで、なまあたたかい液体がふりあおぐ彼の顔を目がけてほとばしった。思わず腕で顔をかばったが、顔の半面から、肩、背中へかけて、猛烈な悪臭をたてる、湯気のたつ液体をしたたかにあびてしまった。とびのこうとしたところへ、あの天井に出現した岩の塊りが、どしん、とおちて来て、あやうくつぶされそうになった。くだけた破片が顔にあたるのを感じながら、ちらと見上げると、天井には、まだ二つ、三つ、と新しい岩塊の影が現われつつあった。――ばさーっ、と、黒髪をなびかせながら、寝台は天井から彼にむかってストゥーカのように急降下して来た。思わず身をちぢめた彼の上をすれすれにかすめ、ひるがえる髪で彼の顔をうちながら、今度は至近距離で、彼の顔の真正面から、あの獣の尿の臭《にお》いのする熱い液体を、一ぱいにあびせかけるのだった。彼のまわりに、どすん、どすんとおちはじめた岩塊を避けて、彼はころげるように、閘室《ロック・ルーム》へのドアの下部の、赤くぬられた非常脱出口に体当りしていた。

4

「これぐらいの事で、逃げ出しはしません……」彼は、まだ湯気のたっている体を、バスタオルでやけにこすりながら言った。「まだ、はじめたばかりですから……。ただ、もっとデータがほしいのです。彼女の〝変貌《へんぼう》〟の前の……特に、彼女に殺された〝恋人〟の素行、行状、それから周辺の……友人とか、先生とか、恋人の仲間のちんぴらどもの話とか……」

「できるだけやって見よう……」とクビチェック院長は重い口調で言った。「だが、今となって、果してどれだけの事がわかるか……警察も、もう打ち切っているようだし……。最初収容されたパサデナの精神病院でも、ほとんど何も聞き出せなかったようだ。何しろ、見つかった時は、今ほどはげしくはないにせよ、もう、〝憑《つ》かれた〟状態で、手がつけられなかったらしいから……」

「その〝恋人〟とやらの色悪《いろあく》にひっかかってから、殺すまで何か月ぐらいだったんですか？」

「わずかの期間だ。――三か月もない……」

「ちょっと……」と、彼は、院長の手もとにある書類から、病院のカルテのコピーをとり上げて、眼を走らせた。「やっぱりだ。麻薬をうたれていますね」

「それも確認できたわけじゃない。身体にのこった注射の痕《あと》から類推しているだけだ……」

「通称ヘンリイ・ローパー、本名ホアン・エンリコ・ロペス――これが食われちまった

〝色悪〟の名ですか？　生前のこいつの行状をできるだけ洗ってみてください。こんなにわずかの期間に、上流階級の子女を狂わせてしまったなら、相当即効性のある、簡単に中毒になってしまう薬をつかっているはずです。ヘロインのうんと純度の高いやつか……LSD系統ではありますまい。このごろ、メキシコの方で、ヘロに、インディオの呪術師《じゅじゅつし》の使うキノコの成分の一部をまぜて、ひどく危険な薬ができているって話をきいた事がありますす。ギャングどもが、自分たちじゃ絶対使わず、女や、金持ちの子弟をまきこむのに使うという事です。そちらの線も一つ追って見てください……」

「やってみましょう……」ユーイン医師が、沈痛な顔つきをして立ち上った。「ロス警察に友人がいます。――私立探偵も二、三人知っていますから……」

「しかし……ベン……」院長は、口髭《くちひげ》をかきながらつぶやいた。「探偵をやとうとなると……費用は……」

「私の仕事を遂行するのに、どうしても必要なんです。――調査経費から出してください。何なら、私の成功報酬の中からはらったっていい」

ユーイン医師は、白髪《しらが》頭をちょっとふると、ドアをあけて出て行った。

「いったい今まで、あの娘にどんな治療をやったんです？」伊藤はカルテに眼を通しながらつぶやいた。「精神分析医《アナライザー》に見せたんですか？」

「精神分析医《アナライザー》の手におえる相手じゃなかったようだな……」院長は眼をそらせた。「それに……あの娘が、ほんとうに治せるかどうか、まるっきり見通しがたたん。実を言うと……私自身も、その点についてはあまり興味を持っていない……」

「なんですって？」伊藤は思わずカルテをくる手をとめた。「それはいったいどういう意味です？——じゃ、ここでは、何のために、あの患者を……」

「精神治療は、私の専門じゃないんだ……」院長は口髭をなでた。「実を言うと……クビチェックというのは母方の姓でね。——レニングラードにいた時は、ポドキンと名のっていた。エフゲニイ・K・ポドキン。専門は……」

「精神物理学……」伊藤は院長の横顔をまじまじと見つめた。「なるほど、そうですか。——お目にかかれて光栄です。ポドキン教授。プラハの超心理学研究所から三年前に姿を消して、その後、こんな所におられたんですか……」

「マリア・Kの治療については、すでに専門家が匙《さじ》を投げている……」院長は後手を組んで、壁にかけられたグリュンネワルトの、「聖アントニウスの殉難」の複製を見ながらつぶやいた。「〝悪魔払い《エクソシズム》〟も、ここへくる前にも二度やった。——ここへ来てからも……言った通りだ。治療については、まずのぞみはない……」

「じゃ、私は……」伊藤はカルテをデスクの上に投げ出して、腕を組んだ。「……なんのために呼ばれたんです？」

　霧の彼方に、ふたたびあの「森」があらわれた。——ためらわず、しかし、警戒だけは怠りなく、まっすぐ中へはいって行く。

今度は池はない。だが、陰鬱《いんうつ》な森のずっと奥に、一箇所、あたたかい光がさしている所がある。――彼はちかづいて行く。ぬらぬらとした黒い苔《こけ》でおおわれた地面が、そこだけ、紅金の美しい落葉に彩られており、明るい空から、黄金色の秋の陽がさしこんでいる。その光の中に、しっかり抱きあい、もつれあう一組の若い男女の姿があった。――おお、ヘンリイ……好きよ、ヘンリイ……愛してるわ……。娘のつややかな黒髪が背中でもつれるようにうねり、ゆれる。――男は背が高い。黒いちぢれた髪、きれいに刈りこんだ口髭《くちひげ》、彫りの深い顔、高価な背広、シックなタイ、指輪、控え目の上品な香水……色事師の熱い唇《くちびる》と、つぼを知りつくした、自信たっぷりの指先が、初い初いしい、世間知らずの娘の体を虫のようにはいまわる。――やめて！　ヘンリイ！……やめて！……私、かえらなくちゃ……いいわ……ヘンリイ……私をあげる……そっと、やさしくしてね……やさしく……。

秋の陽ざしが、突然毒々しい赤い光にかわり、ふっと消えてまっ暗になる。ふたたび赤い光がついた時、しわくちゃになったベッドシーツの上に、いたいたしいほど清らかな、若い娘の裸体がうかび上った。――男の骨っぽい、ごつごつした、どこか卑《いや》しげな裸体が、娘の美しくやさしい体にかさなって行く……。かすかな、いたいたしい悲鳴……男の顔は、うす汚《よご》れたハイエナの顔に変貌《へんぼう》し、いやな眼付できょときょとまわりを見まわしながら、白い泡《あわ》を吹き、低い唸《うな》り声をあげながら、唇や牙《きば》を血みどろにしてマリアの体をがつがつとむさぼり食う。

ふいに背後の森の中で鋭い、のどをかき切られたような幼女の悲鳴がひびきわたる。

――何度も……何度も……。ヘンリイ！……許して……いや！　助けて！……ベッツィ！……。

ただならぬ気配に、彼は身をひるがえして、背後の森の中にかけこもうとした。――マリアの乳房を、のど笛を、下腹を、ぴちゃぴちゃと舌なめずりしながら食いちらしていたハイエナは、血と汚物でどろどろになった顔をぐっとあげて、ヘエヘヘヘヘ……とあのいやらしい笑い、ハイエナの遠吠《とおぼ》えをながながとひびかせた。

森の奥から、火のつくような幼女の泣き声と悲鳴は、なお断続的にきこえて来た。――彼は悲鳴のきこえる方向にむかって走った。さほど走る事もなく、ほんの数十メートルの所に、あの三歳のマリアが横たわっていた。まっ白なエプロンとオレンジ色のワンピースをつけて……。だが、そのワンピースは、臍《へそ》の上までまくりあげられ、うすい、青白い、幼女の下肢がむき出しになっていた。――幼い陰部から臍の下まで鋭い裂傷が走り、血まみれになっていた。その血まみれの陰部を、毛むくじゃらでごつごつとたくましい三頭の半獣人《フォーン》が、棘《とげ》だらけの棍棒《こんぼう》のようなペニスで、かわるがわる犯している。一頭は顎《あご》ひげをはやし、一頭は葉巻きをくわえ、太鼓腹をつき出し、もう一頭は鼻がひしゃげていた。幼女は息もたえだえに叫んだ……。ゆるして！……ヘンリイ……いや……お薬をちょうだい！……いやよ！　こんな人たちいや！　こわい！……助けて……ベッツィ！……パイパー！……でも……おねがい……お薬を……。

「やはり、ロペスは強い麻薬をつかっていたようです……」とユーイン医師は、ロスからの報告書を手にもって、かすれた声で言った。「……ロペスの仲間が、暴行傷害と麻薬所持で警察にあげられて留置場で薬ほしさにしゃべったんだが……ひどい話だ……。あの色魔は、マリアに酒を飲ませ、介抱するふりをして、麻薬をうち……たった二度で、マリアを完全に中毒にした。……強い暗示をかけられていて、マリアは、それが麻薬だって事を、かなりあとまで気がつかなかったらしい。しかし、酩酊《めいてい》状態で、彼女はロペスと知りあってから、わずか三週間後に、次々に三人も〝客〟をとらされている。……ロペスの弱い尻《しっ》尾《ぽ》をつかんでいる、うす汚《ぎたな》い街のちんぴらギャングどもで……、ロス警察にあげられた男もその一人だが、そいつの話だと、中の一人は、ひどい梅毒《ばいどく》患者だそうだ……。ロペスは、連中に、何かの事でひどくおどかされていて、その代償に、マリアを……」

「ひどい話だ！」伊藤は吐き気をこらえながらつぶやいた。「金は？」

「マリアの個人的な預金が数千ドルひき出されています……。だが、それだけで終るはずはない。マリアの祖母の、二万ドル相当の宝石が盗まれている。マリアが持ち出して、ロペスにわたした可能性がつよいでしょうな。――ロス警察にあげられた男の話によると、マリアは、一人ずつ三人に犯されたあと、一週間ほどして、今度は三人に輪姦されている。……ロペスが、そうしないと、おれは殺される、おれを愛してるなら、言う事をきいてくれ、とたのんだんだそうだ。……マリアは、健気《けなげ》にも、汚いモーテルまで来たが、どたんばでさすがに恐怖にかられた……。そしたら、ロペスが、いつもの倍量の……致死量の約三分の二の薬をうったそうです。彼女はどろどろによっぱらって……まるで、幼稚園の女の子を犯しているみたいで、あまりあと味はよくなかった……とそいつは言っている……」

「で！——」と伊藤は、いつの間にかべっとりと額ににじんだ、気持ちの悪い汗を手の甲でぬぐいながらきいた。「そのあと……サンベルナルディーノ山脈の惨劇ですか？」

「いや、もう一つあります……」ユーイン医師は祈るように首をふった。

「あの惨劇の起る前日の晩、マリアの家に三人組の強盗がおし入って現金と宝石をうばった……。犬が眠らされていたそうだ……。幸い母親は祖母と旅行中だったが、マリアの父親が、なぐられてひどい怪我《けが》をした。マリアは、強盗たちにさらわれた、と思われていたが……あとは、話した通り……ロペスの死体のそばで……」

「わかりました！」伊藤はさえぎった。「それだけの事を知っているだけでも、ずいぶん参考になります。全然予備知識なしに……無防備で〝探索〟をつづけるよりも……」

「だが、もう、そういった段階は、通りすぎてしまっている……」クビチェック院長は、もうもうとパイプの煙を吐き出しながら、いらだたしそうに言う。「事件はずいぶん前だし……、マリアの〝精神の傷〟は、もはや、精神療法《サイコ・セラピイ》の段階をはるかにこえたものと、むすびついてしまっているんだ。そう思わんかね？……われわれは、その段階をこえて、もっと先に、すすもうとしているんだ！」

「でも、私はまだ、彼女をひ、き、も、ど、す努力をつづけてみるつもりです」と伊藤はきっぱり言った。「やれるところまでやってみましょう」

「彼女を、正常にひきもどして……それで彼女が幸福になれると思うかね？」院長は沈んだ声でつぶやいた。「あの、みずみずしい、純真な魂につけられた、すさまじいあの〝傷《い》〟を……正常になったら、あの娘は一生、背負って行く事になるのだ……。あの傷が、癒えると思うか？　彼女の魂は……もはや、ひきさかれ、粉々に砕け……」

「でも、私はやってみようと思います……」と伊藤はきっぱり言った。「彼女を……あの何か得体《えたい》の知れないものからひきはなし……正常さをとりもどさせ……そして、魂というものは、どんなにすさまじい傷をうけていても、癒、え、る事があります。そして魂が癒えるという事は……これは〝秘蹟〟です。……その〝秘蹟〟に期待するほかありませんが、しかし、私はやってみます」

「君の口から、秘蹟《サクラメント》という言葉をきこうとは思わなかったな……」院長は皮肉な調子で言った。「君に、そんな宗教心があろうとは思わなかった……」

「ですが、彼女にとりついているあの憑《つ》きもののひき起している常識をこえた現象も、言わば、〝悪魔の秘蹟〟じゃありませんか……」と伊藤は言った。「光明の〝秘蹟〟がないはずはありません……」

すさまじい咆哮《ほうこう》が森の中に鳴りひびいた。――幼女をおかしていた三頭の半獣人《フォーン》は、おびえたように、顔をあげた。

森のすぐ外、立木の列を通して、視野一ぱいにむくむくとした赤茶色の、縞模様《しまもよう》のある毛が動いていた。――らんらんと輝く、巨大な緑色の眼が、森の中をのぞきこんだ。腕の太さほどの、白い、かたい鬚《ひげ》が、左右にぴんと張って、ぶるぶるふるえていた。

ぎゃあっ！――と、その巨大な獣は、口を一ぱいにあけた。ピンク色の、棘《とげ》のいっぱいはえた舌と、一かかえもありそうな、鋭い、まっ白な牙《きば》がむき出しになった。

三頭の半獣人《フォーン》は、人間ほどの大きさの鼠《ねずみ》の姿になって、逃げ出そうとした。縞のある、太い前肢《まえあし》が、木立ちの間から、にゅっとのびて来て、たちまちきいきいとうろたえさわぐ鼠どもをつかまえ、鋭い爪《つめ》でひっかけて、森の外へひきずり出した。一匹、二匹……と鼠どもは、巨大な獣の顎《あご》の間でかみくだかれた。彼は、自分へむかってつき出された、鋭い鉤《かぎ》型の爪を、かろうじてとびすさってよけた。彼をつかまえそこねた爪は、血まみれの幼女の上につきささった。――幼女は、幼女の顔のままオレンジ色の羽毛をまとい、折れた翅《はね》をひろげたカナリアになっていた。

――待て！　パイパー……。

と、彼は、その象よりも巨大な猫《ねこ》にむかって叫んだ。

――そのカナリアを食べるな！　それはマリアだ……。

――お前は何だ？

緑色の眼を、彼にすえた巨大な猫は、その頑丈《がんじょう》な顎の間で、カナリアの骨を、ぱりぱりと音をたててかみくだきながらきいた。――その顎の間から、白いソックスと赤い靴《くつ》をはいた、幼い、細い脚《あし》が一本だらりとたれさがっているのを見て、彼は思わず眼をそむけた。

――お前は何だ？ ここへ何をしに来た？ ここは、お前などのくる所ではない。早く
帰れ。帰らないと、お前もかみ殺すぞ……。

と、巨大な猫は言った。

「気をつけろ！」と、院長の声が、いやにはっきり耳もとにきこえた。「そいつは、彼女の潜在意識下にある記憶じゃない！ そいつは……別のものだ！」

立木のむこうの、虎猫《とらねこ》の顔は、ますます巨大にふくれ上った。もう視野の端から端まで、猫の巨大な鼻と口だけしか見えなかった。突然、その口が、ぐわっと開かれた。血だらけの唇と舌、そして歯と牙の間にはさまった、オレンジ色の羽毛や、白い骨が見え、鯨《くじら》の肋《ろっ》骨《こつ》のような上顎《うわあご》と針の山のようなピンクの舌の奥の暗がりから、顔をそむけたくなるような悪臭が、ふうっと吹きつけて来た。が、その時彼は、開かれた巨大な口の奥の暗がりの中に、ふっ、と白く細いものの姿が立つのを見て、息をつめて悪臭を避けながら、その暗がりにむかってとびこんだ。

がちっ、とすさまじい音が背後でして、まわりがまっ暗になった。鋼鉄の釘《くぎ》のような鋭い棘が、彼の脛《すね》や太腿《ふともも》につきささり、なまあたたかい、ぬれたものが大波のようにうねって、ぬらぬらした上顎との間で彼をすりつぶそうとした。――青白い半月が空にかかっており、が、そこをぬけると、わびしく暗い野原だった。

ゆるい起伏を見せて、はるか遠くまでひろがっている野面をぼんやりと照していた。その野の中に、白い羅《うすもの》をまとった、ほっそりした娘がたっていた。――近よるにつれ、その羅は、あちこちずたずたにさけ、どす暗く汚れているのがわかった。羅をとおして、すらりとした、美しい裸体が見えた。

――マリア……と、彼は、心の中でつぶやいた。――マリア・K……。

――助けてください……。

マリアは、涙にぬれた、青白い顔をこちらにむけ、懇願するようにつぶやいた。

――私は……ヘンリイを、愛しました。……愛していました。……生れて初めての……恋だったのです……。本当に、はじめての……。彼は、やさしく、すてきにエレガントで……教養があり……ハンサムで……遊びもダンスもうまくて……とても魅力的でした。……ギターをひいて、すばらしい声で歌もうたいました。……南部の……大農場主の息子だ、と言っていました。……私は一眼見て……恋におちました。はしたないとは思ったけど……ほんとにあんな気持ちになったのははじめてでした……。両親も……先生も……愛する事はいい事で、すばらしい事だ、と言いました。私はそれを、子供のころからずっと、すなおに信じていました。で……私は、うまれてはじめて……全身全霊をあげて、ヘンリイを愛しました。だのに……それが……。

――マリア……と、彼は、しずかに近づきながら、ささやきかけた。――過去を見るな……ヘンリイの事を考えるな……。未来を見るのだ……。君は、若く、美しい……。健康だってすぐとりもどせる……。ふりかえるな……、君にはまだ、未来があるのだ……。

光を見ようとさえ思えば、光がみちあふれてくる未来がある。……傷の痛みを忘れるためにも……光を見ようと意志するんだ……。

——私……ヘンリイを愛しました……。と、マリアは手をさしのべて叫んだ。肌《はだ》の間からだらだらと血がながれ出して太腿から脛をつたい、羅《うすもの》の前を見る見るまっ赤にそめて行った。——私の持っているものを何も彼もささげてもいいと思い、事実ささげました。

……だのに、ヘンリイは……おお、ヘンリイ！……どうしてそんな事するの？ ヘンリイ！……助けて！……私をこの苦しい記憶から、きりはなして！……どうして、ヘンリイは……私、どうして、ヘンリイを殺してしまったのかしら？……一体、私あの時……どうしたのかしら……。岩だらけの山麓《さんろく》に、おきざりにされるのが、こわいわけじゃなかったの……ただ……ヘンリイが私をおいて……ラスヴェガスに、私よりもっとチャーミングな女がいて、その人の所へ行くんだって言った時……でも、どうして……どうして、あんな事ができたのかしら……。どうして、あんな重い、とがった岩が、私に持ち上ったのかしら？……おお……どうして……どうして……あんなおそろしい事が……苦しい！……助けて！……あれは、私じゃない！……あんな事をしたのは、私じゃない！……でも、私がやった……ヘンリイを殺して……彼の血を……心臓を……おお、おそろしい！……苦しい……誰か……誰か、この記憶を消して！……だれか……こいつから、私を救って！

　突然彼の右腕に、はげしい疼痛《とうつう》が走った。上膊《じょうはく》に、四箇所、やけるような痛みを催す点が二つずつむかいあわせに四つ生じ、そいつはぎりぎりと彼の二の腕の肉にくいこんだ。

――はっ、と右腕の所を見ると、長い、真黒な毛をなびかせた、西瓜ほどの大きさのものが、黄色がかった緑色に燃える眼をぎらぎら光らせ、鋭い牙で、がっぷり二の腕にくいついている。一瞬、大きな黒猫か、と思った。風になびく黒い長毛の間に、小さな耳も見えたからである。

　だが、そいつには、胴がなかった。――首だけの、猫か黒豹《くろひょう》に似た奇怪なものが、その鋭い牙を、ぎりぎりと上膊の皮膚にくいこませている。――がぶっ、と、左の腿にももう一匹の首だけの獣がかみついた。いつの間にか、まわりのくらがりには、らんらんと緑色に輝く黒い首が、うようよと数知れずただよい、くわっと赤い口をあけて鋭い牙を光らせながら、すきがあったら彼のどこかにかみつこうとねらっているのだった。

「どうした！――血が出て来たぞ！」とオペレーターの声がびんびんひびく。「右腕と左脚だ……。服が裂けて行く。何があった？」

「妙な野郎がかみついているんだ……」彼は、左腿の黒い首を、脚をふってふりおとし、右上膊にかみついた奴を、毛をつかんでひきちぎった。「そちらには、何か見えるか？」

「何も見えない。ただ、牙のあとだけが……。回収するぞ。院長がよびもどせと言っている……」

「待ってくれ……」黒い獣の首の毛をもってふりまわし、まわりにむらがる首どもにたたきつけながら彼は叫んだ。「もうすこし……」

——助けて……助けてください！……とマリアは血を流し、涙を流しながら、手をさしのべ、身もだえして叫んだ。——私を……ここから、助け出して……おねがい！……苦しい……。

——マリア！……こちらへくるんだ……。

と、彼は叫んだ。

——だめ……私の力では……行けない……苦しみが……後から……手をかして……。

彼は一歩、マリアの方へちかより、慎重に手をさし出した。——こういう機会にこそ、もっとも警戒が必要だという事は、長年の経験から本能的にわかっていた。だから、指先がふれそうになった瞬間、マリアの背後から、ごうっ、と爆発するように炎が噴き上った時は、充分のゆとりをもってとびすさっていた。マリアの背にたれた長い黒髪は、一本一本が白熱した炎の線となって、ばあっ、と扇型に中空にひろがり、彼の方にむかっておそいかかってきた。彼女の下腹から、血が灼熱《しゃくねつ》の炎の奔流となって噴き出し彼の胸をこがした。苦悶《くもん》するマリアのすさまじい悲鳴が、あたりの闇《やみ》にひびきわたった。彼女の乳房、口、耳の穴からも、火炎が花火のようにふき出し、ついに眼球までが、真紅の火の玉となってもえはじめた。マリアは五体五穴から、ごうごうと炎をふき出す、「燃える人形」と化していた。燃えながら虚空《こくう》に噴き上げる、身の毛のよだつような苦悶の叫びとかさなって、暗い空から、別の、うす気味悪い笑い声が降って来た。空にかかった半月が二つになり、その半月の一つ一つが、糸よりも細い瞳《ひとみ》をもった眼となって彼を見おろしていた。彼は、その、暗黒の空そのものである、得体の知れない存在に、眼をこらそうとした。――とたんに、燃え上るマリアの顔から、赤熱した炭火のような眼球がとび出し、白い炎の尾をひいて、彼の顔目がけてとんで来た。やっと腕をあげてふせいだが、肘《ひじ》の所に、熱いものがやきついた……。

5

「ことわっておくが、私は、徹底した、根っからの、唯物論者なんだ……」と院長は、かんでふくめるように言った。「プラハ大学の時は、理論物理が専攻だ。ＰｈＤ《ペーハーデー》は、素粒子論で……〝場の理論〟の新しい展開の見通しでもらった。――ただ、そのころの主任教授がかわりもので、幽霊粒子《ゴースト・パーティクル》……超光速粒子《タキヨン》とか、ボーズ統計にしたがういわゆるボーズ粒子にも、フェルミ粒子のように〝反粒子〟が存在し得ないか、というので、反光子《アンチ・フォトン》の存在を考えてみたり、宇宙線中に単極子粒子をさがしたり、――そんな事ばかりしていたので、それを手つだっているうちに、妙な事にひっぱられ、モスクワで超心理学《パラサイコロジイ》や、ＰＫ――サイコカイネティズムの研究にまわされるようになったんだ……。根っからの唯物論者だからこそ……こういう事に興味を持った。……持たざるを得んようになった……」

「なるほど……」伊藤は、火傷《やけど》した肘《ひじ》から、牙《きば》のあとの残る上膊に、包帯をまいてもらいながらつぶやいた。「すると、あの各種エネルギー測定装置は、あなたの設計ですか……」

「その通り……」と院長は大きくうなずいた。

「ところで、伊藤君……君にきくが〝憑《つ》きもの〟ってなんだ？」

「一般には、ヒステリーその他、異常な心理状態の産物と言われていますね」

「そう、そのケースがほとんどだろうな。――だが、この場合は何だ？――明らかに、あの密室の中に、突然、ある形態のエネルギーが出現し、重い寝台をふりまわし、何もない空間から岩や石をふらせ、また消える。外からの、わかっているエネルギー・インプットの影響は、計測的に、慎重に除去した、物理計測的密室の中に、突然出現して、常識はずれな事をつぎつぎにやって、また〝痕跡《こんせき》〟もとどめずどこかへ消えてしまう……、あの何キロワットから、何十キロワットにおよぶエネルギーは、どこから来て、どこへ消えるんだ？」

「潜在意識の中に秘められた、強い欲望が、さまざまな怪現象をひきおこすのではないか、という説がだいぶ前からありますね……」左大腿部の傷に自分で包帯をまきながら、彼はつぶやいた。「特に、思春期の女性のそれが……」

「ああ、むろん、いろんな事が言われたさ。――人々の見ている前で、突然、火の気が全然ない所で火が燃え上る。家中の品物が、びゅんびゅんとびまわる。頑丈な棚《たな》がおち、重い家具がかたむく。水道管も何もない壁から、いきなり何十リットルもの水がふき出す。あるいは、姿の見えない牙が人の体に食いこみ、何もない空間から大きな石が湧《わ》き出て、降ってくる……。動機なんかどうでもいいさ。女の子の潜在意識？――私はシベリアで……チチェノ・イングーシやヤクートや、ブリヤートモンゴルで、誰も住んでいない場所に風のない空から岩石がどかどかおちて来たり、まだ壮年の巨木が、次々にたおれたりした例を知っているよ。そういう事が、時々おこる、きまった場所さえ、地元民から教えてもらったよ、思春期の少女なんて、そのあたりにはいなかったがね……。騒霊《ポルターガイスト》現象というのは、人類が、大昔から、世界中いたる所で、山ほど目撃し、記録にのこし、現在も、世界のどこかで起りつつある。――ごくありふれた現象だ。それはいい。マリアの〝憑きもの〟だって、そのバリエーションの一つかも知れない。まあ、解釈はどうでもいいんだ。だが、問題は……あのエネルギーは、どこから、どうやってくるんだ？」

伊藤はだまって煙草をくわえた。――考えようもなかった。

「超常現象というのは厄介なものでね。――いつ、どこで、どんな具合に起り、どのくらいつづいて突然やんでしまうかわからん。ある一定の手つづきをふんで観察すれば、誰《だれ》がやっても、いつでも、どこでも、かならず観察できる定常現象と、そこがちがうんだ。――だから、マリアのケースは、稀有《けう》な例なんだ。彼女はここ数か月、ほとんど毎日、超常現象をひき起してくれる。精密な観測計測装置をセットした前で、だ……。彼女は、〝憑きもの〟を……つまり超常現象を、精密な科学観測の場へもたらしてくれる媒体《メディウム》だ。〝フランクリンの凧《たこ》〟だ。あの物理計測的密室の中へ、あの〝憑きもの〟が彼女を通じて、やってくると、あきらかに、ある種のエネルギーと質量が――言うまでもなくこの二つは、同じものだが——滲透《しんとう》してくる。エネルギー分布は、それが、もっと巨大で強力な〝エネルギーの場〟が背後に存在する事を暗示している。だが、どうしてもわからんのは、その巨大なエネルギーは、どこから、どこを通って、どうやって、あの密室内に出入りしているかだ……。むろん、ある〝仮説〟はたててある。ある学者が、アインシュタインの一般相対性理論を演繹《えんえき》してたてた宇宙の構造についてのモデルを利用したものだが——ジョン・ホイーラーを知っているか？」

「イギリスの数理物理学者ですね……」と伊藤はうなずいた。「〝超空間モデル〟の提唱者でしょう？」

「そうだ……。よく知ってるな。……彼の考えた、多次元多孔性空間を通って、別の宇宙空間から、あのエネルギーが、あの部屋に出入りしている、としても……今のままでは、この仮説の、検証の仕様がない。そして、この現象は、いつ、突然終ってしまうかわからんし、一度終ってしまえば、もはや二度と、こんな幸運な状態で観察できるかわからない。そこで二つの方向を考えた。一つは、エネルギー出入りの経路——つまり超空間を通って、別の宇宙へ通じているかも知れない〝孔〟を、できるだけ多角的な測定をやって見つける事……。もう一つは、君に、〝憑きもの〟と、何とか接触をこころみてもらう事……」

「私もそれを考えていたんです……」爪《つめ》をかみながら伊藤は言った。「ただし、私の場合は……〝憑きもの〟にあって、何とかマリアからはなれてくれる事を……マリアを、こちらの世界にかえしてもらう事を、たのんでみるつもりです……」

「そんな事は……」院長は、にわかに顔を真赤にして、彼をにらみつけた。どなり声が、のどをふくらませるのを、やっとのみこむようにして、院長は吐息をつきながら言った。「いいかね、君をやとっているのは、財団であり、協会であり、指揮をとっているのは私だ。君のやるべき第一義的な事は……」

半月の照し出す野面の中に、マリアの姿はなかった。が、彼は、ためらわず、まっすぐに、わびしい、ゆるやかにうねる野面をつっきって行った。

行く手に、ぶつぶつと毒のある瘴気《しょうき》を吐く黒い沼があり、またもや黒い森があり、森の奥に、まっ黒い、異様な建物がある。——そちらへ進めば、どんな事がおこるか、大体想像はついたが、彼はなおためらわずに進んで行った。

沼の手前で彼はたちどまり、しばらく様子を見た。——予期したような、「攻撃」はその水の中からはなく、沼はただ重くるしく、鉛色の水面をにぶく光らせ、その表面にぶくぶくと湧き上るガスの泡《あわ》がつくる小さな波紋をうかべているだけだった。

沼を横切って、黒い、巨大な橋が高く弧を描いていた。橋脚はなく、ゆるやかなカーブの黒い虹《にじ》のように、沼の水面にくっきりと影をうつしている。その一枚のうすい鋼鉄の帯でできたような橋の中途がねじれて、メビウスの輪の一部のようになっているのを、彼はしばらく見つめていた。

その沼の向うは、もはや「マリアの心の中」とは別の世界であり、その橋が、その世界への通路になっている事を、彼は直感的に悟っていた。——沼の向うは、不気味に、黒くしずまりかえっているように見えたが、その森の中や、奇怪な城廓のあちこちには、傷つけられた清純な娘が、痛みのあまりのはげしさによび出し、つなげてしまった、もろもろの歴史的な怨念《おんねん》、邪悪なもの、醜怪なものが、無数にひそみ、うようよと蠢《うごめ》きながら、こちらをうかがっているのが、はっきり感じられるのだった。そして、マリアもまた、その橋をわたった彼方の世界にいて、その一員となっていた。時折りは——ごくまれに、彼女はその橋をわたって、こちら側の世界へ逃れようとするが、彼女自身の背を焼く、「痛み」の業火が、彼女を「沼の向う」へひきもどしてしまう……。

「マリア・Kは……もう癒せないと思います……」とユーイン医師は、沈痛な表情で言った。「彼女はもう……八十パーセント向う側の住人です。むりに癒し、ひきもどそうとする事は、彼女を殺す事になるでしょう……」

彼は橋に足をかけた。橋は不気味にたわみ、揺れ、沼の底から泡とともに、おどかすような、冷やかすような大勢の嘲笑《ちょうしょう》がわき上って来た。頂上までの三分の二ほど来た時、橋のゆれ方はひどくなり、立っていられないほどになって、彼はやむを得ず、ひざをつき、はって進んだ。——進むにつれ、橋板が一方に徐々にかたむき、ねじれて、上側が下側になっている地点にちかづいていた。しかし、橋は、彼の体を吸いつけてとうとう彼は、落ちる事はなく、さかさに橋の裏側にへばりつく恰好《かっこう》になった。

気がつくと、水面に、自分の姿がまっさかさまにうつっていた。――そしてそこから先は、水面にうつった彼の「影」が、意識の主体となって、沼の底からそろそろと、むこう岸へはいのぼって行くのだった……。


「人間の心の傷、かたくむすぼれた魂を、すべてときほぐし、いやす事ができる、と思うのは……これは傲慢《ごうまん》というものじゃないかね？」とクビチェック院長はいらだたしげに口髭《くちひげ》をこすった。「君の信念は、まちがっているとは言わんが、あまりに若く、理想主義的で、楽観的だよ、伊藤……。傷や、むすぼれが、ある程度以上になると、もはや完全に癒す事も、ときほぐす事もできなくなるんだ。――ゴルディアスの結び目のように……」

「しかし……傷は、それをそっとしておけば、上に薄皮が張り、また周囲に新しい、健康な組織が形成されて行きます。傷の周辺では、特に、痛覚がにぶくなるようになると言います。もし、古傷にさわらないようにすれば……その新しく形成された補償組織で、生きて行けるでしょう……」と伊藤は言った。「ときほぐせないほど固くむすぼれたしこりも、貝が異物を真珠質でくるんで美しくなめらかなものにして行くように、組織の中に閉じこめ、表面からは見えなくなる……」

「が、さわって見れば、異物はそのなめらかな表面の下にある……」院長は、どん、とデスクをたたいた。「古傷は、またもや、はげしい痛みをつたえてくるのだ……。完全に癒えたのではない。傷も、結び目も、完全に消え失せたのではない。なめらかな表面からは見えないが、そこに存在しつづけるのだ！　何かの機会に、突然傷がうずき出し、異物が動き出さないとは……」

黒い森の中に足をふみ入れると、闇《やみ》のそこここに、ありとあらゆる、怨念《おんねん》、呪詛《じゅそ》、嫉妬《しっと》、憎悪《ぞうお》の雰囲気《ふんいき》がひそみ、せまって来て、彼は息のつまりそうな悪臭をはなつ、「歴史的、集団的怨念」の世界にはいりつつある事を悟った。――もともとは、あの明るく清純だった娘の中にはなかったものだ。だが、あの惨劇の痛みが、彼女をこの歴史的、一般的な情念の世界へつなげ、そのどろどろした世界が、彼女をのみこんでしまった。――はげしい飢餓《きが》からくる獣的な貪婪《どんらん》さ、美しくかしこく生れなかった怨《うら》み、成功した才能にそそられて試みながら、失敗し、挫折《ざせつ》した若年の自己顕示、弱さゆえの恐怖に由来する屈辱感、憎悪、めめしい比較によるひがみ、はげしい嫉妬、傷つけられた心、裏切られた浅薄な期待からくる呪詛、そして、裏切られた愛……。闇のあちこちから、そういったものが、彼にむかって威嚇《いかく》と呪詛の声をあげ、攻撃し、悪罵《あくば》をあびせかけた。あるものは唾《つば》をひっかけ、あるものは頰《ほお》に平手うちをくらわせ、後から髪をひっぱったり、腰をけとばしたり、脚《あし》にすがりついて怨み言や泣き言をいいながらひっぱりもどそうとした。また、あるものは、鋭い痛みを感じさせる毒をふくんだ針を彼の顔にふきつけ、悪臭はなつ汚物を彼にべっとりとこすりつけた。

それでも彼は進んで行った。こんな場所は、彼の専門の仕事から言えば、むしろなじみ深いものだった。〝探索〟をおこなう相手の意識の深層には、あらゆる抵抗と、「秘密」を見せまいとする罠《わな》や迷路がひそんでいるものである。

森のはずれ近く、霧が濃くなって、灰色の乳のようにうずまく中に、何か得体《えたい》の知れぬもののおぼろな影が、いくつもあらわれてはただよい、かすかな、うらめしげな叫びをあげて、霧の中のどこかに口をあけている深淵《しんえん》の底に沈んで行くのが感じられた。――そのおぼろな影のあるものは、全身笞《むち》のあとだらけで手足を鎖《くさり》につながれ、またあるものは、首の無い馬にのった首のない騎馬武者たちの列であり、頭をうなだれ、あるいは自らの髑《どく》髏《ろ》をかかえた骸骨《がいこつ》たちの行列であり、あるいは腕、脚を失い、腹よりはみだす臓腑《ぞうふ》をひきずった女や子供たちの長い列だった。――そこは、何千年にもわたる古代からの、何千万人、何億人という奴隷《どれい》、虐殺された戦争捕虜《ほりょ》や非戦闘員たちの亡魂が、永遠のうらみと悲哀をこめ、灰色の霧の一粒一粒となって、果しなく、見わたすかぎりただよっている荒野だった。

霧は彼ののどを刺戟《しげき》し、窒息しそうな息苦しさを味わわせた。――もがくようにして、やっと霧のうすらぐ地点にまで達した時、彼はそのむこうに、さらに「異質の」世界が奥深く、異様な姿でひろがっているのを見た。

さすがに彼も、その世界へ足をふみ入れるのをためらった。――そこから先は、あらゆる価値や秩序が、倒錯し、転倒している世界だった。醜怪なものが美しいとたたえられ、邪悪なものが善とされ、虚妄《きよもう》が実在となり、確実なものが不確実になり、ついには時間と空間さえが入れかわり、倒錯してしまう地点へむかって、その世界は、見、感じるだけではげしい頭痛がし、気がくるいそうになる異様さでつづいている。

——ひきかえせ……と、オペレーターの声がかすかにきこえた。——そこいらへんでひきかえせ……。体温、脈搏ともにかなりさがっている……。

——待て……と、彼は気息をととのえながら首をふった。——何とか侵入してみる……。静かだ……。危なくなったらひきかえす……。

「かさねてきくが、君は、本当に、この世に、すべてのむすぼれが解ければ、あとには淡々とした〝空《くう》〟がひろがるばかりだ、と思うか?」とクビチェック院長はきいた。

「〝闇〟は〝光〟に照らされれば、そこに何も存在しない〝無〟にかえる、と思うか?——〝悪〟は、結局、むすぼれたまま慰撫《いぶ》されぬ魂の表現でしかない、そのむすぼれさえときはなてば、〝悪〟は雲散霧消する、と思うか?」

「基本的には……」と彼はこたえた。

「基本的には……?」と院長はおうむがえしに言った。「そう考えたがるのは、君がブッディストだからじゃないか?……」

「私はブッディストではありません……」

「じゃ……東アジア人だからだ、と言おう。——釈迦《しやか》がヒンズー世界の認識をバックにして紀元前六世紀に考えた〝宇宙=世界=生命=人間観〟は、東アジア人の、この世界に関する基本的表象に、深い影響をあたえている。だが、それは一つの〝見方〟にすぎん。もう一つ、アーリア系の宗教には、ゾロアスター教からマニケイズムにいたるまで、〝光〟と〝闇〟、〝善〟と〝悪〟はそれぞれ同じものからわかれた、異る同等の〝本質〟で、それぞれが固有の存在を主張しつつ、相手をうちたおして〝窮極の勝利〟をうちたてようと、はげしく争っている、とする二元論が根強く存在する。ユダヤ教、キリスト教、イスラム教も、一方の――〝光明〟〝善〟〝絶体神〟の予定され、運命づけられた勝利、という形で一神教の形をとりながら、なおこの二元論的宇宙観の影響下にある……」

「そうでしょうね……」と伊藤はうなずいた。「で……それがどうしました?」

「釈迦の考えた涅槃《ニルヴァーナ》は……この宇宙の窮極的な到達点の一つのモデルとしては有効だろう。――宇宙間のすべてのエントロピーが最大になり、すべての〝むすぼれ〟がとけるか死ぬかして、均等に拡散してしまう……ボルツマンの〝熱死〟の状態だ。すべてはいずれ、〝空〟にかえる……。生命も善悪も、喜怒哀楽も、すべて〝空〟のむすぼれの連鎖にすぎない……。実体であり本質である〝空〟を見ず、その〝むすぼれ〟の方を実在と見あやまるから、そこに死ぬ事に対する苦悩や、現世に生きる事のさまざまな煩悩《ぼんのう》が生れる……。しかし、それらはすべて実体ではない。〝空〟こそが唯一の実在とわかれば、本来空なるものが〝空〟にかえる事も何ら苦しむに値しないと悟り、寂滅為楽の境地が達せられるだろう……。これは、一つの〝宇宙観〟より達せられる〝人生観〟だ。人間をふくめ、社会、歴史、生命、地球、宇宙一切を説明する一つのモデルだ……。だが……現代科学のさぐりあてつつある宇宙論は、この〝平穏な宇宙観〟に、アンチテーゼをさし出しつつあるように見える……」

「どうしてです？」

「宇宙の窮極的な終末の姿は、平穏な涅槃《ニルヴァーナ》ではないかも知れない……」クビチェック院長は悩ましげに口髭《くちひげ》を嚙《か》んだ。「エントロピー最大の状態で停止する、〝熱死〟ではないかも知れない。それは、一つの可能性にすぎないかも知れない。――現在の宇宙のバックグラウンド輻射、絶対三度という温度が、宇宙の膨脹、個々の銀河系宇宙間の相対距離の無限の拡大のため、絶対零度に無限にちかづいて行き、冷え切ってしまうか……あるいは宇宙の膨脹が徐々におそくなって、停止するか……逆に、停止したあと、宇宙間物質相互の間に働く万有引力によって、逆行しはじめ、諸銀河系が、すべて集って来て、原初と同じ、超高温、超高密度の状態へかえって行くか……。いや、それ以前に、現代科学は、この宇宙の中に、本質としての闇の存在を理論的にみちびき出した。そこでは、物質――つまりエネルギーが、もはやときほぐす事のできないむすぼれを形づくってしまっている。もし、ときほぐす事ができたら、なるほどそれも〝空〟になるだろう。だが、そのむすぼれは、もはやいかなる力を持ってしても、ゆるめ、ときはなってやる事はできない……。光をもって照しても、一方的にのみこまれてしまうだけで、そこに質量はありながら、光子さえ反射されてもどってくる事ができない、まさに〝本質的な闇〟だ……」

「ブラック・ホールの事ですか？」伊藤はおどろいてききかえした。「ですが……それは、短絡もいいところだ。あなたの言い方をきいていると、輻射は〝善〟で、重力は〝悪〟みたいにきこえる……」

「宇宙論のモデルの比較をしているだけだ……」院長はごしごし頭をかいた。「そして……善も、悪も、本質論のレベルでは、〝宇宙構造〟のモデルにその根拠をもとめている……」

「認識の根拠ではなくて、本質を説明する比喩でしょう？」

「単なる比喩《ひゆ》にしても……宇宙モデルが動けば、見方も変る。考え得る性質も……」院長はうめくように言った。「一般相対性理論の出現によって、ニュートンやライプニッツの宇宙像の危機はのりこえられたが……だが、その適用の成功の果てに、また〝宇宙像の危機〟が訪れつつある。相対論と量子論を手がかりに、宇宙の広範・精密な観測が進むにつれ、〝始源と終極〟のモデルや、〝宇宙構成の偏《かたよ》り〟や、〝重力と質量の本質〟について、さまざまの新しい考え方の改変の必要にせまられて来た。――場合によっては、一般相対性理論の演繹《えんえき》によって形づくられた宇宙像の、その演繹の先端で、一般相対性理論の放棄、解体が必要になるかも知れない、という予想さえあらわれた。一般相対論によって形づくられた現代の宇宙像をがたがたにしているもの……そいつが、ブラック・ホールだ。質量・エネルギーが、みずからのあまりにつよいむすぼれのため、まわりの空間をみずから閉じてしまい、まわりからあらゆるものをまわりの空間につくり出す歪《ゆが》みによってのみこみながら、のみこむ瞬間に、わずかの重力や、光子を輻射するだけで、一方的にふくれ上る……。その閉じた空間の中からは、もはや、何ものもかえってこない……。その内部では、われわれがその中で生き、見ている宇宙空間の性質や秩序がめちゃくちゃになる……。時間と空間の性質が入れかわる。ほとんど永遠の安定性をもつ、核子が崩壊する。自転《スピン》のあるブラック・ホールでは時空間の逆転領域を通って、この宇宙ではない、まったく別の空間に、物質がはいりこむ……。中心部の、〝シュワルツシルドの特異点〟を通って、物質は、いったいどこへ行くのかわからない……。あるいは、質量は、ただ、〝中心〟にむかって無限におち、凝集《ぎょうしゅう》されて行くだけで、永遠にそこにとどまるだけなのか……。この宇宙は、あらゆる恒星や、銀河系が、すべてブラック・ホールに化す事によって、その〝死〟をむかえるのか……。あるいは、宇宙全体が、たった一つのブラック・ホールになるのか……。それとも、宇宙規模のブラック・ホールの中心部で、密度がある閾値《いきち》をこえた時すべてが10^{-35}センチの空間にとじこめられた時、また〝裸のエネルギー〟が、新たな〝宇宙卵〟として爆発と新しい宇宙の再生をおこなうのか……。それもわからない。が、宇宙全体の曲率から、その全質量を計算すると、恒星や銀河系や、星間物質、基礎輻射など、〝可視物質〟の五十倍以上のこういった〝不可視質量〟が存在する、と考えざるを得ない……。〝闇〟は一つの〝本質〟として宇宙に実在する。――窮極的には〝闇〟がすべての〝光〟をのみこんでしまう〝闇の勝利〟の可能性がつよい。その〝闇〟の中心部で、新たな〝光〟が――新たな〝創造〟がおこなわれるのかどうか……、今のところ誰にも予測できない……」

「ホイーラーの〝超空間〟モデルは、そういった、宇宙に無数に存在するブラック・ホールの中心部の、〝シュワルツシルドの特異点〟をふくめて、空間構造を考えようとしたものですか？」

「まあそう言ってもいいだろう……。多孔性で、A点とB点が、あるはかり方では距《へだ》っているのに、別のはかり方では距離ゼロになる……そんな空間だ……。にもかかわらず、A点とB点とは、まったく別の空間に属している……。〝シュワルツシルド空間ののど首〟を通って、質量——つまりエネルギーが、瞬時に移動する〝別の空間〟をふくめた考え方だ……」

「きちがいじみている！」彼は思わず叫んで腰をうかした。「あなたが、何を言おうとしているかわかっています……。ポドキン教授……だが、いずれにしても、たとえ比喩としても、きちがいじみている……。次元のちがう現実を、むりにこじつけようとしているんだ。火星が赤く光るから、不吉な血の色をおびた戦いの星だ、と考えるようなものだ。まるで中世の錬金術師や占星術師、あるいは今もあとをたたない、擬似《ぎじ》科学をふりまわす民間療法の考え方だ……。人間の傷つけられた情念の、はげしくかたいむすぼれが、いったいどうして、ブラック・ホールや、シュワルツシルドの特異点や、ホイーラーの超空間モデルとむすびつくんです？」

「わからん……。ひょっとすると……」院長は頭の上からおちかかる想念をふりはらうように手をふりまわした。「いや……わからん。だが、どんなつまらない、ありふれた騒霊《ポルターガイスト》現象でも、それに必ず付随する、質量やエネルギーの出現は、いったいどこから、やってくるのだ？　どんな〝穴〟を通って出入りするんだ？　現に、あの〝マリアの部屋〟でも起りつつある事は……」

「少女の下意識にあるはげしい情念のむすぼれが、その〝超空間の穴〟をひらく鍵《かぎ》だとでも言うんですか？」彼は上ずった声でたたみかけた。「あの奇怪で邪悪な〝憑きもの〟は……つまり世に言う〝悪魔〟や〝妖怪《ようかい》〟は、はるかはなれた〝別の宇宙空間〟に生きていて、〝超空間の穴〟を通って、あの部屋に出入りしている、と言うんですか？」

「わからん、何もわからんのだ！」院長も負けずにわめきかえした。「だから、君にそいつのある面をたしかめてほしいのだ。もし、あいつが、どこから来るにせよ、意志と意識をもった存在だったら……何とか、そいつと話をして……超空間移動の方法を……」

「ばかげている！」彼はいらいらと部屋の中を歩きまわった。「あなたがたのやっている事は……まるで、子供むけの怪談かお伽噺《とぎばなし》だ。ばかげているばかりでなく、きちがいじみていて、どこか邪悪で……反道徳的だ……」

「電気の研究や、飛行機、核兵器の研究もそう言われた……」とふいにユーイン医師がつぶやいた。「だが、財団は、そのためにこそ、何億ドルもの金をつぎこんでいるんです。

――オカルティズムは……ひょっとしたら、新しい〝パワー〟をひき出す事になるかも知れん、というのでね……」

霧の向うの「異質の世界」へふみこもうとした時、体全体が、はげしくねじまげられ、ひきちぎられるような苦痛を感じた。――だが、それでもかまわず進んで行くと、眼前に異様な植物の群棲《ぐんせい》する地域がひらけた。

足もと一面にひろがっているのは、悪臭はなつ花畠だった。――だが、よく見ると、一見野菊に似た花の一つ一つは、膿《う》みただれた痔瘻《じろう》の肛門《こうもん》そっくりの色と形をしており、花びらには血と膿がしたたり、花芯《かしん》のまわりには淫《みだ》らな毛がはえ、乾いた糞便さえこびりついている。時おりいくつかの花の中心がひらいて、中から血まじりの太い糞便がのろりと吐き出されてきた。その度にその花は、痛そうなうめき声を地中からあげるのだった。吐き出された、――というよりは、はい出して来た黄褐色の糞便は、巨大なみみずのように、自分であたりをのろのろと這《は》いまわり、葉のない奇妙な樹木にはいのぼって、しきりに木の実をむさぼり食い、また洞《うろ》にはいこんでいる。食われる度に、雑木も叫びをあげた。ふりかえると、樹木は逆さに植えられた裸の人間の恰好《かっこう》をしており、果実と見えたのは、空中にひろげられた無数の脚《あし》の爪先《つまさき》に、たわわになっている陰茎だった。――はいこむ穴は、口であったり、女陰であったりした。――汚ならしい花畠の上を蝙蝠《こうもり》の羽と鷹《たか》の羽を片方ずつつけたり、くさったぼろぼろのトタン板をはやした奇怪な蝶《ちょう》がひらひらととんでは、血だらけの花芯を、鋭い嘴《くちばし》でつついて鮮血を噴き出させたり、ペニスそっくりの胴をずぶりとつきたてたりした。――そのたびに、花は、おそろしいしわがれ声で、苦痛の叫びをあげるのだった。

そんな所を通過しながら、悪臭も、汚ならしい光景も、何とも感じず、むしろ好ましい思いで見ている自分を彼は感じていた。——肛門といい、糞便といい、陰部といい、すべて人間の体についているものだ。なぜ、それを汚ならしいとし、嫌悪《けんお》すべきものだとするのか?

自分の感覚の急変に、ややおどろくと同時に、彼は、自分が変ってしまっている事にやっと気がついた。胴と脚のむきが逆になってしまっていた。腕と腹は背後にむいているのに、両脚は前へむいている。その上、さっきから自分の眼の前に何かがしきりにぶらさがってうっとうしいと思ったら、それは自分の睾丸《こうがん》と男性だった。彼の顔は、脚のつけ根、睾丸の下につき、臀部《でんぶ》が胸の上についている。——しかし、それを奇妙とも思わず、彼は汚ならしい花畠をつっきって行った。花畠のまわりでは、淫《みだ》らな女体の姿をした植物たちが、緑色の長い髪をさしのべて、その中に動物たちをかかえこみ、さまざまな麻薬的な夢を見せながら、とかしこもうとしていた。——自分たちを食う動物たちを、自分たちのつくり出す、さまざまなアルカロイドによって植物化してしまおうとしている「植物の意志」が、そのあたりでは、はっきりと感じとれるのだった。そのあたりの空中には、進化の途上で形成された、生物のはげしい「攻撃性」の形象化したものが、無数に泳いでいた。幅二メートルもある古代ザメのすさまじい歯だらけの顎《あご》や、ティラノサウルス・レックス、アロザウルスといった肉食恐竜の口、バラクーダ、ウツボ、毒蛇《どくじゃ》、鰐《わに》、虎《とら》やライオンや豹《ひょう》、それに熊《くま》や狼《おおかみ》といった食肉目の牙《きば》をはやした顎だけが空中をただよい、何かを見つけては舞いおりて来て、食いつき、食いちぎるのだった。クラゲ、毒ウニ、イモガイの毒針、蜂《はち》や虻《あぶ》の針、といった小さなものまでがきらきらととびまわり、彼を見つけると情け容赦なくおそいかかった。おかげで、胸の上にある彼の臀《しり》は紫色にはれ上り、腕の一本は、鮫《さめ》の顎にくいちぎられた。草むらにひそむ、長さ一メートルもありそうな、巨大なボツリヌス菌がはきかけた、恐ろしい毒素は、あやうく彼の眼をつぶすところだった。

その先に、体中から火を燃え上らせた無数の〝魔女〟たちがいた。――十三世紀から十七世紀へかけて、ヨーロッパを吹きあれた「魔女狩り」のために火刑にされた、数百万という「無実の魔女」が、ここでは、本ものの魔女となって、魔界の雑用を行っているのだった。魔女たちの火の壁の奥には、おなじみの「悪魔」や「魔神」たちがいた。やあ、ビリエル、やあ、アスタロート、やあ、ベヒモス、やあ、メフィストフェレス……と、彼はいちいち声をかけたい気持ちで、親しげに彼らを見ながら進んだ。火を吐く口で、嬰児《えいじ》をむさぼりくっている、牛面のモロクがいた。おそろしい牙をむき出したアエシュマ・ダエヴァがいた。髑髏《どくろ》を腰にぶらさげ、多数の腕で犠牲の人間をかじっているカーリ、角《つの》をはやし、臭い雄山羊をひっぱっているアザゼル、魚体のダゴン、破壊者アラル……それらのあらゆるまがまがしいものたちのむこうに、マリアがいた。彼女は全裸だった。――その双眸《そうぼう》は、燃え上る炭火のようであり、その額には二本の、頭頂にはさらに鋭く長い一本の角がはえ、四本の牙は、はっきりと鋭く、唇《くちびる》の間からはみ出していた。彼女は唇を血まみれにして、手にひっつかんだ男ののど笛から血をすすっては、肋骨《ろっこつ》をやぶってつかみだした、まだびくびく動く心臓をかじっていた。

そんな彼女のまわりに、二匹の魔物がいて、彼女を犯していた。角をはやし、長い尾をもった、みるからにいやらしい髯《ほおひげ》のはえた老人の顔つきの悪魔——淫乱と不浄の魔王ベルフェゴールは前から彼女の下腹に棘《とげ》のはえた陽物を埋没させ、巨大な熊ほどの大きさのある、肥え太った、毛むくじゃらの蠅《はえ》の姿をしたベルゼブーブは、剛毛のいっぱいはえた長い舌を、彼女の臀《しり》の間にさしこんでいた。——その光景を見るなり、彼は鮫の口に食いちぎられずにのこった一本の腕に、マリアの食いちらした男の脚の一本をもちあげ、いやらしい淫乱の魔王と、ふくれ上った蠅の魔王を、情け容赦なくぶちのめした。二匹の悪魔は悲鳴をあげ一匹に合体すると見るや、肥満したクビチェック院長の姿にかわった。

「待ってくれ……」とクビチェック院長は、裸体のまま、彼の打撃をよけて悲鳴をあげて逃げまわった。「私だ!——やめてくれ!」

「やっぱりそうだな……」彼はなおぶちのめしながら言った。「そうじゃないかと思った。いつも明け方こっそり、あんたが最上階へ行くのを見ていたんだ。——あれほど深い、心の傷を負った少女を、あんたは、あんた自身の、いやらしい、あさましい、獣欲の吐け口にして、ますます深く、彼女を傷つけた……」

「ちがう……。一つは、彼女自身が、私をよんだんだ。そして私も……彼女がなおっては、困るので……彼女の魂と肉体を、唯一の媒体としてつながっているあれとの接触がたえては、困るので……悪魔の祭壇に供物《くもつ》をあげるつもりで……」

彼は弁解をきかずになぐりつづけた。——とうとうふくれ上った血みどろの肉塊になるまで……。

マリアはその情景をにたにた笑いながら見ていた。——が、クビチェックの姿をした悪魔が、とうとうぴくりとも動かなくなると、マリアは今まで食べていた死体から長くつながった腸をひきずり出し、まるでひれのようにうちふりながら踊りはじめた。

彼はそれを無視して、今まで彼女のいた場所の背後にある、漆《うるし》のような闇を背景にうかぶ、金色に光りかがやく美しい男の姿にむかいあった。男の肩には巨大な蝙蝠《こうもり》の翼がはえ、その顔はかぎりなく美しく、しかしその眼は冷たく、邪悪で、見るものの心を凍りつかさずにはおかなかった。

「ルシファー……あんただな……」と彼はいった。「いや、わかっている……。本当は、あんたの背後にいる〝闇《アーリマン》〟……暗黒の神《アングラ・マイニュ》だ……」

「そう、私もここへ閉じこめられた。——私は、とらえられ、おちこみ、奈落《ならく》のもっとも深い闇の中心に永遠に閉じこめられた〝光〟だ……」とルシファーはこたえた。「そして、私をとらえたもの……〝闇《アーリマン》〟の代弁者だ……」

「代弁者でなく、直接話したい……」彼は言った。「彼女を……マリアを、かえしてくれ。彼女をあんたの呪縛《じゅばく》からはなしてやってほしい」

かえしてくれ、だと？

と、〝闇〟は言った。

そんな事は不可能だ。――お前はあのねじまがった橋をわたり、沼をこえた。あれが最後のチャンスだった。あの時、お前は、時間が永遠にとどまる〝エルゴ領域〟をこえた。さらにお前は、〝霧の原〟をこえた。あれが〝事象の地平線〟とよばれるものだ。あれをこえて、シュワルツシルド半径内にはいりこんだものは、いかなるものも……たとえ光たりとも、もとの世界へもどれない……。

「だが、あんたは〝超空間〟をあやつって、こちら側の世界へ出入りしていた……」

〝超空間〟を通れるものは、質量が、この空間におちこむ時に放出される一部の輻射《ふくしゃ》エネルギーだけだ……。

と〝闇〟は嘲笑《あざわら》うようにいった。

もはや、お前はこの特異な空間に、永遠に囚《とら》われた。――あらゆる秩序が、お前たちの宇宙のそれとちがう……。見よ、お前自身の姿も、お前たちの宇宙の秩序から見れば、〝異様なもの〟に変りはてた……。

「そうか……。この奇妙な世界の囚人となって、二度とかえれない、とするなら……逆に、この世界の中心部――〝特異点〟のむこう側は、どうなっているか、その方向へつきすすむよりしかたがないわけだな……」彼は踊りくるっているマリアをつかまえ、がっしり抱きかかえた。「おいで、マリア……。愛しているよ。実を言うと、君を何とか癒そうと思いつめ、そのために愛しはじめさえしたんだが、癒せないとあらば、二人でこの世界の底の底までさぐってみよう。一人で行くより、二人の方が心づよい……」

彼にかかえられたマリアは、うれしそうに、彼の臀をかじりはじめた。

「待て！」

と、ルシファーと〝闇〟は、狼狽《ろうばい》したように同時に叫んだ。

どうせいつかは、すべて、この闇の中心に吸いよせられる。が、それには順序がある。この世界の〝秩序〟がある。

——勝手に、この奥へ進む事は許されない。ルシファーでさえ……。

「この〝狂った秩序〟の世界で、高等生物が持つようになってしまった〝意志〟というものは、いったいどんな作用を持っているのかね。それが〝秩序〟にさからったり、ためしたりする方向で働いた時は……」彼はマリアに臀を食われながら、うす笑いをうかべた。

「想像力は？——ミンコフスキイという、歴とした理論数学者がいてね。彼の空間論は、現代科学に大きな貢献をしたが、反面、彼は四次元空間について、妙な事を考えた。霊体《アスツラル・ボディ》だけが、この空間に滲透できる、と言うんだ。——ニュートン、ライプニッツはじめ、すぐれた理論学者は、同時に奇妙な神秘思想も抱きやすい。ミンコフスキイの考えも、彼の正統的業績からすれば、とるにたらぬ妄想《もうそう》にすぎないだろうが、こういう所では、〝妄想〟さえも、その効果をためしてみたくなる……。アレキサンダーではないが、ほどこうとしてほどけない〝ゴルディアスの結び目〟にたちむかったら、たとえ乱暴と思われるやり方でも、ためしてみるまでさ。——さあ、行こう、マリア……」

——最後の〝探索〟の時、開始後三十分で、伊藤との連絡は完全に切れ、四十二分で、脈搏、体温、呼吸、いずれも危険状態にまで低下したため、何度も警告をおくったが返事はなかった。クビチェック院長は、伊藤を装置よりはずし、つれ出すために内部へはいったが、そのとたん伊藤は、突然憑かれたように、院長におそいかかり、コンバーターの部品でもって院長に重傷をおわせた。ユーイン医師はじめ、オペレーターの一人が中へとびこみ、院長を連れ出したとたんに、〝マリアの部屋〟は、大音響とともに内部へむかって崩壊し、その後、急速に、内部の一点へむかって縮潰しはじめた。

重傷のクビチェック院長は間もなく死亡、ユーイン医師、およびオペレーター二人も、部屋の崩壊の時、重傷を負い、のち死亡したため、このプロジェクトの一切は、中止となった。

〝ゴルディアスの結び目〟と化し、なお収縮をつづける、もとの〝マリアの部屋〟については、その後、多くの科学者を招請して研究をつづけたものの、突然の縮潰の理由、内部の物理的構造その他一切が何一つ解明されず、現在も当アフドゥーム病院地下室に保管されているが、ある学者の計算によると、この〝ゴルディアスの結び目〟が、5×10^{-11}センチメートル以下にまで縮潰をつづけるとするなら、マイクロ・ブラック・ホールとなるであろうという事である。

——アフドゥーム病院記録GN603（非公開）より抜粋

すぺるむ・さぴえんすの冒険

——SPERM SAPIENS DUNAMAIの航海とその死——

PHASE〝i〟

と、彼は、広大な暗黒の虚無の中に出現した、その異様な〝あるもの〟にむかってつぶやいた。

——また、あらわれたか……。

——お前が、私の問いに答えないからだ……。

と、その〝あるもの〟は、からかうように、また嘲笑《あざわら》うように言った。

——答えないうちは、折りを見て、何度もあらわれ、こうして問いかける……。

——行ってくれ……。

彼は顔をそむけ、手をふった。

——何度も、同じ問いかけをされるのはうんざりだ……。

——同じ問いと言うが、お前は、私の問いをおぼえているか？

〝あるもの〟は、彼のそむけた顔の正面の暗黒の中にあらわれた。

――おぼえていない……。彼は舌うちした。

――だが、その問いがいつも同じだという事だけはおぼえている。

――答えないからだ……。

と〝あるもの〟は執拗《しつよう》に言った。

――私の問いから顔をそむけ、答える事から逃れつづけるからだ。答えから逃げているかぎり、お前は、私のさし出す〝問いかけ〟を記憶する事ができず、したがって、私も、何度でもあらわれる事になる……。

――答える事から逃げる？　おれが……？

彼は眉《まゆ》をしかめた。

――逃げているんじゃなくて、本来答えられないんじゃないか？

――お前が答える事から逃げているのか、それとも、お前には、答えるだけの判断力がないのか、私の〝問い〟を聞いてみない事にはわかるまい……。

――わかった！

彼はいらいらして闇《やみ》にむかってどなった。

――どんな事だ。言ってみろ……。

――お前は、人類の中でもとりわけすぐれた男だ。ある意味で、稀有《けう》の……人類がその歴史を通じてうみ出した中でも、第一級の天才と言ってもいい。その事は、私が認める……。

〝あるもの〟は、またからかうような、嘲笑うような口調になった。

——お前を人類の中からただ一人えらんで、宇宙の一切の秘密と真理を教えよう。その代償に、こちらは二百二十億の全人類の生命をうばう……。どうだ？　お前は、この申し出をうけるか？

彼はだまって闇を見つめていた。——そう、この「問い」だ。今聞いて、はっきり思い出した。暗黒の彼方から、くりかえししつこく現われる、得体《えたい》の知れない〝あるもの〟が、あらわれる度に彼につきつける「問いかけ」はこれだった……。

——この問いが、馬鹿げたものだ、などとは言わせない……。

と、〝あるもの〟はつづけた。

——なぜなら、一旦《いったん》〝知恵の道〟に足をふみ入れてしまった生物は、その発展の果てに、最後は必ずこの問題にぶつかるからだ……一体、宇宙にとって〝知性〟とは何か？　この宇宙の中から宇宙の物質と秩序を使って生れ、宇宙の長い歴史を通じて育まれながら、この宇宙を〝客体〟として眺《なが》め、しらべ、この宇宙を超える世界まで探究しようとする、〝知的意識〟〝知性〟とはそもそも、それをうみ出した宇宙にとって、どういうものか、という問いかけに……。それは、この宇宙の物質と秩序と、長い歴史を通じてうみ出されたものでいながら、この宇宙自体とは異質の存在となったものなのか、それとも、それ自体はやはり、赤色巨星や、中性子星、ブラック・ホール、准星《クエーザー》やブルー・ギャラクシイ、といったものと同様、宇宙そのものの、あり得べき展開の中にふくまれるのか？——宇宙にとって〝意識〟とは何であり、とりわけ、もの事の窮極を問いたずねてやまぬ〝知性〟とは、いったい何か？……そういった問いに答えてやろうというのだ、言っておくが、解答は完璧だ。何の条件もない。塵《ちり》ほどの不完全さもない。そして、この解答が得られれば、あと、およそ宇宙間に発生進化し得る知性の抱く、もろもろの疑問について、一切の解答が同時にあたえられるのだ。——どうだ？　聞いてみたいと思わないか？　その扉《とびら》をあけさえすれば、知性はもはや、宇宙と自身に関して、一切〝問う事〟〝探究する事〟がなくなってしまうのだ。と言って、知性そのものが消滅してしまうわけではない。知性は、まさに、もうそれ以上ふえる事もなければ、へる事も、再整理される事も、また疑われる事もない、〝知識のストック〟そのものになるのだ……。代償は——二百二十億人の全地球人類の生命だ。ほろび行く……そして、いずれは完全にほろび去る太陽系知性種の全個体の生命だ……。お前が答を知ったその瞬間に、それは一瞬にして消滅する。むろん、答を知って、もはやこの宇宙内にいかなる疑問も、問うべき事も残っていない、〝完成された知性〟であるお前だけが残る……。

——ちょっと待ってくれ……。

と、彼はさえぎった。

——私が、その答に完全に満足するという保証は……

——何をくだらん事を！——これは「絶対的な問いかけ」で、保証のどうのといった、かけひきのはいりこむ余地はないぞ。そんな事は、お前自身がよく知っていよう……。

〝あるもの〟は、毒々しい口調で罵《ののし》った。

——保証などできない。が、完全に、私の言ったようになるのだ。……お前は、全人類の同意と納得をほしがっているな。が、そんなものは無意味だ。お前は、全人類が話しあって選出されたわけではない。私が、全人類の中から、お前を一方的にえらんだのだ。二百二十億の中から、お前一人に、〝秘密〟を伝えようとして……。だから、〝ふりむいて話しあい、意見をきき、同意を得る〟などという手続きはまったく意味がない。同意が得られないから……と、言って、断っても、それはお前の選択で拒否したのであり、同意が得られない事は口実にならない。

——もう一つ、別の問題がある……。

彼は脂汗《あぶらあせ》が額ににじみかけるのを感じながら言った。

——その〝真理〟なり、〝秘密〟が……お前が解き明してくれようとする、この宇宙の一切の〝秘密〟が、本当に私を除く全人類……二百二十億人の生命とひきかえるに値する、という保証はどこにある？

——それこそ、お前の選択、お前の決断を必要とするポイントだ……。そうたずねているのは私であって、お前が私にたずねるのは逆ではないか？

〝あるもの〟は、今度ははっきり、嘲《あざけ》りをこめて哄笑《こうしよう》した。

——私がさっき説明した、〝得られるもの〟の性質によって、お前が深く考え、考えぬいて、決意し、選択すべきものだ。お前が、私の説明から、私の提供しようと申し出ているものが、他の全同胞の生命とひきかえにするにはとても値しない、と判断したら断ればいい。その逆なら、うければいい。——まあ、私自身は、決して高価な買い物ではないと思う、とだけ言っておこう。なぜなら……人類は、太陽系内で、そして地球上で、ただ一種の、〝知識への道〟〝知性の道〟を歩み出した生物だ。そこが、他の生物ときわだってちがうところだ。〝種〟そのものとして、そういう性質の生物であると同時に、人類は、そのわずかな歴史の間に、その方向を、さらに強め、洗練し、深めつづけて来た。それは、あともどりできない段階を突破し、その傾向はさらに強まりつつある……。地球人類が滅亡するまでに、彼らは思考機械の助けをかりて、その道をかなりいい所まで進むだろう。が、その命数が終るまでつづけても、結局彼らの知的探究は中途半端に終るだろう。なぜなら、彼らの知性の発生して来た基礎構造の——「有機生命系の維持」という初期条件が、知性の「型」そのものに制約をあたえているからだ……。

——たしかに最初はそうだったろう……。

と、彼はつぶやいた。

——だが、ある時期からは……。

——コンピューターや思考機械にしても、まだその〝本性〟をよく発展させられていないと思わないか？

と、〝あるもの〟はつづけた。

――その上、そういったものは、ついに、「人間によってつくり出された」という初期条件に制約されつづけ、「有機生命的制約」から逸脱して、自己発展をはじめようとする度に、それをうみ出し、使っている「主人」の側からブレーキをかけられた。思考機械が、有機生命体とちがった自己の独自性を自分で発見し、もはや自分をつくり出したものの制約をうけずに、独自の発展をとげるのは、人類がほろんでから、かなり時間がたってからだろう……。

――ずいぶん、いろいろと先まわりして考えるものだな……。

と、彼は闇の中で苦笑した。

――その先まわりの仕方で、お前の正体の見当がつきそうな気がする……。

――はぐらかさずに、私の問いに答えろ……。

と、〝あるもの〟は威圧的に言った。

――いいか……。〝知恵の道〟を歩み出していながら、ついに中途半端のまま、〝窮極の解答〟を得られずにほろびてしまうという事は、とりもなおさず、人類が、地球上の珊瑚《さんご》虫《ちゅう》やクラゲや、地虫と同じようにほろびる、という事だ。それは、ある意味ではハチやアリのような社会性昆虫《こんちゅう》よりもおとる事になる。彼らの「集団的知性」とも見えるものは、とりもなおさず、彼らの〝種社会維持〟という目的にぴったりむけられており、彼らは「宇宙とは何か?」とか、「自分とは何か?」「宇宙の中において、

〝知性〟とは何か？」などといった問いを発しないし、そもそも問おうともしないからだ……。にもかかわらず、人類の知性は、「宇宙」という、自分のあたえられた環境のスケールをはるかにこえるものの探究をはじめてしまい、その中で、当然のはねかえりとして、そういった疑問を抱くようになってしまった。……それをはじめてしまった以上、中途でたおれる事は、挫折《ざせつ》であると同時に、生物としても、〝知性〟としても、みじめな失敗にすぎない。——その事を考えれば、もう、「合意」は得られたも同然ではないか？　ちがうか？　人類は、このあと、何万年生き、その人口がどれだけふえ、いかなる天才をうみ出そうとも、その知性の基盤を形成した「初期条件」によって、到底「窮極的解答」を、自力では得られない。そして、得られないなら、人類の知性は、ついに無意味であり、なまじ知恵をもって、もがきながら、ついには、サンゴやクラゲやプランクトンと同じ——そしてハチやアリ以下の存在としてほろびなければならないのだ。地球上で、人類だけが、〝種としての永生〟を約束されているわけではない、時間はかぎられているのだ。それなら……今、私がさし出している「助け」をうけ入れるべきではないか？　このまま何万年、何十万年生きて、ついに「クラゲ的死」をむかえるより、たった一人でも、外からえらばれた自分たちのチャンピオンに、「窮極的解答」に達してもらい、「地球的知性の栄光」となってもらう方が、はるかに意義のある事ではないか？

——そのために……。

と、彼はうめくように言った。

——二百二十億の人命を犠牲にしろというのか？

——それも、即座、かつ瞬時にだ……。

と〝あるもの〟は、冷酷な調子で答えた。

——瞬時だから、彼らには何の苦痛もない。むろん、彼らには、前もって何も知らされない。彼らは、それぞれの日常生活の次元で、こまごまとした事に気をとられながら、瞬時にして存在する事をやめる……。

——待て……。

と、彼はうめいた。いつの間にか全身にじっとり汗がにじんでいるのが感じられた。

——「知性」が……それほど尚《とうと》いものか……。彼らの……二百二十億人の、それぞれの人生の中のささやかな幸福を犠牲にするに値するものか……。

——それを言うなら、お前はこちらの申し出を「拒絶」した事になる……。

〝あるもの〟は、乾《かわ》いた声で言った。

——ただし……お前は、知的生物の一員としてうまれ、その中でも天性もっともすぐれた資質を与えられ、最良の教育を受けたにもかかわらず、ついに人類に、その「〝種〟としての存在の栄光」をかち得る最後のチャンスを逸せしめた事になる。……宇宙史の中で、お前は「怯懦《きょうだ》」のそしりをまぬがれまい。

——私が、その申し出をうけ入れれば……人類は救われる、と言うのか？

――別に救われはしない。人類の一員としてのお前が、「宇宙的栄光」に輝く、というだけの話だ。人類全体が「救われる」かどうかは、問題ではあるまい。……人類という地球種知的生物が、何のために、この宇宙の中で出現して来たか、というその「意義」が、お前の栄光によってあたえられるのだ。地球人類、もって瞑《めい》すべきではなかろうか？　そして、私のたずねているのは約束された「結果」によっての計量判断ではなく、たとえ「仮定」にせよ、こういう問いかけが行われた時、人類の一員として、お前がそれを受ける決心をするかどうかだ。

彼は闇の中で、汗をかきながら考えていた。考えながら、相手との、一種の「間合い」をはかっていた、といっていい。相手はたしかに、闇の中のどこかにいた。しかし、どこにいようと、そんな事は問題ではなく、彼がつかもうと努力していたのは、〝あるもの〟との問答の「呼吸」だった。

――さあ……。

と、〝あるもの〟は、ややいらいらした調子でたたみかけた。

――どうする？……また答えをのばすのか？　のばしてもいい。しかし、お前が受けるか拒むか、どちらかの「答え」を出すまで、私は何度でもあらわれる。ただし――これはお前が一番よく知っているように――時間はあまりないぞ、選択を、無限にのばすわけには行かないのだ……。

――一つ質問していいか？

と、彼は言った。

――いいだろう。愚劣なものでなければ、答えよう。

と、〝あるもの〟は言った。――余裕たっぷりに、こちらを呑んでかかっているような口ぶりだった。

――宇宙の窮極の真理、〝秘密〟を教えてもらうかわりに、二百二十億の命とひきかえに、万能の〝力〟をあたえてもらうわけには行かないだろうか？

――……？

〝あるもの〟は、明らかに意表をつかれた思いらしかった。

――この宇宙の一切の秘密、窮極の真理を知っており、その知識をあたえてくれる事がお前に可能なのなら、同じように二百二十億の人命とひきかえに、万能の〝力〟を与えてくれる事も可能なのではないか？……もし、最初の提案にあった〝秘密〟を知る事によって、そういった力も手に入れる事ができる、と言うのなら、また話が別だが……。

――〝知恵〟のかわりに〝力〟を、というわけか？……

〝あるもの〟は、まだこちらの真意をはかりかねているようだった。

――もし、そういう〝力〟を与えられるとして……その〝力〟でもって、お前はどうする？

――宇宙の一切の真理、窮極の〝秘密〟を手に入れる……。

と、彼はきっぱりと言った。

——ついでに、お前の正体もあばき、その力を手に入れる代償に奪われた、二百二十億同胞の生命をよみがえらせ、二百二十億全員に、窮極の真理、〝秘密〟を教え、〝種としての栄光〟を全員に分配する……。

〝あるもの〟は、たしかにショックをうけたようだった。——闇の中で、その気配は、うすれ、弱まり、遠ざかりつつあった。

——お前は、ばかげた事をきいた……。

と、遠ざかりつつ〝あるもの〟はつぶやいた。

——あまり、ばかげた質問だから、言った通り、答えない……。そして、お前は、まだこちらの問いに答えていない。……答えていない以上……私はまた……。

弱まり、消えて行く〝あるもの〟の気配にむかって、彼は腹をかかえて笑った。——笑って、笑って、あまり自分の笑い声が大きいので眼がさめた。

傍に、愛らしい小間使いが、心配そうな顔をして立っていた。

PHASE（I）

「おかげんでも悪いのですか？」

と、小間使いは小さな声でたずねた。

「いや……」

彼は寝台の上に起き上って頭をふった。

「でも、何だかとても苦しそうに、うなされていらっしゃいました」小娘は心配そうに眉《まゆ》をひそめた。「それに……最後は、とても……その、怖《おそろ》しい叫び声を、おあげになって……」

「怖しい叫び声？」彼は首をひねった。「いや――それはおかしい。私は笑ったのだ」

「笑ったようにはきこえませんでしたわ……。まるで、何かにむかって、どなりつけていらっしゃるように聞えました」

「君をおどかしたかね？」

「はい……いいえ、あの……」

「悪かった。……」と、彼はほほえんだ。「妙な夢を見たのだ。気にしないでくれ」

「朝食は何をあがりますか？」

「そうだな――何か変ったものは？」

「今朝はグワバ・ジュースが御用意できます。それから……」

「よろしい。じゃ、グワバ・ジュースだ。あとは、ボイルド・エッグ二つ、コンビーフ・ハッシュ、ジュリアンポテト――どちらもすくな目に……。パンはクロワッサン……いや、マフィンにしよう。今朝はコーヒーでなくて紅茶だ。ダージリンがいい……」

「かしこまりました。卵は四分でございますね？」

「いや、三分半にしてくれ」

彼はベッドからおり、パジャマをぬいだ。――筋骨隆々とした壮年の裸身を見て、小間使いは、ちょっと顔を赤くしたように見えた。

「ああ、そうだ……。それからすぐ、ミス・リーをよんでくれ」

「あの、朝食は……」

「かまわん。食べながら話す。――今日の天気は？」

「快晴――でございます」と小間使いは、ちょっとメモを見て答えた。

「けっこう……じゃ、朝食も、ミス・リーも、急いでたのむ」

小間使いが出て行くのを待たず、彼は素裸になってバスルームにはいって行った。冷たいシャワーをいっぱいにして浴び、バスタオルで皮膚が赤くなるまでこする。息を大きく吸い、ちょっととめてみる。それから、シェイバーをつかんで、バスルームを出、寝台の端に手をついて、いきなり逆立ちした。足をぴんとのばし、じりじりと腕を曲げ、またまっすぐにのばす。それを三回くりかえした時、

「お早うございます、ミスター・A……」

ドアがあいて、秘書のミス・リーがはいって来た。

「やあ、お早よう……」逆立ちしたまま、彼はミス・リーの方を見た。「朝早くから、よびたててすまない……」

「それはけっこうですが……」ミス・リーは、形のよい眉を片方吊《つ》り上げて、ちょっと顎《あご》

をしゃくる。「下着をおつけになったらいかがですか？——それとも、私をおよびになったのは、裸だか、逆立ちだかの点をつけさせるためですの？」

彼は笑って、逆立ちしていた寝台の端から、逆宙返りして床におりた。——ガウンをつけ、下着をつけた所へ、小間使いが朝食をのせたカートをはこんで来た。

「朝食もまだでしたの？」と、ミス・リーは、今度は反対側の眉を吊り上げた。「よほど緊急な御用がおありなんですね」

「そうだ……」青臭い、ピンク色のジュースを一息にのみほしながら彼はうなずいた。

「緊急というよりも、急いで話しておきたい事があるんだ……まあ、すわりたまえ」

オランダ焼きのエッグスタンドの上で、いつもよりやわらかめに茹《ゆ》でた卵の端を、スプーンで慎重に割りながら、彼は顎でむかいの椅子《いす》をさした。

「実は……夢の話だ……」

「夢？——ですか？」

「そう——何回も同じ夢を見るのだが、いつも数時間たつと、あとかたもなく忘れてしまう。だが、今朝は、まだおぼえている。おぼえているうちに、君に話しておきたい。記録してくれたまえ。いいね……」

卵を割る作業以外は、猛烈なスピードで朝食をかたづけながら、彼はさっき見た夢の問答の事を話した。——不思議な事に、ごく一部分がぼやけているだけで、あとはほとんど、一字一句、問答の細かいニュアンスまでおぼえていた。彼は食べながらしゃべりつづけ、紅茶とともに、ゆっくり細巻きのオールド・ポートをくゆらしながらしゃべりつづけ、さらに、シェイバーでひげをあたりながら語りつづけた。そして、ひげを綺麗《きれい》に剃《そ》り終ると同時に、話をやめた。

「これだけだ……」彼はシェイバーのスイッチを切りながら言った。「自分で考えて、数箇所、少しあいまいな所があるが、あとはほとんど完璧《かんぺき》にしゃべったと思う」

「記録しました……」それまで眉一つ動かさず、記録しつづけていたミス・リーは、今度は両眉をあげて言った。「かなり奇妙な夢ですわね。不可思議な問答です……」

「そう思うかね……」短くなった細巻葉巻《シガリロ》を、灰皿《はいざら》からとり上げながら彼はつぶやいた。

「私もそう思う……」

「この夢を、何度もごらんになったのですか？」

「そうだ……。今ならはっきり言える。何度も見た。……にもかかわらず、目ざめてから一時間か二時間で、きれいに忘れてしまう。夢を見た、という事さえ忘れてしまい、再び見た時に、前にも見た、という事を思い出すわけだ」

「その点も不思議です……」ミス・リーは眼を伏せて言った。「で――これを記録するだけでいいのですか？　それとも精神分析医《アナライザー》たちにまわしますか？」

「当然そうしてくれ。――そのために記録してもらったのだから……」

「わかりました。すぐ検討させます」

「さっき、小間使いに聞いたんだが、今日は快晴だそうだね？」

「ええ、——でも、午後二時ごろに驟雨《しゅうう》がある予定です」

「けっこう。——執務時間まで、散歩をしてもかまわんかね？」

「どうぞ……」ミス・リーは時計を見た。「一時間ちょっと、散歩をおたのしみになれますわ」

ラフなツイードの上衣にフラノのズボン、スニーカーという恰好《かっこう》で、彼は戸外へ出た。出しなに茶のコーデュロイの帽子を頭にのせ、スネークウッドのステッキをとる。

晴れ上った、すばらしい朝だ。——空は明るく軽い、すみわたったコバルト色、芝生にも、垣根《かきね》にも、まだ晨《あした》の露がきらめき、楡《にれ》の木の若葉やひらきかけの草花に、黄金の朝日がおどっている。空気は冷たく、さわやかな湿り気をふくみ、どこかに新鮮なミルクの匂《にお》いやメイプルシロップの香りをひそませているようだ。

「お早うございます。ミスター・A……」

生《い》け垣《がき》の手入れをしている血色のいい老人が、日にさらされた麦藁《むぎわら》帽をとってあいさつをする。

「お早よう。——このごろリューマチはどうかね？」

「もうすっかりいいです。——このごろは、すばらしい薬ができましてね。もっと早くつかえばよかったと思っています」

「そりゃよかった。それじゃ今度また遠乗りにつきあってもらえるかね？」

「むろんです。ミスター・A。——よろこんで……」

老人は白い鬚《ひげ》でおおわれた口もとをほころばせてにっこり笑う。

お早うございます、ミスター・A……。お早よう、やあ、すばらしくきれいに咲いたじゃないか。一輪お持ちくださいまし……。今日は、ミスター・A……。やあ、坊や、勉強しているかい？——ミスター・A、いつもお元気そうですね。ありがとう、この通り元気です。——やあ、奥さん、御主人はおかわりありませんか？　たまにはお茶でも飲みにいらっしゃってください。ありがとうございます、ミスター・A……。奥さんはいつもお若くていらっしゃる。いやですわ、ミスター・A、お口のお上手《じょうず》な事……。

晴れわたったすばらしい朝……。彼はオフィスを出て通りをまっすぐ歩いて行き、街を出はずれて、池のほとりまで出た。

鏡のような水面を、水鳥の親子が、列をつくり、ゆっくり泳いで行く。

楡、白楊、糸杉などが、いっせいに若葉をふき出し、そのため林や森が、ぼっと煙ったように見える。——太陽が高くのぼるにつれ、水面や林の中から、うっすらと水蒸気が立ちのぼるのだった。

彼は池のほとりの、古びた水精《ニックス》の青銅像にステッキをもたせかけ、パイプを吸いつけた。

——風のまったくない空にむかって、パイプの煙がまっすぐ立ちのぼって行く。彼の背後には、音もなく地上にうかんで走って行く配達車やバス、そしておだやかな朝の往還が流れ、草むらからは野兎《のうさぎ》がその長い耳と、ひくひく動く鼻面をつき出し、樫《かし》の木からおりて来た今年生れの若い栗鼠《りす》は、ちょろちょろと芝生の間を走りまわり、木々の梢《こずえ》では、小うるさく小鳥たちも鳴きはじめた。

パイプをくわえたまま、彼は青い空にむかって、うん、と両手をのばした。

地球――と彼はふと思った。二百万種の生物と、そのうちの一種二百二十億の人間を育む地球……。そして彼は……。

池のほとりをはなれ、今度は別の道をまわって、彼はオフィスへむかった。街の外側をまわる道は、木立ちが多く、古い住宅が、その間にひっそりと散在していて、彼の好きな道の一つだった。

人気のあまりないゆるくまわった並木道を、ゆっくり歩いて行くと、遠くで幼い子供たちのあげる歓声がきこえた。母親たちの子供をよぶ声や、かん高い仔犬《こいぬ》の鳴き声もそれにまじる。

並木道の片側は間のスペースをゆったりとった住宅街、反対側は、背の高いフェンスを介して、ゆるやかにおりて行く斜面になっており、斜面の下が、LMT――リニアモーターートレインの線路になっている。――朝のうちなので、長距離専用のLMTの本数はまだすくなく、彼が並木道にさしかかった時、出発便が一列車、音もなくすべって行くのを見かけただけだった。

フェンスの傍を歩きながら、彼はふと前方の線路上に、白い小さなものが動くのを見て、眉をひそめた。――白いものは、二条の支持レールの中央のリアクションレールのあたりを伝ってくる。そして、そのあとを、茶色のもこもこしたものが追いかけてくる。

——フェンスの警報装置が、どこかでこわれているな……。

と思った彼は、反射的に足を早めた。

——いや……、ひょっとすると、フェンスが破れていて……。

茶色のもこもこしたものにつづいて、赤いもう少し大きなものが、よちよちした足どりで線路の中にはいってくるのを見たとたん、彼はダッシュした。——トンネルの入口に、列車接近をつげる赤いX印のシグナルが点滅しはじめるのを見たからだった。走り出したとたんに、その隣りでもう一つのX印シグナルが点滅しはじめた。LMTの路線はむろんすべて立体交叉だが、それでも一キロおきに、列車接近のシグナル表示がある。その上、路線上の異常は、五千メートル、二千メートル、千メートル、五百メートル、三百メートルの五チャンネルで、センサーが働いているが、平均時速五百キロ、直線最高速度七百キロに達するLMTは、二百キロぐらいの速度でも、加速中に五百メートル以内に異物が突然出現した場合、超非常制動をかけた所で、勾配《こうばい》によって異物発見点をオーバーランしてしまう事がある。その上、フェンス電界、線路電界、レーダー、パノラミックTVと何重にもはりめぐらされている監視システムと、五チャンネルセンサーをつかっていても、いくつかの弱点がある。その一つはトンネル内とトンネル出入時の前後数秒間、さらに勾配の開始・終了点、もう一つは上り下りの列車のすれちがう時で、その時は、すべてがブラックアウトになるわけではないが、いくつかの装置が数秒間擾乱《じょうらん》状態になり、自動制御のリアクションが、通常より一〜二秒おくれる事になる。

そして、前方のトンネルの出口のあたりには、二つの擾乱条件が重なっていた。トンネル出口から内部へかけて下り勾配になっていて、出てくるLMTのレーダーは、勾配がなくなり、水平になるあたりのレール上わずかに数十センチがブランケットエリアになる。さらに、今、トンネルの外のゆるいカーブのむこうから対向列車が接近しつつあった。本来なら、トンネル出入口付近のすれちがいは避けるようにダイアがくまれているのだが、距離千キロにつきプラスマイナス一・五分〜二分の許容運行誤差が、時折り、そういう「悪条件の重なり」をつくり出してしまう。——が、これまでは、ほんの五、六秒の間で起るそういった悪条件も、直接の事故とは一度もつながらなかった。

しかし、今、彼の眼前で、その「悪条件の重なり」にくわえて、ほとんど考えられないほどの「最悪の事故の可能性」が出現していた。——トンネルから出かかっている列車、カーブを曲って接近しつつある対向列車の間に、不意に小さな白いボールがおちて来て、それを追って茶色の仔犬が、さらにそのあとを追って、よちよち歩きの三歳ぐらいの幼女が出現したのだ。

すでに、子供たちの、危い、というかん高い声と、母親のものらしい女の金切り声が前方にひびいていた。走りながら、彼はステッキと帽子を投げすて、上衣をぬぎすてて、思い切って踏み切ると、斜めにフェンスにとびつき、反転して脚《あし》の方から一気にフェンスをとびこえた。——眼前四、五十メートルの所で、仔犬はまだボールを追いかけ、それを追って赤い服の女の子もよちよち走ってくる。トンネルの中では、下り列車がすでに非常制動をかけはじめたらしい轟音《ごうおん》がとどろき、カーブをこえてあらわれた対向列車はおどろいたように非常サイレンをはげしく断続的にならした。

距離三十メートルで、彼は死にもの狂いのダッシュをした。対向列車のスピードは時速二百キロ以下におちている。トンネルから出かかっている加速中の列車もそのくらいだろう。ハードルの要領で、上下それぞれ三本ずつのレールに、足をひっかけないようにとびこえながら、ラグビーの要領で、ちっともスピードをおとさずすくい上げねばならない。ダッシュをつけているから、すくい上げてこちらへひきかえす時間はない。といって、すくい上げてそのまままっすぐ向い側の斜面までつっきるためには、対向列車の線路を横切らねばならない。プラス二十五メートルに、さらに風圧を計算しなければならないのだ。

女の子はやっと犬をつかまえた。背後に男たちの絶叫と、女たちの悲鳴を聞きながら、彼は、ほとんど上体を水平にたおして、幼女をすくい上げた。が、あまりにはげしい勢いで低くつっこんだため、そのまま前へつんのめり、体をたてなおすひまはなかった。赤い小さなものをかかえた彼の姿は、ものすごい非常制動の火花と煙と轟音をたて、巨体をゆすってつっこんでくる上り列車の下へ、ワンバウンドして吸いこまれて行った。

「轢《ひ》かれた!」

という叫びが、線路際の群衆から上った。

——誰《だれ》だ、あれは……。知らない……今、そこを歩いて来た人だ。

――ミスター・Aよ！

と、女たちの一人が叫んだ。

――うそだ、そんな……。

――いいや、そう言えば……。

――まちがいない。ミスター・Aだったわ！

……ミスター・Aが轢かれた！

さざ波のように、その声が群衆の上を走って行った。

……ミスター・Aが……女の子を助けようとして……。

おお！……ミスター・Aが……。

「どうでもいいから、この上り列車を動かしてくれ……」

突然、パトロールカーの、乗務員が、ショックのあまり蠟人形《ろうにんぎょう》のように硬直している列車の運転台の、そしてCTCセンターの、ラジオの緊急通信回線から、力づよいミスター・Aの声がひびいた。

「いつまでこんな、金気くさい所へ閉じこめておくつもりだ……」

わっ、と群衆の中に歓声が上った。パトカーから警官たちがとび出し、人梯子《ひとばしご》をつくってフェンスをこした。CTCセンターの運行係は、あわてて緊急操作のボードにとびつき、LMTの監視室では、突然生気をふきこまれた蠟人形たちのように、乗務員が、超非常制動ロックを解くために、ふるえる手で手早く操作ボタンを押しはじめた。

鮮やかな黄色に塗られたLMTは、ゆっくりと後退をはじめた。——先頭の車体の下から、排水トラップ兼用のマンホールがあらわれ、その中から、赤いものをささげた長身の男が立ち上った。女の子は、あまりのショックに、泣きもせず、まっ白な顔をしていた。

わッ——と、フェンスぎわの群衆が歓声をあげた。……ミスター・Aが……、女の子を助けた。無事だった……。すごい！……奇蹟《きせき》だ……いや、超人的だ。そうだとも！　ミスター・Aでなけりゃ……。そうだ、見たか？　フェンスを一挙動でとびこえたんだ……。すごいダッシュだ……あのお年齢《とし》で……。ミスター・Aだからやれたんだ……。

「フェンスが破れていました……」かけつけたパトロールの警官が言った。「今朝早く、車か何かぶつけたらしいです。モニターにはシグナルがはいっていて、巡回監視班が一応チェックしたんですが、人間がくぐれるような穴じゃなかったので、応急修理班におしつけておいて、ほかの場所へまわったそうです。五キロ先で、自然倒木があって、フェンスが二十メートルほどこわれたんで、そちらへ先にまわったとか……」

「ふつうのおとなはくぐれなくても、仔犬はくぐれる……」そう言って彼は、女の子を警官の手にわたした。「そして、ちっちゃい子供も……三つぐらいの子供は、とんでもない所へはいれるもんだ。私も三つの時、猫《ねこ》を追いかけて、信じられないくらいせまい塀《へい》と塀との間にはいりこんで出られなくなった事がある、——出してもらうのに塀をこわさなければならなかった……」

警官の腕につづいて仔犬をわたしながら、彼はニヤリと笑った。——警官と一緒に、フェンスの方にむかいながら、彼は、軌道の間におちていた小さなゴムボールをひろい上げ、待っている群衆の方へむかって投げた。群衆は先を争ってそれをとろうとした。

「梯子を持ってこい！」とフェンスの傍で警官は叫んだ。「こんな高いフェンスを、ミスター・Aはどうやって一挙動でこえたんだ？」

「こうやってさ……」

と、斜面をかけ上りざま、彼は斜めにフェンスにとびつき、下半身を上方へ大きくぶんまわしてフェンスをこえて向う側へとびおりた。――群衆は再び大歓声をあげて彼をむかえた。

「みなさん、すみません……」と彼は両手をあげて叫んだ。「私も走ったりとんだりでいささか息が切れました。もう年齢《とし》ですから……（ここで群衆は爆笑し、拍手した）すみませんが、どなたか私の帽子と上衣とステッキを探《さが》していただけませんか？　記憶力の方もあやしくなったようだ」

群衆は笑い、熱狂的に拍手し、たちまち彼の帽子と上衣とステッキが、人々の手から手をわたって彼の手もとにもたらされた。

フェンスごしにやっと自分の娘を手わたされた若い母親は、興奮のあまり、ヒステリックに泣いたり笑ったりしながら、彼にくどくど礼を述べたり、親の不注意を詫《わ》びたりしはじめた。

それをやさしくいなしながら、彼は、

「このあたりは、児童公園はないのか?」

とパトロールの警官に聞いた。

「ありますが、少しはなれています」と警官はこたえた。「このあたりは、大体年配の——五十代以上の夫婦が多かったんです。隠退地域でね。——しかし、最近は、世代交替期で、かつての両親の家へ移りすむ、若い夫婦も急にふえて来ました。ですから小さい子供も……」

「小さいのでいいから、早急に一つ作らなきゃならんな……」と、彼は上衣を着ながら、群衆にまじる、幼い子供たちの顔を見ていった。「子供たちを、安心して遊ばせる事のできるようなのを……。計画課に、至急検討させよう。——それから保安課の方へつたえてくれ。住宅地区のフェンスは、二重にしろ、とな。私の方からもむろん指令する。どちらも、予算は何とかなると思う」

彼は帽子をかぶり、時計を見て、

「こりゃいかん……」と肩をすくめた。「執務時間に十分おくれた。散歩の途中だが、パトカーで送ってもらえんかね?」

それから群衆の方へむかって、ちょっとウインクして見せた。

「みなさん、どうか眼をつぶってください。——私用中なのに、公用車をつかわせてもらいます……」

群衆はまた大笑いし、拍手した。——万歳を叫ぶものもいた。彼らの歓声を後にして、パトカーはサイレンをならしながらオフィスへむかって走り出した。

PHASE（II）

——いささか子供じみてる……。

と、オフィスへはいりながら、彼は今朝の「事件」の事を考えた。

執務室へはいって行くと、ミス・リーが、例によって美しい眉《まゆ》を片方だけつりあげていた。——彼女の眼は笑っていた。

「十五分おくれです。ミスター・A……」

「昼食時間を十五分きりつめれば同じだろう」

彼もはいって行きながら、笑いかえした。

「それでは、今朝の予定を申し上げます……」

ミス・リーは、片手に持ったメモ・ディスプレイのスイッチを入れながら言った。

「ちょっと待ってくれ……」と、彼は、デスクの上のCLCディスプレイから眼を上げながら言った。「今日一番の仕事は何だね？」

「環境局長の定例報告です。——もう隣りの部屋で待っておられます」

「お早よう、サトウ……」彼はいきなり隣室へ通ずるインターフォンのスイッチをあげて言った。「待たせてすまない。——何か緊急の用件はあるかね？　なければ、待たせついでに、もう五分待ってほしいんだが……。いいかね？　ありがとう」

「昼食時の休憩をあまり犠牲になさってはいけません……」と、ミス・リーは、叱《しか》る時にあげる方の眉毛をつり上げて、インターフォンのスイッチを切った彼に言った。「やはり、健康の問題にかかわりますわ」

「わかった。じゃ飯を早く食って、休憩をふやす」

「それでは何にもなりません……」

「そんな議論をしているうちに、時間がたってしまう」彼はクスクス笑った。「何をしたいのかって？——わかっているだろう。今朝の点数だ……」

「御自分で、採点センターへおききになったら？」

「いや——やはり、あなたの口から、あなたの解説つきで聞きたいんだ。今朝の事件の、私の採点はどうだった？　何か失点があったかね？」

「あります……」

突然ミス・リーは、きちんと椅子《いす》にすわったまま動かなくなった。——かわって、色液晶《シー・エル・シー》ディスプレイの画面に、ミス・リーの姿がうつって、面白そうな顔をしながら言った。

「しばらくそのままお待ちください……」

採点センターとの照合がおこなわれる数秒の間に、彼はパイプをくわえ、火をつけた。

「事件の発見から、判断、反射、処置までは申し分なしです。走力、跳躍力、筋反射、心臓、肺、これも正常プラス五……いちかばちかの最終判断もお見事でした。こちらの計算通り、あなたは線路への斜面をかけおりる時、すでにあの排水口を見つけ、〇・一秒フラットの間に、まっすぐ走りぬけるより、やや斜めにジャンプして、あの排水口へとびこむ決断をなさいました。この判断時間は、私どもの予想よりわずかに早かったようです。それをきめてから〇・五秒の間に、女の子をピックアップして、どういう姿勢であの排水口へとびこめば、一番二人とも怪我《けが》がすくないか、という判断をなさいました。これも、当方の予想より、〇・一秒早かった……」

「ただし、犬も助けたのは、実を言うと怪我の功名だよ……」と彼はパイプをくゆらしながら言った。「あの女の子が、ちょうどうまく、犬をかかえ上げた所だったから……」

「ええ、あの仔犬は、こちらの投げておいた小さな罠《トラップ》です。あなたの動物好きはわかっていましたから……。しかし、あなたはこの罠にひっかかっても、ためらいを起さず、まっすぐ正解へ進みました。あなたが、ダッシュしながら犬の事を考え、その救出を〝一時棚《たな》上《あ》げ〟にした時間は〇・〇二秒です。犬も一緒にピックアップして、穴にとびこむまで、女の子と一緒に犬も怪我をさせないようにしたい、と思って、とびこみ姿勢にわずかの変化をつけるまでの、判断＝筋反射が〇・〇三秒……合計〇・〇五秒で、一秒未満ですから、全く問題ありません。しかも、犬も無事に、どこも怪我させなかったのですから、一点追加されます……」

「ここまで満点プラス一だとすると、失点は後半の〝後処置〟だな……」

「ええ。――それでも、警官との対話、フェンスの事、児童公園の問題はいずれも、予想されていた事に洩《も》れなく触れて、処置の公約、命令判断も満点でした。ボールを投げたのは、まあいいだろう、という事になりました。フェンスをもう一度かっこうよくとびこえて見せたのも、〝軽率〟という少数意見と、〝やりすぎ〟という少数意見がありましたが、多数決により、減点ポイントにはなりませんでした。しかし、後段の失点との関係で、実は、これも問題になります。――とにかく、ここまでは、完全に無失点で、しかもプラス一の持ち点があります。問題は、このあとの段階です……」

「どういう点がまずかったかな?」

と、彼は、画面の中のミス・リーを、ちょっとからかうように首をすくめた。

「群衆に対した時、帽子と上衣とステッキを持って来てほしい、とおっしゃいました。これは結構です。〝走りまわって息が切れた〟というアッピールは、まあいいとして、そのあと、〝私も年齢《とし》だから……〟は、やや言いすぎという意見と、そのウイットが、群衆の緊張をほぐし、親しみを高めたからプラスという意見が、相殺して、このパラグラフでは失点なし……。ただし、問題はその次です。〝記憶力の方もあやしくなったようだ〟は、前の〝息切れ〟の問題の上にかさねられて、くどすぎるし、また民衆のごく一部にでも、ひょっとしたら、という不安を潜在意識下で刺戟《しげき》した、という点で、明らかにやりすぎ、という判断が大勢をしめ、ここで減点二点となりました」

「私はいつも、緊張のとけたあと、つい冗談を言いすぎたり、やりすぎたりするのだ……」と、彼は頭をかかえてみせた。「──それが私の悪いくせだ……」

「マイナス評点には、いろんな評言が出ています。──〝芝居気たっぷり、という印象を、この段階で群衆にあたえてしまったから失点二〟〝やや、気障《きざ》〟〝いいかっこうのしすぎ〟〝悪のり気味〟〝同じジョークの二度なぞりは、センスのない証拠、減点三〟〝若干いやみ……〟その他……」

「もういい」彼は苦笑しながら頭をかいた。「汗をかきそうだ……」

「この減点に関連する事によって、前の段階では、減点にならなかった、ボール投げ、二度目のフェンスとびこえが、やはりマイナスになりました。〇・五点ずつでマイナス一です……」

「ひどい審判たちだな……」彼は顔をしかめてみせた。「民衆の前では、適当に、〝いい所〟を見せなければいけない──。そうだろう？」

「その通りです……」画面の中のミス・リーは片眉をあげた。「ですが、それがへたに芝居じみては、かえってやりすぎです。浮薄な人気は得るかも知れませんが、そういう面での熱狂的な心酔者でも、どこか心の隅《すみ》に〝くさい〟とか〝やりすぎ〟とか、〝気障ったらしい〟〝軽薄だ〟というマイナス面を嗅《か》いでおり、それが意識下にストックされて行きます。それを見せるなら〝毅然《きぜん》と〟〝安っぽくなく〟なさらなければなりません。指導者《リーダー》は、野球選手や流行歌手とはちがうんですから……。それからもう一つの失点は……」

「おいおい、まだあるのか？」彼はさすがにうんざりしたように首をふった。「もう大体わかったから、仕事にうつろう」

「これは、あなたが知りたいとおっしゃった事ですわ……」ミス・リーは、笑う時の眉をつり上げた。「せっかく時間をとったのですから、恥ずかしくても、最後までお聞きにならなければなりません。——最後の失点は、パトカーにお乗りになる時です。執務時間がおくれた、というあたりまではまだいいのですがしかし、これも言わなくてもいい、という意見と、言わない方がいい、という意見とが過半数を占めました——あと、公用車を私用に云々《うんぬん》と言って、〝眼をつぶってください〟とやったのは、明らかに言わずもがなのジョークです。前に申し上げたのと同じ理由で、〝民衆の信頼を失いかねない潜在的暗示〟を与えた、という点で、失点二です。——〝悪ふざけがすぎる〟という意見もかなりつよかったようです——」

「きびしい!」と彼は言った。「それじゃ、おそらく、ウインクもよくなかったろうな」

「むろん、それもはいっています。その点であやうくマイナス二・五になる所でした。——総じて、最近のミスター・Aの行動は、危機判断、緊急行動において、ますますみがきがかかり、また後処理の政治的判断、措置も緻密《ちみつ》になって、ここまでは満点プラスになるほどの進歩が見られるのに、対民衆の後処理において、ゆるみとやりすぎが見られ、ここで大きくマイナスになるために、総合点において、ほとんど進歩が見られません……」

「……やや子供じみているからだ……」と彼はつぶやいた。

「は?」と、画面の中で、ミス・リーはけげんな顔をした。

「……最近の、テスト・プログラムは、若干子供じみている、と言ったのだ。――LMTに轢《ひ》かれそうになった子供を、突進して助ける……筋反射や、判断時間をテストするにしても、あまりにも、絵に描いたような〝英雄的行為〟じゃないか……。やる時は全力をふるってやりながら、心の隅では、どこかそれを感じて、照れくさがってるんだな……。だから、バランスをとるために不必要におどける事になる。――テスト・センターに、もう少しましなシチュエーションとプログラムを考案しろ、と言ってくれ。本当に、一人前のおとなが、その全知力、判断力をぶちこんで、力一ぱいとりくめるような練習《エクササイズ》を……」

「お言葉を返すようですが、あの……今朝のは実習《プラクティス》ランクのテストで、練習《エクササイズ》問題ではございません……」

「だったらなおさらだ……。あまり見えすいた、ステロタイプのテスト・プログラムでなく、少しは、私という人間にふさわしいような、私の全力投球できる〝問題〟を作成してくれ」

「わかりました……」と画面内のミス・リーはちょっと頭をさげた。「その件は、至急検討させましょう」

画面内のミス・リーが消えると、今までじっと動かなかった、彼の正面にすわっているミス・リーが、急にぴくり、と片眉をあげて立ち上った。

「十分すぎました……」と彼女は時計を見ながら言った。「執務をはじめますか？」

彼がうなずくと、ミス・リーは控え室のドアを開けて言った。

「お待たせしました、サトウ局長……」

報告、了承、決裁、スタッフ会議、面会、指令、委員会、テレビ会議、中核スタッフとのちょっとしたブレーンストーミング——そしてやっと二十五分おくれの昼食……。

——指導者《リーダー》とは何だろう？

いつもとちがって、陪食《ばいしょく》なしで一人で、半分の時間で昼食を終えた彼は、一区切りついた時にいつも感じるややぐったりした感じの中で、葉巻きをくゆらしながらぼんやり考えた。——最近頻繁《ひんぱん》に頭にうかんでくる疑問であり、もう一度、細部にわたって「明晰《めいせき》」に把握《はあく》しなおしておきたいと思っている問題だった。

もとより、指導者《リーダー》となるべき道をまっすぐに歩み出した過程において、特に選抜される事がはっきりした最後の段階において、その問題は、くりかえし中枢機構によって特訓され、彼自身も徹夜で彼らと議論をたたかわし、突っこんだ質問をし、さらにもっともきびしく己《おの》れに問い、その事は、どこから見ても「完璧《かんぺき》」と思われる解答が出ており、すみずみまで「明晰」に把握しているはずだった。

だが最近、ふと、こういう問いが今さらながら頭にうかぶ、という事は、「完璧」と思われた解答に、どこか不備な所があり、それがいろんな〝練習〟や〝実習〟をくりかえしているうちに、まだ明確にならないまでも、ぼんやりと感じられはじめているのではあるまいか？

こういった機構上の「本質論」は、多分に神学的観念論的な「道徳的原則論」をいくらやっても、そんなものは机上の空論であり、むしろ、おこり得るあらゆる事態を「想定」して、その一つ一つに「どう対処するか、どう対処したら最善か」を考える事によって、その「本質」や「原則」も深められ、形成されて行くものだった。――それは、「人命」の関係して来る、新型の超精密機械のテストに似ていた。そして、もちろん、その「機構」の「頂点」にたつ指導者《リーダー》も、この機構のパイロットとして、まずあらゆる資質についてチェックをうけ、次いでその機構の「操作」についても、あらゆる「極端な事態」を想定したテストをくりかえし、チェックをうける……。こうして、彼は「機構」の中枢の一部であると同時に、機構のパイロットとして、きわめて重大な責任をうけもつ事になる。機構の「自己制御」のしくみは、あらゆる極端な場合を想定して、その事態に対して巨大な「系《システム》」全体を、最も損害すくなく、「原型」が保存されるように対処する。いわば自動制御系は、事態に対して「保守的・防御的」に働くのだ。

これに対して、パイロットは、あらかじめ「想定された」事態を超えるような、いわば「不測の事態」に対して、通常の自動制御の判断順序をとびこえ、言わば判断回路を場合によっては「非常識」と思われるような形で「短絡」させる事によって、不意の緊急事態をうまく切りぬける。そして、今の所、すぐれた資質の中からさらによりぬかれ、きびしい訓練をうけた指導者《リーダー》の判断力や措置は、こういう事態への対処にかけて、「機構」との勝負において、五・五対四・五ぐらいのわりあいで勝っていた。――だが、「想定問題」

が、理論的にも、経験的にも、綿密化し、精緻《せいち》になって行くにつれ、そんな「勝負」がおこなわれるチャンスはますますすくなくなって行った。「機構」はどんどん「進歩」しつつあり、「想定」自体がますます豊富になって、ほとんど、「指導者《リーダー》の最終判断」にゆだねられるケースがなくなって来た。そこまで持ちこまなくても、「成熟」し「老練」化した機構は、そのはるか前の段階で、問題を適確に処理してしまうようになりつつあった。――最近では、機構が、「指導者《リーダー》の最終的判断」そのものを、「危険で粗暴な冒険」と感じはじめているのではないか、と冗談を言いたくなる時さえあった。

だが、最近どことなく感じられる、正体不明の「不安」は、彼自身の立場もふくめて、機構全体が、何かあの厖大《ぼうだい》な「想定」自体のまだ不備な点や、「盲点」を発見しつつある事の兆候かも知れなかった。――それは、ゲーム・コンピューターによって絶え間なくものすごいスピードでおこなわれている想定の「自己点検」を通じて見出されかけているものかも知れないし、また――ほとんどあり得ない事だが――巨大な環境モニターシステムのどこかに、「不測の事態」を危惧《きぐ》される兆候があらわれつつあるのかも知れなかった。

――いずれにしても、近々、「指導者《リーダー》」の本質問題もふくめて、「想定」と「機構」の根本的かつ大規模な総チェックをおこなう大演習《マヌーヴァー》を「命令」してみたらどうだろうか……と彼は思った。――「超・非常事態」を想定し、「機構」の四分の一……いや三分の一を、この「大演習《マヌーヴァー》」に一定期間投入する。もし、一回で結論が出なかったら、二回、三回と「点検」をくりかえす……。

オフィスの外の昼食テーブルにむかって、ミス・リーのすらりとした姿が接近して来た。

——彼は、葉巻きを灰皿《はいざら》におしつぶすと、ゆっくり椅子から立ち上ってのびをした。

「おや、昼食休憩時間が三十分もオーバーした……」と、彼は時計を見ながら言った。「午後の執務は、相当とばさなきゃならん……。何なら、夕方のカクテル・タイムを短縮するかね？　私としては大変残念だが……」

「申しわけありませんが、午後の執務予定は全部キャンセルいたしました」と、ミス・リーは、眉を動かさずに言った。「オフィス・スタッフの判断です。——そのかわり、緊急会議に御出席ねがいたいと思います」

「え？　なに？——何だって？」彼は、おどろいて思わず大声で聞きかえした。「執務予定が全部キャンセル？——それはどういう事だ？　緊急会議といっても、いったいどんな緊急議題だ？　何の予告もなしに……」

「実は、今朝ほど、ミスターＡが私に命じられた〝夢〟の解析問題について、分析医《アナライザー》の主任をはじめ、全精神科学分野の専門家たちが、それを要求し、中枢機構代表とオフィス・スタッフ全員は、協議の結果、その要求を正当とみとめ、緊急会議の招集をたった今決定しました」

「ちょっと待ってくれ……」彼は呆然《ぼうぜん》として、ミス・リーの言葉をさえぎった。「何についての緊急会議だって？——今、たしか、〝夢〟がどうのこうのと言ったように聞えたが……」

「ええ、そうです。ミスター・Aが、昨夜ごらんになった〝夢〟の件についてです」

「私の見た……〝夢〟？」彼はぼんやりした口調で言った。「私は……〝夢〟なんか見とらんぞ……」

「いいえ、ごらんになりました。――やっぱりお忘れになったのですか？　いつも、起きてから一時間か二時間のうちに、きれいに内容を忘れ、見たという記憶さえ失ってしまって、再び見る時に思い出すだけだから、とおっしゃって、朝食の時、私にその内容を記録おさせになり、さらにその内容について、分析医《アナライザー》たちに解析させるようお命じになりました……」

「そんな事が……あったか？」彼はまだうたがわしそうに言った。「全然おぼえておらん」

「記録は、居室のライフコーダーと、私自身の記録と両方あります。――ごらんになりますか？」ミス・リーは、はじめて片方の眉をつりあげた。「とにかく、その内容について、午後から緊急会議が開かれます。その前に、精神生理、脳生理グループが、ミスター・Aの精神、脳機能チェックをしたい、と言っておりますので、どうかおいそぎください」

PHASE（Ⅲ）

「ミスター・A……」と中枢機構所属の、精神科学専門委の委員長が、ややもったいぶった口調で言った。「私どもは、あなたの命令にもとづいて昨夜あなたのごらんになったという〝夢〟の内容を検討した分析医グループから、照会と報告をうけ、さらに拡大したメンバーで、緊急に協議、検討をつづけた上で、この内容に、第一級の重要問題がふくまれている、と判断した結果、中枢機構責任者、オフィス・スタッフとも協議し、この緊急会議を開いて、閣下に御報告申し上げると同時に、議論に加わって頂きたいと思った次第であります……」

「わかった……」彼は、ややうるさそうに手をふった。「形式的な手続きは、むろん、充分の手順をふんだ事と思う。――そんな事より、いったい私の〝夢〟がどうしたというのだ？　何か、とっくに克服されるか昇華されているはずの、幼少時代のひどい傷痕《トラウマ》でも見つかったかね？　そもそも〝夢〟などというものが、通常執務をキャンセルしてまで、討議しなければならないほどの重要な議題になるのかね？」

「その事にお答えする前に……」分析医グループの主任が言った。「まず、今朝ミスター・Aが御自身で語られた、〝夢〟の全内容を聞いていただきたいと思います」

彼はうなずき、議長が合図して、音声――彼の声が室内に流れはじめた。CLCディスプレイに文字があらわれ、彼はさらに手もとにある「記録」のペーパーをとり上げた。眼の隅《すみ》で見わたすと、中枢機構最高責任者正副三名、オフィス・スタッフの責任者二名、ミス・リーのほか、精神物理学、精神化学、精神生理学、脳生理学、分析医、それに機構の「思考局」から論理課員はじめ、よりぬきの二、三人が出席している。――とんでもないさわぎになったものだ……と彼は思った。――〝夢〟ぐらいで、何とも大げさな話だ……。

が、「記録」を聞き進むにつれ、彼の中に次第に緊張が高まって来た。——いつの間にか、彼は、あの異様な〃あるもの〃のイメージをはっきりよみがえらせ、それにむかって身がまえていた。

「妙な——〃夢〃だな……」と聞き終って彼はぽつりと言った。「私はどうも疲れているのかも知れない。その原因の一つは、テスト課の出してくるテストのプログラムが、最近どうも、スケールが小さくなって、あまり私が全力をあげてぶつかれるようなものがない。そのために、鬱屈内訌《うっくつないこう》して、こんな突拍子もない夢を見たんじゃないかな？——髀肉《ひにく》の嘆というやつだ」

「お言葉ですが……」と分析医の一人が言った。「私たちで内容をくわしくチェックしてみた結果、この〃夢〃は、どうもそういった、精神の内面の問題や、精神衛生の問題ではないように思いましたので……」

「分析グループから、思考局の方へ照会があってしらべたのですが……」と「論理課」の若い切れものが口をはさんだ。「この〃夢〃の中で提出されている問題は、〃想定集〃の中に無いのです……」

「なに？」彼は少し緊張してききかえした。

「〃想定集〃にないって……第三次改訂分にもか？」

「ええ——あまりに突拍子もないものなので……」

「それこそ〝夢〟だからじゃないか？——〝夢〟は時折り妄想《もうそう》にちかい突拍子もないものになる。そんな〝想定〟は、チェックするに値せんだろう……」

「ところが、思考局の方で全力あげて検討してみた結果、これは見事に盲点をつかれたものだ、という結論に達したのです……」

「ほう……しかし——」彼は一座を見まわした。「それは本当か？——〝宇宙の最終真理〟を、私に……私一人だけに教えるのとひきかえに、二百二十億の同胞の生命を即座にうばうという申し出をうけるかどうかなどという突拍子もない問いかけが……果して、〝想定〟として意味があるかどうか……」

「きわめてクラシックですが、しかし、根本的で論理的で、検討に値する設問です……」と論理課員はこたえた。「第一次の基本パターンは、〝選ばれた者〟の問題で、〝ノアの箱舟〟パターンですね。——それに〝全体と個〟の、これもクラシックな問題が、条件項としてくわわります。これは〝代表選出〟の問題ともからんで、あまりにありふれた命題なので、かえってこれまで、そのくわしい演繹《えんえき》や、バリエーションの展開を追究する事があまりやられなかった。いずれにしても、非常に古い〝淘汰《とうた》の問題〟のパターンに関連していながら、選択対象が、〝知恵〟とか〝真理〟といった、大変抽象的で、限定しにくいものだったので、思いつかなかったのかも知れません」

「〝朝《あした》に道を聞けば、夕《ゆうべ》に死すとも可なり〟というのが中国の古い言葉にあるぞ」

「それは、個人の場合ですね。個人の場合は、無数にあるんです。——ごく一般的に、

〝これを味わったら死んでもいい〟とか……たくさんあります」と、論理課員の隣りにいた倫理課の青年が言った。「しかし、個人の至福や超越が、他者の犠牲において……それも、他者多数の犠牲において達せられる事の正当性について考究した例は、ほとんどといってありません。悪漢小説《ロマン・ピカレスク》や、暗黒小説《ロマン・ノワール》、怪奇劇などには出て来ますが、これは〝悪〟の命題で、ほとんどが逆説的なものですね。特殊解として、中国の古い神仙譚《たん》に、〝杜子春《とししゅん》伝〟がありますが、これは犠牲になるのが、実の両親で、親が子供が神仙になるために、畜生道で苦しめられるのを敢えてたえしのぶ、というのですから――これは親子の〝情愛命題〟のアクセントが強いですね。しかもこれを日本でとりあつかった芥川龍之介《あくたがわりゅうのすけ》という作家の解は、〝超越など、親子の愛情を犠牲にするに値せぬ〟というものですから……」

「なるほど……。〝杜子春命題〟なら私も知っている……」と彼はうなずいた。「言われて見れば、たしかに〝情愛倫理問題〟だな。――子供を出世させるために、親は生活を犠牲にして辛苦する。子供はその親の犠牲をうけて、最大限の努力を払い、成功によってこれにむくいる、というわけか。……〝親の犠牲〟は鳥類、哺乳類《ほにゅうるい》をふくむ温血動物一般の、哺育、育児――インファント・ケア行動に一般的根拠を持つものだろうが……」

「この〝杜子春命題〟の逆説が〝捨身飼虎命題〟になります。仏陀《ぶつだ》が、重傷の虎を救い、体力の恢復《かいふく》にともなって、血をのませ、腕を喰《く》わせ、ついに自分の全身を食べさせて猛獣を救う、という話ですね。――これは相当高級でソフィスティケートされた命題です。しかし、これはいずれも、個人の〝自己犠牲問題〟で、〝他者犠牲問題〟ではありません。

ましで、〝一対多〟の条件項をふくんだ〝他者犠牲〟の問題など、ほとんど無いと言っていいようです」

「〝一族出家すれば九族天に生ず〟というのは？」

「それは逆に、〝自己犠牲・多数他者救済〟問題に還元されますね。——〝多数他者〟の救済のために、現世生活における自己否定である出家を〝決意〟するか、という問題です。〝自己か他者〟をぬいて〝一対多〟だけのこすと、〝一殺多生〟命題になりますが正当性の成立するケースはごく限定されます。——いずれにしても、ミスター・Aの〝夢問答〟の中で発せられた設問は、われわれの〝倫理的想定集〟の中にありませんでした。ぎりぎり洗い出して見て、〝杜子春問題〟と〝ノア問題〟の合成という形で、さらにもう一次還元して、〝ノア・古層問題〟のパターンに非常に近いという所までわかったのですが……この〝ノア・古層原型〟が問題として成立するためには、どうしても、不可欠の条件がいるのです……」

「何だね？　それは……」彼は体をのり出した。

「〝絶対的超越者の実在〟という条件がはいらないと、この問題は意味をなさないのです。——ですから、この条件をはずした〝ノア・改訂〟問題が、ずっと使われて来たわけですが……こちらは、〝難船退避問題〟と関連して、ごくポピュラーなものです。ご存知でしょう？」

「それは知っているが——その〝ノア・古層原型〟というのは、どうちがうんだ？」

「難船退避問題で、救《たす》けるものをえらぶ時、指揮権限者が、人間としての倫理的判断でえらぶのじゃなくて、絶対的超越者がえらぶのです。ですから、この場合の人間の倫理的選択は副次的なもので、神の下した選択と命令に、絶対忠実に、したがうかどうか、という事になります……」倫理課の青年はちょっと眼を伏せた。「それならそれで、判断は大変単純で、したがって楽です。――しかし、ミスター・Aの〝夢問答〟の場合は、これとぴったりというわけではありません。これに、〝変型・杜子春問題〟がかさなります。――救われるものの選択が、われわれ人類の倫理的判断じゃなくて、まったく正体のわからない、〝超越者〟によって、一方的になされる、という点で〝ノア・古層〟と似ていますね。そして一方、選ばれたものが、その選択を受け入れ、〝多数他者〟を犠牲にして〝栄光〟を受け入れる事をえらぶか、それとも拒絶するか、という点では、今言ったように〝変型・杜子春〟になります。――こんな問題の〝正解〟が、果して出せるかどうか……まったく〝賭《か》け〟でしかないかも知れませんが、〝賭け〟をうけるかどうかが、また倫理的問題になる、というややこしい構造です。――〝解〟ではないが、ミスター・Aが最後にきりかえされた、〝知恵〟のかわりに、〝力〟を、というオッファは、見事な〝はぐらかし〟でしたね。私どもは、さすがにミスター・Aだ、と思って舌を巻きました……」

「大変面白い……」と彼は言った。「実に興味ある問題だ。大いに追究、検討してくれたまえ。――しかし、所詮《しよせん》、これは私の見た夢の問題だ。そこにいくら、新しい倫理問題がはらまれていたにしても……」

「実は、その点についてこそ、私どもが、ミスター・Aに緊急報告したい点があるのです……」精神科学チームの責任者が、深刻な顔をして重い口を開いた。「私たちのチームは、全然別の見地から、この〝夢〟の問題をチェックしました。——分析チームから、何か機能疾患の徴候がないか、という照会をうけたのがきっかけですが……〝記録〟を見て、私どもはただちにある点に強い興味を持ち、そこを中心に解析を進めました。そして、先ほど、ミスター・Aの脳生理学的総合チェックをおこなった結果、一つの結論に達しました。——実は、緊急会議を要請したのはわれわれのチームです……」

「あまりもってまわった言い方をせず、はっきり言いたまえ……」彼はいらいらしながら言った。「どういう点が緊急報告したいんだ？」

「結論から先に申しますと……」精神科学チームの責任者はちょっと唾《つば》をのみこんだ。

「あれは……〝夢〟ではない、という事です」

「なんだって？」彼は思わず大声をあげた。「私はみた〝夢〟の話をしたのだ！——あれが夢でないとしたら……いったい何だ？」

「〝夢〟の形をとって、あなたの意識に送りこまれたメッセージだと思います」

「メッセージ？」彼はあやうく腰をうかしかけた。「そんな馬鹿な！——いったいどこからのメッセージだ？」

「〝地球〟外から——と判断します……」とチームリーダーはきっぱりと言った。「種々の……あらゆる条件を検討して、私たちはそう結論しました。あれは〝夢〟でない、と……。

その結論が出た時、あの問答の内容が、急にちがった意味を持ち出した事はおわかりでしょう」

「あまり専門的な点ははぶきますが、ざっと説明しますと、私どもは最初、ミスター・Aの〝夢の忘却〟の異様さに注目しました」と、精神医学の担当者が言った。「御自身があとから思い出されただけで、四回乃至五回、ほとんど同じ夢を見ておられるのに、数時間以内にすべて忘れられている。今回だけは、目がさめてすぐに、ミス・リーに記録させましたが、それが昼食までに、夢を見たという記憶まできれいに失われており、それに関連して、ミス・リーに、記録させた、という事まで忘却されていました――この忘却のパターンが異常だったので、分析医チームがわれわれの方に照会して来たのですが……これも結論から申し上げます。私たちは三点、三段階にチェックしました。第一にこの異様な〝忘却〟の構造です。第二に、ミスター・Aの意識の中に、こういう〝夢〟が構成される何かエレメントや動機があるか、をチェックしました。――結果は否定的です。第三が、問答の内容そのものの検討ですが、これは思考局論理課へまわしました……」

「私の頭の中を、かいぼりしたわけだな……」彼は苦笑した。「魚もエビも何も見つからなかったか……」

「やはり、一番私たちが、注目したのは、〝記憶消去〟の方法でした……」精神化学担当者が言った。「これが実に意外な事に――脳組織やシナップスなどはほとんどさわらずに、脳細胞内で、記憶を保持する物質である記憶RNAそのものが、外部から、マニプレートされている事がはっきりしました。これはちょっとおどろくべき事で……、〝記憶消去〟の方法は、電流、衝動、薬物、いろいろありますが、脳内RNAを記憶パターンを仮定してチェックしてみると、明らかに、RNAそのものが外部から操作された痕跡《こんせき》がありました……」

「よくわからんが……記憶RNAを外部から操作するとは、どういう事だ？」

「その点に関してはまだ結論が出ていませんが――超空間が利用された可能性がありま す」と精神物理の男が言った。「むろん、RNAはオングストローム単位の分子のつながりですが……しかし、超空間的にアプローチすれば、大きさなどは問題ではないでしょう。脳神経細胞群の中を、〝思考〟パターンが活動しはじめるにつれ、刺戟《しげき》パルスの回数閾値《かいすういきち》をこえた所へ、RNA分枝が集り、コードをつくり、それが〝記憶〟に相当する三次元パターンをつくりますが……この中の、パターンの重要なつなぎ目に相当するRNAに、一種の〝時限装置〟がしかけられ、一定時間経過すると、つながりが切れて行くようになっているのです。〝記憶パターン〟は、同一刺戟がくりかえされると、その中で、もっともパルス頻度《ひんど》の高い回路が〝強化〟され、さらに別の〝安定記憶〟と連合される事によって、アクセスやリストリーバルがしやすいように、一種の〝マーク〟がつけられ、〝安定記憶〟のパターンの一部として吸収または収納されて行くのですが……この〝夢〟の場合、記憶の第一次整理段階で、もう一部に、〝パターンのつなぎ目〟の切断が起るようになっています。ただ、ミスター・Aが〝あるもの〟とよんでおられる正体不明のものが、逆説睡眠状態にあるミスター・Aの脳内の、分子構造レベルの〝意識作用〟に簡単にアプローチできるような、一種の〝超空間のゲート〟だけは、構造的にのこされています」

「私の頭の中に、その〝超空間ゲート〟やらがあいているのか?」彼はこわばった表情でききかえした。「そして……あいつは、その超空間ゲートを通って、夜な夜な私の〝意識〟に、問答をしかけ、メッセージをとどけにあらわれるのか?」

「おっしゃる通りです……」と精神物理の担当者は言った。「私たちは、現に、ミスター・Aの脳内にある、その〝超空間ゲート〟を、物理的検証によって発見した、と信じています。――今の所、発見した所で、どうしようもありませんが……」

「そして、そうなってみると、今度はあの〝問答〟の内容そのものが、大変気がかりな事になってくるのです……」中枢機構責任者が渋面をつくった。「実は……まだはっきりしていないのですが、最近、〝地球〟の全環境センサーに、非常に気がかりなパターンが、まるで幽霊のようにあらわれては消えるのです。それが何だかまだ全くはっきりしません。しかも、個々のセンサーにあらわれる〝異常〟はまったく微少で、ネグレジブルです。が――全体としてみると、まるでわれわれの〝地球〟が、時折り何かの「気配」を感じて、そっと鳥肌立っているようなのです。最初は、その〝身ぶるい〟はそれほど頻繁《ひんぱん》ではありませんでした。しかし、最近になって、この頻度は上りはじめ、統計でしらべてみると、増加率はロガリスティック・カーブを描きつつあります。もう少し、この頻度が上ったら、御報告しようと思っていたのです。軌道にも、まだ総合検討が必要というほどではありませんが、気がかりな誤差が発生しつつあります。今、ようやく測定誤差との間のパターン・チェックにかかった所ですが……」

「それと、この〝夢〟の体裁をとったメッセージとを関連づけてみますと……」とオフィス・スタッフの一人は言った。「やはり、何となく気がかりな……」

「ちょっと待ってくれ……」彼は眼をぎゅっとつぶり、眼の付け根を指でもんだ。「ちょっと……考えさせてくれ……」

「お考えになっている事はわかりますが……」と、中枢機構の責任者は重々しく言った。「これはテストではありません。――演習でもありません。ミスター・A……」

彼は眼を開いた。――中枢機構責任者の左胸には、赤い横長の明りがついていた。見まわすと、彼をのぞく、全会議出席者の胸に、赤い明りがついていた。

――これは〝演習〟ではありません……か……。

彼はうめくようにつぶやいた。

――コレハ、〝演習〟デハアリマセン……。

と、メンバーのすべての胸に光る赤い線は語っていた。

「わかった……諸君……」彼は言った。「この問題を、総合的に検討する、特別委員会を、ただちに……」

その時、突然、部屋がぐらぐらッ、とゆれた。――会議のメンバーの数人が椅子《いす》からほうり出されそうになり、テーブル上の灰皿《はいざら》が床にすべりおちた。

「地震か……」彼は、ふたたびおそって来たゆれをこらえながら、笑って見せた。「これは、むろん、テストなんだろうな……」

だが、その言葉《ことば》尻《じり》にかぶせるように、不吉なサイレンの音が、断続的に戸外に鳴りひびいた。

「緊急事態発生……」と、部屋の非常回線のスピーカーが叫び出した。「軌道針路上に、空間異常発生、原因不明、針路前方五天文単位に、正体不明の異常を発見……第二警戒体制発令――これは訓練ではない。くりかえす。これは訓練ではない……」

戸外が突然暗くなった。――ふりかけていた雨も、屋外の立木やぬれた芝生も一瞬にして消え失せ、かわって暗黒の中に、赤、青、緑、黄の光が点滅しはじめた。

「聞いた通りだ、諸君……」と彼は立ち上って言った。「第二警戒体制が発令された。すぐ、部署についてほしい。――私もすぐブリッジに行く」

あっという間もなく、ミス・リーを除く全員が、またたくうちに消え失せた。

「ミス・リー……」彼は大股《おおまた》で部屋を出ながら、ふりかえって言った。

「君も、体は収納庫にかえして、部署につきたまえ」

「わかりました、ミスター・A」とミス・リーは言った。

PHASE（Ⅳ）

宇宙船《スペースシップ》〝地球《アース》〟号……かつては、あの地球という天体そのものを、そう呼んだ学者もあった。

が、今は、その天体表面は、太陽の不定期擾乱《じょうらん》と、銀河系内空間をその星系がわたって行く途上で遭遇《そうぐう》した、濃い星間物質の雲のために、その表面は、バクテリアや一部の原虫を除いて荒廃した「死の星」となり、それを予知した人類は、五十年間をかけて、その文明の全力をあげて、この長さ六百二十七メートル、十二万七千トンの宇宙船建設と太陽系外への発進につぎこんだ。そして、二百二十億の人類、二百万種、一兆トンの生物は、すべてその生命情報を、冷凍非活性化DNA、RNAの現物と、結晶、電子メモリイによるコピーとしてストアされた。その全重量の三分の一を情報機械にあて、さらにその三分の二が、超高集積のメモリイ・バンクに当てられているこの巨大な「情報船」は、それ自体が、いわば、「凍結された地球生物圏の全記憶」だった。——地球のある時期の、あらゆる地域の気候、景観、気象状態、生物相、人類社会のあらゆる生活のバリエーションが、ことごとく記録され、いつでも、記録時の状態で「再生」できるように凍結貯蔵されている。

そして、船内には、直径百メートルの空間を占める「再生装置」があり、メモリイの一部が、常にその中に再生され、街や、自然や動物たちの一部が、そこに「再生」されるのだった。——いわば、それは、冷たい眠りを眠っている重量四万トンの「超高集積脳」で、その中のほんの一部の目ざめて活動している部分で見ている「夢」のようなものだった。再生は、エアコンと、屋内気象発生装置、それに3D映像と、ごく一部の、ECP——

電子可制御《エレクトロ・コントローラブル》プラスチックによる「実体構造」によっておこなわれた。そして、情報装置の残り三分の一は、むろん、船そのものの「行動制御」にあてられていた。かくて、宇宙船〝地球〟号は、太陽系をはなれ、宇宙空間の星間物質や、恒星の放射エネルギーをとり入れながら、銀河系周辺部へ、あてどのない放浪の旅へ出たのだった。——大洋をただよう椰子《やし》の実や珊瑚《さんご》の幼虫が、いつか海流にのり、はるか彼方の「別の陸地」にたどりついて、ふたたび芽を吹き、幹をのばし、もとの枝葉をしげらせ、あるいは子孫をふやし、石灰質の骨格をつくりながら巨大な「群落都市」をつくり上げる日を夢みるように……。

二百二十億の人類の「生体情報」には、ある時点におけるそれぞれの個体の「生活履歴」や「記憶」まで結晶記憶の形で一つ一つにそえられていた。堅固な基本情報である、一人一人のDNAにもとづいて、ゆっくり再生装置で再生して行けば、ある時点における「個的存在」が、そっくりそのまま、記録された時の「自己意識」を持って、再生し得るのである。——「メモリイ」には、もう一つ、電子的コピーがあって、これは、「進化シミュレーション電子脳」の中で、次々に何万単位かとり出され、状況の組みあわせで、その「変化」の複雑なゲームをやらせて、その結果をリストする。——つまり電子的にコピーされたメモリイ系同士を、恋に陥らせ、結婚させ、子供をうませ、さらにその子供を教育する、という事さえできたのである。したがって、もしこの〝地球〟号が、新しい「約束の惑星」を見つけ、そこで全生物個体を「再生」させる時、一つは、記録、凍結された時とそっくりそのままの個体、もう一つは、それぞれの個体と、社会とが、「生きた状態のままで数年経過した状態」と、両方再生させる事ができるのである。

この巨大な、「地球生物社会の種子《スペルム》」、「眠れる記憶」の中で、たった一人、本ものの人間として、生きているのが、彼――ミスター・Aだった。

なぜそうきめたのか、はっきりしなかったし、彼自身も、その点について、つっこんで考えて見た事はなかったのだが、この宇宙船〝地球〟号――宇宙をただよう「知恵ある種子《スペルム・サピエンス》」の計画者たちは、なぜか、この巨大な自動装置と思考機械の集積である宇宙船を指揮する最高責任者は、「生きた、本ものの人間」でなければいけない、ときめたのだった。

――むろん、彼は二百二十億の中からえらばれ、徹底的に訓練され、その肉体は特別に管理されていた。かくして、彼は、三十代の肉体、五十代の気力と意志、百歳の暦数年齢と経験をもった、〝地球〟の最高責任者として、この宇宙船を指揮しつづけていた……。

その彼は、今、体にぴったりあったブルーの船長の正装で、無数の赤、青、黄、緑の光が点滅し、たくさんのディスプレイ装置、さまざまの図型や立体像がうごめく、ひろく、冷たい感じのブリッジに、たった一人ですわっていた。――生ま身の人間が彼一人だ、という点に関しては、少しも寂寥《せきりよう》感を感じなかった。立体映像や、ECP像は消え失せても、彼の忠実な「スタッフ」や「部下」は、今、それぞれの「部署」について、おのおの局面における最高の判断をくだすと同時に、宇宙船のおかれた状況の「全貌《ぜんぼう》」を見まもっている彼の所へ、次々に音声、映像、シグナルでもって「報告」を送ってくるからだった。

そして今――彼は、事態が完全に絶望的な事をさとった。破滅は急速にはやってこない。

が、もはやどうあがいても避けられない事がはっきりした。

原因は、針路前方五天文単位の所にある、巨大な双子《ツイン》ブラック・ホールだった。――地球、太陽間の平均距離一億五千万キロメートルの五倍、つまり七億五千万キロメートルに接近するまで、なぜ、この危険きわまる「宇宙空間の蟻地獄《ありじごく》」が発見できなかったのか？

理由は、時間が立つにつれてはっきりして来た。――まず第一に、ブラック・ホールは、あまりに大質量の星が、あまりに高密度に縮潰してしまったために、その表面上から、それ自体の発する光も、いったんその「シュワルツシルド半径」の中にはいりこんだ光も、「反射」して脱出してくる事はできない。つまりブラック・ホールは、その名の如く、完全な「暗黒」であって、光でもって見る事はできない。船の進路前方を警戒している、超長距離レーダーの電波も、同じように、その「穴」に吸収されてしまって、「反射波」がかえってこないから、それを発見する事はできなかった。したがって、針路前方を、頂角十二秒の円錐形《えんすいけい》で一〇天文単位までさぐるドップラー・レーダーにも、何の反応もあらわれなかった。

BHEWS――ブラック・ホール早期発見警報装置はむろんついていた。しかし、前方の星座パターンやスペクトルをチェックし、進んでくる光が、暗黒の大質量がつくり出す重力場による空間の歪《ゆが》みによってずれる現象を検出し、発見するようになっているこのシステムは、折りあしく進行方向に対してまったくブラインドの状態が、ここ一週間ほどつづいていた。丁度《ちょうど》前方にオリオンの暗黒星雲――あの石炭袋《コールサック》に匹敵するほどの、濃密な星間物質の「雲」が、その背後の星座をまったくおおいかくしてしまっていたからである。もちろん、暗黒と言っても、熱輻射《ふくしゃ》も、また若干の電波輻射もあったが、恒星などの「点光源」にくらべて、そのあいまいなパターンの中から、「空間の歪み」を発見する事はほとんど不可能にひとしい。二〇〇天文単位彼方に、その「星間物質の雲」を発見し、〝地球〟号は、その濃密な星間物質を、エネルギー源や資材源として採取すべく、腹をへらした鯨《くじら》のように、まっしぐらにその方向へむかって加速しつつある最中だった。航法は、熱線ドップラーと、両側方星座天測を採用していた。そして、間の悪いことに、「地獄の顎《あぎと》」は、〝地球〟号の針路の、丁度真正面にあったのである。

それにしても、発見されたのが、わずか五天文単位に近づいた時であった、というのは、いかにもおそすぎた。十二万七千トンの〝地球〟号は、その時、連続加速で、秒速千キロに達していた。五天文単位を走破するのに、わずか八日の速度だ。――発見がおくれた事も、不運な状況のせいだった。双子《ツイン》ブラック・ホールは、それぞれが奇妙な性質をもつ「回転ブラック・ホール」である上に、接近した二つのブラック・ホールが、それぞれ共通重心のまわりを巴《ともえ》となって高速で回転している、という複雑な状態だったのである。そのため、周辺の「重力場の歪み」には、おそろしく強い所と、ほとんど感じられないぐらいの微弱な所が、複雑なパターンでできて、しかもそれが波打っており、もっと強い重力場の歪みは、あたかもビーム場になって、周辺の空間に遠くのびつつ回転していた。――彼が、「地震テスト」とまちがえたあの衝撃は、この重力場ビームに、ほとんど「横なぐり」に接触したために起った事だった。

しかも、悪い事に、自動操縦装置は、ふつうの衝突回避パターンで事態を処理しようとした。――衝撃を弱めるために、異常の接近してくる方向と反対方向へ転針を開始したのである。十二万七千トン×千キロメートル／秒の運動量のヴェクトルを変えようとすると、減速処置をふくめても、相当な時間がかかる。その間、船は、「死の触手」のようなビームとほとんど一緒に回転し、しかもその間まっすぐ「地獄の顎」へむかって十数時間も走っていたのである。気がついた時は、船は、ビームの内部を、スパイラル状のコースをとって、まっしぐらにブラック・ホールへむかって進んでいた。

事態が理解されてからさらに十数時間、「脱出」のためのあらゆる措置がとられた。

――が、何とか瞬間的に、ビームの外へ出られた、と思ったとたん、まるで大波のように波うち、瓦礫《がれき》の道のようにごつごつしている「歪んだ空間」の中で、木の葉のようにふりまわされ、操舵《そうだ》がほとんど不可能になり、「傾斜」をずるずるすべりおりて、またビームの中にとらえられてしまうのだった。ビームの中はいっそ「台風の目」のように平穏だった。が、その中にいるかぎり、螺線《らせん》コースを描いて、まっしぐらに、もはや帰る事のない「蟻地獄」へおちこんで行くのは避けられなかった。

ブリッジの椅子に、ぐったり座りながら、彼は、いよいよ「最後の時」――文字通りの〝地球の最期〟をむかえる覚悟をかためなければならない事を悟った。――もはや、彼のスタッフや部下たち……理づめで冷静な思考機械群は、何の提案もせず、沈黙していた。

彼らは、彼らの合理的な判断からかけはなれた、「生ま身の」本ものの人間である指導者《リーダー》の、「奇蹟」をねらったむちゃくちゃな指令を待ちうけるばかりだった。すでにもういくつか、「いちかばちか」のきちがいじみた指令が出され、その通りに行われたが、ことごとく徒労、失敗に終った。最後の指令は、たとえビームから脱出できても、あと、正常の航行をする運動エネルギー源はほとんど残っておらず、ビームの外の、「空間嵐」にもみくちゃにされ、運よく「穴」にのみこまれる危険はさけられても、自己保存系まで八十パーセントがブラックアウトの状態におちいってあてどなく空間をただようだけ、という状態になる事は必至であり、まかりまちがえば、宇宙船がその場で大爆発を起す、という、これこそやけくそにちかいものだった。

が――その「自殺的」な試みも失敗に終った。船の内部は、容積の十分の一が、ものすごい振動と、各所のオーバーヒート、絶縁破壊か爆発のためがたがたになり、八つあるエンジンのうち一つは完全に溶けたガスになってしまい、一つは大爆発を起して、船の操舵装置の一部をもぎとって、どこかへふっとんだ。――皮肉な事に、ふっとんだエンジンだけは、ビームの外へ出られたらしく、しかも爆発の反動で、それまでビームの中をスパイラルを描いていた船の針路は、ぴたりと「地獄の穴」の真正面にむいてしまった。

あと……どうすればいい？

と、椅子に深々と身を沈めて、彼は思った。――もう二十数時間、眠らず、休息をとらず、ぶっつづけに事態と格闘をつづけているため、椅子にもたれると、時々ふうっと意識が遠くなる。それをふりはらうように、彼は、いらいらと、通信カフを押した。

「修理班！」と、彼はどなった。「何をぐずぐずしている！——後方区域の被害状況はまだわからんのか？」

「修理班、被害状況の一部を報告します！」ミス・リーの声は、何だか泣いているみたいだった。「メモリイ保存区域は、人類区の約五分の一が、ただ今の爆発で潰滅《かいめつ》、一部は船外へふっとびました。残る区域も、相当なダメージをうけ、かなりの部分が、メモリイ修復不能になったと思われます。他の生物区については、調査続行中、わかり次第、追って報告します、以上……」

——人類区の五分の一、か……と、彼はカフをはなしながら思った。——おれは、人類の五分の一、四十四億人を殺した……。だが、まだ百八十億人分の「記録」がのこっている……。それをどうするか……どうにかできるか……。

また、ふっと、睡魔がおそってくる……。うとうとしかけた時、彼は「夢の暗黒」の中に、あの「ゲート」が開き、そこから例の「あるもの」がはいってくる気配を感じて、はっと眼を開いた。

今まで、船の前方をうつしていた、六メートル×四メートルのディスプレイ・スクリーンが、完全な暗黒になっていた。そして……そいつは、その暗黒のむこうから、まっすぐ彼を見つめていた。

「どうだね？」と、〝あるもの〟は、今度ははっきり、音声装置を通して話しかけて来た。「私の申し出をうける決心がついたかね？」

「貴様――こうなる事を知っていたな？」彼は、椅子から立ち上ってどなった。「だから――〝人類はいずれほろびる〟などと思わせぶりな事を言ってたんだな？――知っていたら、なぜこうなる前に教えてくれなかった？」

「それはちがう――」と〝あるもの〟はおだやかに言った。「君たちの出しつづけているシグナルをたどって、この船を発見し、コンタクトを開始した時には、君たちは、もう〝危険領域〟にはいりこんでいたのだ。六日前が、重要なわかれ目だった。五日前には、もう緊急処置をとっても、遭難《そうなん》をさけられる可能性は、一パーセント以下になっていた。――君たちの船の針路が、不幸にも、あまりにぴったり、〝地獄〟にむいていたからだ。どちらかへでも、もう数度でもそれていたら……何とかなったろう。しかし、こうまでぴったりだと……これだけの質量でこれだけの速度を持ち、しかも加速しつつある船を、ジャイロ・ターン（宇宙船を重心点のまわりでまわし、軸方向をかえる事）をやって、非常制動、減速、方向転換をやっても、その軌道は、あの双子ブラック・ホールの捕獲距離圏を通る。むしろ、舵《かじ》を一ぱいにふって、加速しつづけた方が、かえって脱出コースを描けたかも知れんが、それとて可能性は一パーセントにみたないだろう。そうこうしているうちに、君たちの船は、完全に救いようのない地点に突入して行った。――君たちの方の発見が、よほどおくれたわけだ。そして、われわれは――何も、手おくれになってから、その事をこちらから告げる事もない、と思って、君たちの発見を待っただけだ……」

「よし、わかった……」と彼は手をふった。「どっちにしても、こうなってはあんたたちにもどうしようもないわけだ。同情してくれるのはけっこうだが救《たす》けようもないのなら、ほっといてくれ。――今、われわれは忙しい」

「この期に及んで、いったい何をやるつもりだ？」〝あるもの〟は、おどろいたようにつぶやいた。「もう、どっち道、あんたも、この船も助からんのだぞ。メモリイ区域にストアされている、二百二十億の地球人類の〝情報〟も……。私のした提案は、こういう事態になった今こそ、考慮に値する唯一のものだと思うが、どうだ？」

「私だけ――超越的な何かに変貌《へんぼう》させてやる、というあれか？」彼はちょっと唇をかんで考えた。

「そうだ、そのためには、この船のコンピューターシステムが、全部いる……」と、〝あるもの〟は冷静な口調で言った。「それを使わしてもらうために、今、この船のコンピューター関係にはいっている一切のメモリイを全部消去する。電子脳の洗脳《ブレイン・ウオッシュ》だな……。そして、われわれが、君を変えるのに必要なメモリイと特別のシステム・プログラムを全部ストアする。さっき、メモリイ区域の五分の一がふっとんだと言っていたから、少し容量がたりないかも知れないが、やれない事はあるまい。――君を変えるために、のこりの人類を即座に消滅させる、と言ったのは、この事だ、そうしておいて、全コンピューターを使って、君の特訓だ。君の脳のシステムをかえる。君は――君の肉体はまいるし、脳は使いものにならなくなるだろう。君の自己意識も、まったく別の次元に昇華《サブリメート》された形で、コンピューター内部にうつしかえられる。消去、リストアに十三時間、特訓に二十時間あれば充分だ。それがすむと、君は、ある仕方で、全コンピューターシステム内に拡散している君自身の意識を、ある点に凝集《ぎょうしゅう》させる。このやり方も特訓がいる。二時間ぐらいだ。そうしておいて、この宇宙船を爆発させる……。反物質を、外部からうちこんで全質量の十分の一、千二百トンほどを、完全に質量消滅《マスアニヒレート》させるのだ。のこり十分の九の質量は反射物質につかう。その時、爆発中心に、君の凝集した意識を置く。爆発中心は、瞬間的に、数千万気圧、数十億度になるはずだ。その時、空間にある種の〝孔〟があき、それを通って、変貌した君の意識は、われわれの今いる所に送りこまれる……」

「そして、あんたたちと同じような存在になるわけか？」彼は唇をかみながら言った。

「地球人とはまったくちがう……」

「地球人類が、独力では、ついに達成できない〝超越〟が可能になり、君は〝別次元〟の存在になるのだ……」と〝あるもの〟はさとすように言った。

「そうなり得る個体として、われわれは君を選び、手をかそうというのだ。地球種知性体の最後の一人で、しかも、超越によって生きのびた存在として、君を保存したい……」

「ことわる……」彼はぽつりと言った。

「なに？」〝あるもの〟は真底びっくりしたような声をたてた。「君は……どうかしたのか？」

「聞いてくれ……」彼は腕組みしながら言った。「私は——この〝地球〟の最高責任者であり、指導者《リーダー》だ。なかんずく、この宇宙船〝地球〟号の船長だ。メモリイ区域にある、二百二十億の同胞、二百万種の生物の遺伝情報、記憶情報は、この船の乗客だ。……船長が、遭難にあたって、全乗客の命を犠牲にし、船を破壊して、自分だけ、〝別次元の彼岸〟へ逃れ、助かるわけには行かんのだ……。とりわけ、私が、責任者であり、船長だから、そうする事は出来ないのだ……」

「しかし、それは……」

「言わんとする事はわかっている。それは古いモラルで——こういう〝特別の恩寵《おんちょう》〟による救済の手が、そちらで選んだものの上にさしのべられている場合は別だ、と言いたいんだろう……。が、しかし、私はノアほど素直じゃないし、ノア自身でもない。大洪水《だいこうずい》があれば、たとえ神の命にそむいてでも、ほかの人間の命を救う事に全力をあげるだろう。そのために、もとも子もなくし、自他ともにほろんでも……。私は、そういう風に訓練をうけて来たし、そのために自分を鍛え、そういう〝役割り〟を同胞との盟約によって全同胞にひきうけた。選ばれた、という事は、運命を委託された、という事だ。——今、私のやるべき事は、私自身を犠牲にしてでも、たとえ一人でも二人でも、乗客を救おうと全力をつくす事だ……」

〝あるもの〟は沈黙した。——が、まだ、その〝気配〟は、暗黒のスクリーンの向うにあった。

「あんたち――宇宙の〝一般の判断〟から見れば、この考え方はずいぶん地球的に偏《かたよ》っているかも知れないな……」と彼は襟首《えりくび》をかきながらつぶやいた。「私もかねがね……いつか、ひまがあったら、この宇宙において、一般的に、〝意志〟とか、〝力〟とか、〝知性〟というものは何だろう、とじっくり考えてみたいと思っていた。たとえ、それが、〝地球的偏り〟があっても、地球もまたこの宇宙の一部であり、地球種知性体もそうなら、ローカリティ・バイアスがかかっていても、その本質の中には、宇宙的に一般化できるモメントはふくまれているだろう、と思っていた。が――残念だがもう、心気をすましてじっくり考える暇はない。今は〝地球ローカルのモラル〟に殉ずる事にする。――もう邪魔しないでくれ。いろいろと申し出、ありがとう……。お礼は言っとくよ」

言いおわると、彼はいきなりカフを押して、

「航行係《ナビゲーター》」とどなった。「ブラック・ホールの、エルゴ表面に達するまであとどのくらいだ？」

「対象の状態が複雑で、あまりはっきり言えませんが……」とナビゲーターは答えた。「この速度だと、あと四十数時間後だと思います。そのあと数時間で、シュワルツシルド半径を通過します」

「よし――通信班、工作班！……現在船にある長距離レーザー系通信器は何台だ？」

「十台です……。球面各象限に一台ずつ、予備二台……」

「二十四時間で何台つくれる？――全資材全自動工作機械を動員してだ。波長帯域も、X

線、電子線から、紫外、赤外、ミリ波、マイクロウエーヴまで各種だ。出力は、設計可能なかぎり、すべて最強……」

「はい、ええと……ちょっとお待ちください……。二十台ちょっとです。X線、電子線レーザーは一台ずつがいい所でしょう……」

「できるだけ強い電波で、しかも単位時間あたり、できるだけ大量の情報をつめてみたいんだ。そのつもりでかかれ。組み上ったものから、じゃんじゃんおくれ。パワーは今言ったように最高だぞ……」

「はあ……ええ……どちらの方向へむけて発射しますか？」

「どっちでもかまわん。船の進行方向に頂角九十度の円錐《えんすい》領域をのぞいたあらゆる方角だ。星が多い方向がいいが、なくてもかまわん。ただし、近距離の星間物質雲ははずせ。重力による空間歪曲《わいきょく》が、まわりで波うち煮えたぎっているから、どうせ、屈折したり、散乱したりだろうが、それでもかまわん」

「了解――通信内容は？」

「それはこれから説明する。このままきいていろ――情報管理班、処理班！……それから修理班も、中枢機構もきけ。現在やりつつあるあらゆる作業を中止し、メモリイ区域にある生物、地球情報を、ワンセットずつ……いいか、生物個体に関し、また自然景観について、ワンセットずつだぞ――これをとり出して、モデュレーターで、電波情報としておくれるように処理しろ。通信、工作班と連絡をとり、処理できた分から、じゃんじゃん送り出せ。――別に一班をつくって、冷凍DNA、記憶RNA、結晶メモリイを同じくワンセットずつ、耐熱、耐放射線のカプセルに入れ、ミサイル、信号弾、救命艇、あらゆるものにつめこんでうち出せるようにしろ。これも正面円錐をのぞいて方向はとわない。船内の鉛や重金属をみんなつかえ。つみ切れないものは、のちに別の処置を考える。送信は、できたものから任意にはじめて、四十時間後まで、休みなくつづける事にする。それから、機関部、燃料部、危険物取扱い班……」

「はい……」

「四十時間後、この船を爆破する……」彼はそう言って、ちょっと言葉を切った。「できるだけ派手にやってくれ。危険物取扱い班……爆発の時、何か、規則的に……爆発光自体が、ある種の短い信号に見えるように、しかけができないか？」

「さあ、やれない事はないでしょう……」相手はきょとんとしたような声で言った。「やって見ますが……なぜそんな事するんです？」

「さあな……」彼はクスッと笑った。「いわば、最後《さいご》っ屁《ぺ》って所かな……」


PHASE〝i〟


――情報を受けてやれ……。できるだけ大量に……。救い出してやれ……。

暗い宇宙空間を、巨大な蝶《ちょう》の雲のようにひらひらとびまわり、〝地球〟が「宇宙の蟻地《ありじ》獄《ごく》」へ吸いこまれつつ、ホウセンカの莢《さや》がはじけて種子をとばすように、めったやたらの方角へ放射するX線、レーザー光線、電波の「情報」を受信してまわる〝情報収集班〟の姿は、情報収集というより、むしろ、情報救助《レスキュー》を行っているように見えた。一つ一つが、かなり長く、しかもぎっしり情報のつまった電波信号は、いわば、沈み行く船から、ブイや木片、小型ボートで、空間の大海に投げ出され、秒速三十万キロでただよって行く〝乗客〟たちだった。

――地球人類は、まだまだ原始的な……〝熱い血〟のさわぎが、知的判断にまで影響を及ぼすような段階の、いわば〝野性的〟な知性体だったんだな……。まあ、それはそれなりに、勇しい、とも、りっぱ、とも言えるが……。

――それが、あの星で発生したような、〝高密度生命系〟の宿命かも知れない。倫理性においても、論理的・知的判断よりも、美的規範や判断の方がずっと強く作用し……結局彼等は、論理的倫理より、情緒的・美的倫理の方がわかりやすいし、陶酔しやすいのだ。――だから彼らは、個人的にも、集団的にも、大変〝自殺〟しやすい生物なんだ……。

――収集班……状況はどうだ？

――残念ながら……と収集班の一つから返事がかえって来た。――空間が無茶苦茶に波うってますので、それに散乱されて……電波系の情報で、完全にキャッチできたのは、ごくごく一部です。百万分の一ぐらいの割り合いでしょうか……。ＤＮＡ・ＲＮＡ系情報のカプセルも、発射時の初速や、加速性が不足で、ほとんど全部、ブラック・ホールに吸いこまれて行きます。――現在、完全な形で回収できたのは、やっと二組……若い男のセットと、少女のセットです……。

――一粒でも二粒でもいい……。種子をひろってやったら大事にしておやり。いつかそれを、電波情報をくみあわせて、どこかの空間で育ててやろう……。

――あ、見ろ！――あれ見ろよ……。

というささやきが、その時、そのあたりの空間をとびかった。

――ほら……今、〝地球〟が爆発する……。

あなろぐ・らゔ

――または、〝こすもごにあII〟――

（〝断章A〟は割愛。きわめて明確な〝断章B〟以下記載）

1

セックスをのぼりつめて行く時の女は、まったくいたいたしいほどに赤裸々になる。

——あの繊細な、お体裁屋で恥ずかしがり屋の存在が、あらゆる虚飾をかなぐりすて、一心不乱に、もがき、のたうち、あえぎ、汗まみれになりながら頂上にむかって、全身の力をうちこんで行く……。

女が——それも美しく、愛らしく、若い女が、こんなにまで無防備に、他人に……男の眼に自分の姿をさらし、こんなにまで、一生懸命に、我れを忘れ、正直になる事がほかにあるだろうか？

そう思うと、体の下ではげしく動いている娘に対して、いとおしさがこみあげて来て、彼はそっと上半身をたおし、口づけをしようとした。——が、娘の方は、苦しむように首を左右にふりつづけ、もはや彼の接吻《せっぷん》をうけいれられる段階ではなかった。

る……。

——娘ははげしくあえぎながら、たえ間なくすすり泣いている。その声は次第に高く、間隔が短くなりつつあり、間もなくもっとはげしい、もっと別の声が、そのほそいのどからほとばしり出るだろう。汗にぬれて、大波にもまれるようにゆれ動く、まろやかな乳房の下で、その叫びが、徐々に、のどもとにむかってふくれ上りつつあるのがはっきりわかる……。

いったい、何が……

——と、娘の動きにあわせながら、彼は考える……。

いったい、何が……女たちに、これほど我れを忘れさせ、なりふりかまわず、夢中にさせるのか？　快感？

——それはわかっている。が、ほかのどのような「快感」が、これほどはげしい狂乱状態をもたらすだろう？　どうして、この「行為」だけが、これほどまでに……。

娘は快い表情など浮べていなかった。眉《まゆ》をぎゅっとひそめ、唇《くちびる》をかみしめ、あるいは口を大きくあいて、舌を吐き出さんばかりにあえぎ、首を左右に激しくふり、体をもみ、汗をふりしぼり、泣き声をたて……それは「快美感」を感じているというより、「苦痛」にのたうちまわっているように見えた。やわらかく、うすい下腹の、恥ずかしくも黒々とした草の間にかくされた、皮膚よりも一層やわらかい、粘膜の裂け目に、猛々《たけだけ》しい節くれだった柱をつきたてられる痛さと苦しさに、身をよじり、悲鳴をあげて、のがれようとしているように……。だが、事実は、娘の体の中を、激しく、するどい快感がたえ間なくつらぬき、それは今や大波となってうねりながら、爆発点にちかづきつつあるのだ。これほどまでに「苦悶《くもん》」にちかい表現をとる快感が、ほかにあるだろうか？——そしてまた、これほどまでに、おどろくべき「力」を、肉体の底の底からひき出し、しぼり出すような快感が、ほかにあるだろうか？

娘は、もう彼の動きを待っていなかった。内部からこみあげ、爆発しようとしているものに翻弄《ほんろう》され、つき動かされ、まるで水中で溺《おぼ》れかかったものが、必死の力で水面を目ざすようにもがきつづけていた。もう彼の事も眼中にないようだった。——心臓は恐ろしい圧力で全身に血液をおくり出し、呼吸は窒息寸前のように早まり、息使いは火のように熱く、はげしく、体温は上り、皮膚のすべての汗腺《かんせん》が開いて、汗をたえ間なくしぼり出し……ほら、いま、あの「叫び」が、肺《はい》を押し、のどをおしひろげてほとばしり出ようとしている。爆発寸前の、小爆発のように、あなた、あなた、という言葉と、いっしょに、という言葉が、とぎれとぎれに、声にもならない声で、あえぐ口からもれ……

そして、ついに始まった。——開かれた可憐《かれん》な唇の奥から、ふだんの容姿からは想像もできないような、はげしい獣の咆吼《ほうこう》が——しかし、まぎれもない、若くみずみずしい「雌」のそれが、のどを一ぱいにふくらませ、ほとばしり出た。その声は、部屋中にひびきわたり、寝室の窓ガラスをふるわせた。と、同時に、細い二本の腕が、おどろくべき力で彼の首をしめつけ、両の手が指がゆがむほど肩の肉をつかみ、鋭い爪《つめ》が裸の皮膚をかきむしった。しなやかな脚《あし》が、彼の腰をくびれるほどしめつけたかと思うと、次の瞬間、宙におどって両足がベッドを蹴り、娘のほそい胴は、弓なりにそりかえり、がっしりした彼の体を腰の上にのせたまま持ち上げた。叫び声は、二度、三度、食いしばった歯の間を押しわけるようにしてふき出し、その間に体は右に左にそりかえって、彼をゆすり上げる。ほっそりした、草花のような体の、どこからそんな力が出てくるのか、とショックをうけるような、すごい力だった。脚を彼の脚にからめてそりかえる時、股関節《こかんせつ》がぼきぼき音をたてるほどの……。骨細の二本の腕が、彼の頸《くび》を折れんばかりにしめつけ、十本の爪は、まるで猛禽《もうきん》のそれのように、彼の裸の背にくいこみ、皮膚をかきむしった。

優雅な薄ものを着て、日のさす窓際に立っている時、淡雪のようにとけてしまいそうな、なよなよとした細い少女の体内のどこに、このような力がかくされているのか？——と、彼もまた、快感の頂点へとのぼりつめて行きながら、頭の隅《すみ》で、ふといぶかった。——それは、「分娩《ぶんべん》」のためのものかも知れない。青竹をつかみ割る、とさえ言われる、あの「産みの苦しみ」に堪えるあの神秘的なまでにはげしい力が、セックスの快感の爆発の過程で解き放たれてくるのかも知れないのだ。

おそらくそれは……と、秒きざみでせまってくる爆発へのたかまりの中で、彼は思った……動物、とりわけ哺乳類《ほにゅうるい》の体内に秘められている「死にもの狂い」の力と同じものだろう。動物の生理の中に、ふだんは喧嘩《けんか》の時においてさえ、めったに使われる事のない、「非常用」のエネルギーをひき出すシステムがかくされている。おそらく絶体絶命の境地に追いこまれ、もはや背後には「死」しかない、という状態に立たされた時に、ただ一つの「生命」をその瞬間に一挙に爆発させ、自らの「死」を代償に、相手にも手いたい打撃をあたえる、自爆的な力だ。窮鼠《きゅうそ》が猫《ねこ》を嚙《か》み、火災の時足萎《な》えの老婆に簞笥《たんす》をかかえて走らせるあの力……蜜蜂《みつばち》の攻撃のように、自らの針を敵につきさすと同時に、相手の体内にのこった針といっしょに自らの腸もひき出されて死んでしまう、「死」を賭《か》けた攻撃をおこなう力……。一たん点火されたらもはやあともどりできない、その「力」への導火線がもえはじめた時、人はしばしば、意識はむろんの事相貌《そうぼう》まで変ってしまう。——眼がすわり、顔が青ざめ、よびかけられる言葉も判別できず……感覚までが麻痺《まひ》してしまって、刀で切られても槍《やり》でつかれても、痛みを感じなくなってしまうのだ。そういう状態を、昔の人は「鬼」が憑《つ》いたと言い、「死」にとりつかれた「もの狂い」と表現した……。

そこまでは行かないまでも、女たちは、「分娩」の時に、あの青竹をつかみ割るほどの力をひき出す能力をあたえられている、波状におそってくるはげしい苦痛……陣痛にたえ、たえる事によって、二本足で立って生きるようになった生物の、無理な体勢にさからってうみ出されて来る、「大頭」の新しい生命を、この世へと押し出す非常の力を……。母親と胎児は、出産の時、大きな危険をむかえる。設備のととのった病院で出産するようになる以前には、「二つの生命」の誕生の瞬間は、一歩あやまれば、「二つの死」が現出する瞬間でもあるのだ。女体にひそむ、異常なまでにはげしい力は、その「誕生の際の死の危険」を、たえぬくためにあたえられたものであろう。

そして……女性が快感の絶頂へ押し上げられて行く時に出現する、あのはげしい力も、源泉は同じものではないだろうか？——新しい生命を送り出す「産みの苦しみ」のかわりに、新しい生命の種子を送りこまれる「快感」につらぬかれ……その快感は、本質的には男の「射精」の快感と同じものだ、と生理学者は言うだろうが、そして、その瞬間まさに子宮口も、膣《ちつ》も痙攣《けいれん》し、さまざまな分泌液が射精同様にしぼり出されるのだが、それにしても、その時、女性の全身からひき出されるあの大きな「力」は、女の快感が男の細く、鋭い快感とちがう証拠のような気がしてならない。……男の射精は、むなしく、拡散的な「分娩」なのだろうか？　鋭く、しびれるような快感の線が、性器のさししめす方向にむかってほとばしったあと、むなしい「放出感」——何ものかがほそい隙間《すきま》を通って出ていった、という虚脱感だけしかのこらず、「うみ出されたもの」を両手にかかえ、胸にだきしめるゆたかな報償感、「誕生の大いなる奇蹟《きせき》」を体を張ってなしとげた、という充実した達成感のない「空虚な分娩」にすぎないのだろうか？

男には分娩の苦痛がないかわりに、「生命のメカニズム」自体を通じてなしとげられる「分身の秘蹟」の、あの「肉」を通じて「霊」をうみ出す達成感は経験できない。「生」の胎内の、細く、暗く、圧力の高い道を通じて、もう一つの「生」が分離されて行く瞬間にもっとも近づく「死」と、全身の力をひき出して闘い、これを退けて、新しい生命とともにほこらしげな凱歌《がいか》をあげる、あの「聖血にまみれた栄光」の喜びもない。——男にとっての「死との闘い」は、いつも、自分の存在の「外」にしかないのだ。「死」との対決に、自らの「一度かぎりの死」を賭け、生命のあらんかぎりの燃焼と爆発をそそぎこみ、二つの「生」が「死」をかけてぶつかった結果は、いつも「二つの死」をうみ出すばかりなのだ。「相手の死」か、「自分の死」か……一つの「生」が、胎内に芽ばえた「もう一つの生」とともに「死」と闘い、勝利の結果として、血にまみれた「新しい生」がうまれる分娩のそれといかにちがう事だろう！

男が「敵」と闘い、これを屠《ほふ》ってあげる血みどろの雄叫びは、──あれは「擬似《ぎじ》出産」の産《う》ぶ声に似たものではないだろうか？　それが獲物なら、その肉を食らい、相手の「死」をみずからの「生」に変えはするのだが……それはあくまで、自己の生の「拡大」にしかすぎず、新たな生命を分離し、「創造」する事ではない。

男が「外」の世界に働きかけ、それに加工し、さまざまな「形」をつくり出そうと試みるのも、「擬似分娩」ではなかろうか？──道具をつくり、彫像をつくり、絵を描き、機械をくみたて……壮大な都市もモニュメントも、やがては巨大な墓石になり、それ自体の力では「増殖」しない。精巧きわまる自動機械も、「霊」をふきこむ事はできない。男たちは、やがて、「自己複製」をつくる自動機械を最終的に完成して、宇宙のはてまでばらまくかも知れないが、自分たちが、女の腹から──約十億年も前からつづいている「生きているコロイド」の泥沼《どろぬま》からつくり出された、という負い目は、ついに克服される事はないだろう。「創造」に関して、男の意識の底には、いつも「産む女」に対する、隠微なコンプレックスがある。その劣等感をうちけすため、なまあたたかい「肉」をはげしく否定し、真空と同じくらい抽象化された「精神」の権威を高くかかげ、「虚無よりの創造《クレアテイオ・エクス・ニヒロ》」を秘蹟とよぶが、男の創造はついに虚無の中に拡散しつくす運命にある……。

それにしても、男たちの行動は、何とまがまがしいものだろう。――「愛の行為」においてすら、おそろしげにふしくれだった肉の槍を、股《また》をおしひろげた女の下腹にくりかえしつきさし、体の奥のあえぐ口へむけて、何億の鏃《やじり》をもった矢を射かけるのだ。快感が双方にそれをみちびくとは言え、なぜあんなに、まるで獲物にとどめをさすように、何度も何度も、狂ったように女の体に「槍」をつきたてねばならないのか？　その打撃の下で、女が――たとえ、たかまり行く快感がそうさせるとしても――まるで苦しむようにもだえ、もがき、殺されるような叫びをあげるのを見、聞きする時、心のどこかで、その姿のいたましさに、おろおろしている自分を感じているのだ。

なぜ「愛の行為」が、これほどまでに原始的な「殺し」に似ているのか？――男の性的欲望の中に、「胎内復帰願望」があると言った学者がいるが、実際の行為はそれよりはるかに「格闘」や「殺人」にちかい。生命の種子を女の体内に植えつけるために……新たな「生」をつくる最初の作業のために、男はこの「擬似殺人」を、歯をくいしばり、息をあららげ、汗をながしながら、夢中になっておこなわなければならないのだ。一撃ごとに、女の叫びは高くなり、そしてついに、あの断末魔、あるいは出産の瞬間にちかい絶叫が体の芯《しん》からほとばしるのだ。女は、われを忘れ、何も彼もかなぐりすてて、快楽の爆発的な「出産」に身をゆだね、全身をよじり、くりかえし叫ぶ。男はまるで、初めての出産に立ち会う夫のように、気もそぞろにはねまわる女の体を必死になっておさえこみ、彼にはかわってやれない「出産」を、少しでも軽くと、念じるように、打ちこみの動作をはげしくするのだ。そして……男の体内からも、近づく雷鳴のとどろきとともに、鋭く、ジグザグに光る快感の矢がほとばしり出てくる……。

窓外の暗黒の空が、紫白色にかがやいた次の瞬間、地にふれんばかりに重くたれこめた密雲の間から、青紫色に輝く電光が闇《やみ》をぎざぎざに切りひらいて、ざわめき泡《あわ》立つ暗色の海の波頭めがけてつきささった。——つづいてもう一つ、海洋《わだつみ》の一角にそびえる、ごつごつした裸の岩山の頂《いただき》に、ぱりぱりと乾《かわ》いた音を雲と海との間にひびかせて、うすいオレンジ色の火柱がつっ立ち、どうん、という地軸をゆさぶるような音とともに、まっ赤に灼《や》けた岩塊が、青白い火花を散らしながら、四方にがらがらとびちる……。

娘はまだ、かすれた叫びを断続的にあげていた。——思いきりのけぞらせた、白く薄いのどの皮膚が、それにつれてひくひく動く。力一ぱいつっぱった両手の先に、シーツがわしづかみにされ、硬直した四肢《しし》や体中の関節に、時おり痙攣《けいれん》が走り、その度に、わずかずつ、ごくわずかずつ、呼吸のみだれがおさまって行く。ベッドからとび出しそうになるほどはげしくもがいた娘の体を、おさえこむような体勢でおりかさなった彼の裸の胸の下で、娘の可憐《かれん》な乳房がやわらかくつぶれ、その下で、なお大きくあえぐ胸が、肋骨《ろっこつ》を動かし、左の乳房の下で、まだ心臓が、早鐘をつくようにおどりつづけているのがつたわってくる……。彼もまた、娘の裸体の上にぐったりと体をなげ出し、肩をあえがせていた。やや硬《かた》さを失った肉の棒は、まだ娘の体内に、太短いロープのようにとどまり、その先から白い粘液の紐《ひも》が、臍《へそ》の緒のように、娘の子宮の中へとつながって……「擬似分娩」のような、あのはげしい絶頂のあと、男はうみ出された「擬似新生児」のように、女体と「精帯」につながったまま投げ出されていた。――それとも、彼が、女を擬似胎児としてうみ出したのか？　男にとっては、射精が「擬似分娩」に相当し、今、彼は、自分が新しく「出産」した嬰児《えいじ》を、母親の如く胸にかかえているのか？

彼は、手をのばして、まだ閉じた瞼《まぶた》と、きれいにそりかえった長い睫毛《まつげ》をふるわせている娘の、長い、つややかな黒髪をそっとなぜた。――よくやった……と、いう奇妙ないたわりの言葉が、彼の胸にうかんで来た。――まるで、本当の出産の闘いを終えた女をいたわるように……。――あのすさまじい「快楽の陣痛」に、この細っこい、草花のようにたおやかな体で、よく堪えた……。よくがんばった……。

「いや……」

とつぶやいて、娘はするりと彼の胸の下から体をぬくと、うつぶせになって、顔を半分枕《まくら》でかくした。

「はずかしい……」

「はずかしがる事はない……」彼も体をかえして、あおむけになりながら、腕をのばし、裸の肩から、やさしい肩甲骨《けんこうこつ》の間にひろがる髪をしずかになぜた。「すばらしかった……。

君は、すてきだ……」

娘はいやいやをするように、枕に顔をこすりつけ、突然また、くるりとこちらへ体のむきをかえると、身をちぢめるようにして、彼の体によりそい、彼の伸べた左腕の付け根に、その軽い小さな頭をのせ、白くしなやかな手を、彼の胸の上においた。——彼は、左肘《ひじ》を曲げ、その薄い肩を抱きよせた。娘は安心したように深い息をついて、彼の腕の中で体をまるめる。灼熱《しゃくねつ》した快感の巨大な火球を無事にうみおとしたあと、彼女はほっとして嬰児にかえり、彼の腕の中で安らかに眠りこもうとしている。うみおとされた快楽の火球は、すでに彼女の体をはなれ、独立の存在として赫々《あかあか》と中天に輝きながら遠ざかりつつあった。そして……彼は今、彼女にとっての「擬母《シュード・マザー》」だ。南米のヒバロ族の男たちが、妻の出産に際して、妻のかわりに苦しみを演じて見せるあの擬産《クバード》のあとのように、彼は嬰児と化した娘を、母親のように、ある種の充足感があたたかく胸にひろがるのを感じながらそっと抱きよせ、枕にさせた左の腕先で、やさしく背をたたく。

娘は、長い睫毛を閉じたまま、小さな顔をあおのかせ、かすかに笑みをうかべる。——嬰児の「仏笑い」のようなほほえみを……。いとしさが胸にこみあげて来て、彼はそっと頰《ほお》に、額に接吻し、かすかにふるえる瞼を軽く唇でこすった。娘は、瞑目《めいもく》したまま、にっ、と笑って、その朱をしたたらしたような唇をうごかし、彼の方につき出す。彼もしずかに唇をかさね、やわらかくひらかれた唇の間にそっと舌をさし入れる。——それは、接吻というより、「哺乳」だった。母鳥が雛《ひな》の口に餌《えさ》を哺《く》ませてやるように……。娘は、彼の舌先を、自分の舌と上唇ではさむようにして、本当に赤ン坊が乳房を吸うように強く吸った。強く抱きよせると、うーんと伸びをするように体をのばし、彼の体にぴったりと、そのすべっこい裸身をそわせて来た。

……沫雪《あわゆき》の、若やる胸を、栲綱《たくづの》の、白き腕《ただむき》、そだたき、たたきまながり真玉手《またまで》、玉手さし枕《ま》き、股長《ももなが》に、寝《い》をし寝《な》せ……。

「あたし……叫んだでしょう?」

娘は、唇をはなすと心配そうに聞いた。

「ああ……」と彼はほほえんだ。「ものすごく……。窓ガラスがふるえるほど……」

「いや!」

と娘は小さく叫んで、男の胸に顔をこすりつけた。

「はずかしがる事はない……」髪をなでながら男は、からかうように言う。「すてきだった。とても――一生懸命で……」

いやいやをするように鼻を男の胸にこすりつけていた娘は、ふと、何かを思い出すような眼付きをして、

「雷が鳴っていたわ……」とつぶやいた。「とてもこわかった……」

「こわがる事はない……」男は腕の中に抱きしめた娘をあやすようにゆすりあげた。「あ

れは、ぼくだから……」

「そう……」娘は小さなあくびをかみ殺しながらうなずく。「あれ……あなただったのね……」

ことり、と小さな音をたてるように、軽い頭が男の胸におち、次の瞬間には、もうすやすやと安らかな寝息をたてていた。――満足げなほほえみを、その寝顔の上にうすいベールのようにかけたまま……。

娘がすっかり寝こんでから、男はそっと胸にのった小さな頭をはずし、左腕をぬいて、枕の上においた。――シーツの上に乱れて、漆黒《しっこく》の滝のようにひろがる髪をなでつけ、まだ微笑をうかべているなめらかな頰に、小さく口づけすると、彼はベッドからおりた。

広くうすぐらい部屋の中は、急速に冷えこみはじめていた。――ふんでいた厚い絨毯《じゅうたん》が切れると、大理石らしい床から、ひやりと足の裏を通じて冷気がしみこむ。

男はそれにかまわず、窓際にすすみ、紗《しゃ》のカーテンを開き、背の高い窓をおしあけた。

窓は、何十メートルかわからぬ断崖《だんがい》の上に、つき出すように開いており、窓の外は、墨の底に鉛を溶かしこんだような、重い闇《やみ》がひろがっていた。――時折り密雲の間が、うすい稲光りでぱーっ、と灰色に光り、その時だけ、眼下ににぶい水銀色の海がはるか彼方にまで、一面にひろがっているのが見える。

密雲は、ぎざぎざにとがってゆれ動いている波頭に、くっつきそうに低く垂れこめ、空一面をおおって、はやい速度で流れていた。——海の一方に、密雲よりももっと濃く、低く、一筋の黒い線が走っており、密雲が時おりうすくなると、その黒い線の上方に、暗く、赤い火の色がほんのわずかにすけて見えた。火口の底に音もなく熔岩《ようがん》をたぎらせる火山がそのあたりにあるのだった。

海は煮えたぎるように荒れており、密雲はあわただしく流れていたが、風音はきこえず、風もまた窓から吹きこんでこなかった。——海には、しかし、何事かが起ったらしい兆候《しるし》があらわれていた。さっき密雲からたぎりかえる海辺にむかって投げおとされた電光が、浅瀬の水に濃縮されていた有機物にある化学変化をあたえ、その変化を通じてうみ出された新たな重合物が、何か、ただならぬ変動を、この生命のない地上に巻き起そうとしている気配があった。窒素、炭酸ガス、一酸化炭素、青酸のみちた大気と水の間に、今、徐々に、何か全く新たな「系」が誕生しつつあるきざしが満ちはじめていた。

が……今はまだ、海も空も、ただ重苦しく、暗く、にぶくはためく電光に照らし出される束《つか》の間《ま》をのぞいて、いかなる闇よりも濃い闇の底に、冷たくのたうつばかりだった……。

——はじめに混沌《カオス》ありき。混沌《カオス》より暗黒《エレボス》と夜《ニュクス》わかれ、暗黒と夜より天光《アイテル》と地光《ハメラ》生ず。天光《アイテル》は〝精気〟にして地光《ハメラ》は〝昼〟なり。また曰《い》う。はじめ混沌の上に永遠の夜あり、夜、風卵をうみ、風卵、黄金の愛《エロス》をうみ、エロス、混沌をはらましめて、天《ウラノス》と地《ガイア》を生ずと。天《ウラノス》と地《ガイア》まぐわいて、時《クロノス》と母《レア》とを生む。時《クロノス》、姉のレアとまぐわいて、レア、ヘスティア、デメテル、ヘラ、プルト、ゼウスら、もろもろの神々《ティタネス》をうむ……。
天《ウラノス》、諸神《ティタネス》を冥界《タルタロス》に追い、地《ガイア》これを恨みて時《クロノス》に父を殺す事を命ず。時《クロノス》、母地《ガイア》よりさずかりし黄金の斧にて、父天《ウラノス》が、母地《ガイア》の腹につきたてたる男根《ファルロス》を切りとり、これを大洋《オケアノス》に捨つ。かくて天、地とわかれ、時《クロノス》、世を支配し、もろもろの「事の終わり」と「死」、これより生ず……。

――ギリシア古譚「新生紀《テオゴニア》」より――

男はその窓をしめて、歩をうつし、最初の窓と直角にしつらえられた、もう一つの窓を開けはなった。
その窓からは、銀河系近傍の宇宙空間が見えた。――窓枠《まどわく》の下や横をのぞいてみても、そこは摂氏マイナス二百七十度……絶対三度の真空がひろがっているばかりだった。窓から手を出して、窓の下や横につながっているはずの壁をさぐろうとしても、何もふれず、ただ空間があるのみだ。窓は、銀河系宇宙から、数万光年はなれた空間に、ぽつんと開かれていた。――直径十万光年の、巨大な星雲は、窓から斜め下方に、水平方向に約十五度ほど傾いてひろがっていた。そこからは、長軸方向で、視角六十度をしめるほど壮大な平べったい楕円形《だえんけい》に見え、秒速数百キロメートルでゆっくり回転しているその光の渦巻《うずま》き構造がはっきり見えた。輝くガスのような星間物質の流れの中に、赤く、また白く、青く、オレンジ色に輝く星々が見わけられ、中心部は赤っぽく、外縁部は青白い、回転面と直角の方向に、ぼんやりと半球形に光る銀河光暈《ハロー》が、そしてその中に、青白いランタンのような球状星団が点々とちらばっていた……。それは息のとまりそうなほど、すさまじくも巨大な、光の洪水《こうずい》だった。渦巻く光の円盤の縁辺からわずかに斜め上方にはなれた所に、二つの小ぶりな星雲——大小マゼラン星雲が、ぽつんと暗黒の虚空《こくう》に浮かんでいるほかは、はるか遠い銀河系外小宇宙が、鬼火のようにわびしく、まばらに光る「大宇宙」がはてしなくひろがるばかりだった。——地上から見る夜空にちりばめられた満天の星は、ほとんどが銀河系内のものであり、その外に出てしまえば、宇宙の光景は、大都会の夜景とくらべた田園のそれほど、わびしく暗いものになるのだった。

宇宙は膨脹《ぼうちょう》し、冷えつつあった。誕生の時から百五十億年の間に、その内部輻射《ふくしゃ》は実に一兆度も降下し、現在のバックグラウンド輻射はわずか絶対三度……そして辺縁系の相対的後退速度はすでに光速をこえ、さらに膨脹し、冷却しつつある。局部星系ごとに、部分的に秩序は回復しつつあるが、その多くの系の中心には、光さえのがれ出る事のできない、一切をのみこむ、「重力のアリ地獄」ブラック・ホールが数多くうまれ、刻々成長しつつある。——この拡散と冷却と、暗黒の「陥《おと》し穴」への吸収の果てに、いったい何があるのか？　宇宙の「死滅」した骸《むくろ》は、いったいどんな姿をとるのだろう？　誕生より百五十億年、この半径百二十億光年の宇宙の中に、どれだけの数の生命系、知性体、そして「文明」が生まれ、ほろんで行ったか……。今、どれだけの生命系知性や文明があり、さらにこれから先、宇宙の終末まで、どれだけの種類と数が新たに誕生し、ほろんで行くか……。

局所系の、そのまた限られた稀《まれ》な条件下に誕生する、これらの「知性」は、いつかはそのどれかが、局所系をこえ、この「死に行く大宇宙」を、その死の前に、「組織」する事ができるだろうか？——それとも、もうかつて何度か、そういう文明がうまれ、小宇宙から小宇宙へと、「認識」と「組織」の翼をはばたかせ、やがて力と命数がつきてほろびて行ったのだろうか？

誰《だれ》が知ろう！——その窓より見える宇宙は、おそらくは百五十億歳を経て壮年にさしかかった宇宙であり、このあとさらに百億歳をこえる余命の中で、はたして何が——いかなる「知性」が、いかなる事をなし得るか、果して、「宇宙の死」を最後に看《み》とる「知」が生じ得るか、誰も予見する事はできない……。

男はその窓をしめ、反対側、つまり最初の窓の右側にある窓のカーテンをおしひらいた。

——とたんに、黄金色の赫々《かくかく》たる光が、窓を貫いて寝室の中にさしこんだ。

星一つない、暗黒の超空間に、いま、赤く、黄色く、渦巻く巨大な火球が、炎々と燃え上りながらさしのぼりつつあった。——「宇宙空間」そのものはまだうまれていなかった。それは、まだ、たった今まで、「時間のない眠り」を眠っていた、その輝く「宇宙卵」の中にあった。いま、その「宇宙卵」に何事かが起り——つまり、それが「誕生」した、という事件が起って、突如としてその「宇宙卵」は「生成」の道程をたどりはじめた。凝結《ぎようけつ》した「時間」は、おどろくべき高密度で流動しはじめ、同時にその内部で「距離」がうまれはじめた。そして、「誕生」後一秒という、長い長い時間がたったいま、その内部プラズマの温度は誕生後一万分の一秒当時の一兆度から百億度へと急速にさがり、直径は増大し、内部では中間子などのハドロン類に次いで、光子から電子、陽電子対《つい》が無数に創生されつつあった。全宇宙の物質が「一滴」の中に凝縮された「宇宙卵」は、いま、数百億年持続し、数百億光年をこえてとびちって行く、「大爆発《ビッグ・バン》」の最初の瞬間をむかえたのだった。

――そして、彼は、その「宇宙卵」が、いま、背後のベッドの中で、やすらかな寝息をたてている娘の胎内から、あの快楽の絶頂を通じて「分娩」されたものだ、という事を知っていた……。

――原初ただ闇洋《やみわだ》あり。石女《うまずめ》の処女《おとめ》レオンノタル、孤独に倦みて天より海洋《わだつみ》におつ。風、処女の乳房を弄び、海、受胎《みごもり》の力を能う。七世紀をすぎて一羽の鷲、宇宙《あまか》翔け来り、処女の膝に卵をうむ。三日にして、卵、高熱を発す。レオンノタル、股をひらきて卵深淵におち砕けり。

――卵の殻の下より地生じ、上より天生ず。卵黄太陽となり、卵白月となる。殻屑星となり、黒片雲となる。

――「カレワラ」――フィンランド古譚

――天地混沌として鶏子（卵）の如し。盤古その中に生ず。万八千歳にして天地開闢《かいびゃく》し、陽にして清《す》みたるは天となり、陰にして濁りたるは地となる。盤古その中に在りて一日には九変し、天に神となり、地に聖となる。

――「三五歴紀」――太平御覧

――太古、華胥《くわしょ》氏（夢みる乙女の義）、雷沢にあって、巨跡を踏む。たちまち天帝の精気を感じ、すなわち伏義《ふくぎ》をうむ。人面蛇身、牛首虎尾、女媧氏とまじわりて、天地万物生ず。

――「緯書」にもとづく

2

眼がさめると、ベッドの上に娘はいなかった。――傍の枕《まくら》に、小さなくぼみがあり、その上に、長い、一筋の黒髪がうねっていた。

手をのべて、それをつまみすてようとして、彼はふと途中で思いなおし、そのままにしてしずかにベッドをおりた。

部屋の中は、眠った時と同じ、やわらかいうす明りにみちていた。――が、服を着て、寝室のドアをあけると、明るい黄金色の陽光が、楽しげな金属音をたてるように空からなだれおちて来て、彼は思わず、掌《て》をあげて眼をほそめた。

すばらしい五月！――光る空、光る風、光る緑……。天を摩《ま》す森の木立ちは、蒼穹《そうきゆう》へむけて眼の洗われるような新緑を噴き上げ、冷んやりと爽《さわ》やかな大気の奥から、金の鐘をたたくような鳥の声がひびきわたる。

彼はもう一度眼を細めて空を見上げ、バックスキンのズボンのポケットに手をつっこんで歩き出す。

赤色砂岩製の大きな館《やかた》にはまばらに蔦《つた》がからまり、一せいに若葉をふいている。――煉《れん》瓦《が》の階段をおり、森の中にむかって歩いて行くと、スニーカーの下で、しめった土と、冬をこした枯れ葉がやわらかい音をたてた。木々の幹はしっとりぬれ、下生えの葉先にも露がやどり、夜のうちに雨が降ったのかも知れなかった。ところどころ木立ちがまばらになった所では、うすい蒸気が立ちのぼり、見あげると、梢《こずえ》にせかれた陽光が何十本もの帯となっておちてくる。その光の滝を、たちのぼる蒸気が横切って、光芒《こうぼう》がぐるぐるまわっているように見えるのだった。

日だまりに出ると、急にあたたかく、まぶしくなって、彼は眼をしばたたいた。――そこは草の葉もとりわけ勢いよく育ち、黄や、赤や白の可憐《かれん》な花もあちこちに咲き、小さな蝶《ちよう》もひらひらとびかい花虻《はなあぶ》や蜜蜂《みつばち》が、花から花へ、ぶんぶんとかすかな音をたてて、そのむくむくとした体をはこんでいた。葉影には大きなコガネグモが巣を張り、長い肢《あし》を優雅にそろえている。

日だまりを横切って、彼はさらに森の奥へ進んだ。——途中、たちどまって、森の中にいるかも知れない娘の名をよぼうとしたが、自分が娘の名を知らない事に気がついて、苦笑してまた歩き出した。

木立ちのむこうに水音がきこえてきたと思うと、突然森が大きく開けて、小さな池の畔《ほとり》に出た。——池の半分は、縁を古びた白大理石でかこみ、その中央に、白大理石の噴水台があって、黝《くろず》んだ青銅の鶴《つる》が片脚《かたあし》で立って翼をひろげ、長くのべた首の先の、開いた嘴《くちばし》の間から、ゆるやかな弧を描いて水を噴き上げていた。池のまわりはあまり手入れされておらず、草が不規則に伸びて、池の縁から水面へ枯れ葉が垂れさがっていた。池の水は、緑色がかって薄く濁り、かすかなさざ波がたっている。表面にはそこここに水蓮《すいれん》の葉がうかび、白い、夢のような花が二つばかり咲いていた。水辺の一部にはアイリスの一むらもあって、もう濃紫の重たげな花がいくつも開いている。大理石でふちどられない池の奥は、木立ちの間にはいりこみ、その先に、自然石の間からおちる小さな滝があった。

池の畔の一部が煉瓦敷きになっていて、そこに白ぬりの、鍛鉄製の椅子《いす》が三つと、うすいオレンジ色のテーブルクロスをかけた円テーブルがあり、テーブルの上には、磨《みが》きあげられた銀のコーヒーセットがのっていた。銀盆の上には、トーストとエッグスタンドにたてられた茹《ゆ》で卵もある。

陽気に青空と太陽の光をうつしているコーヒーポットにちょっと手をふれ、それが熱い事をたしかめて、彼は椅子に腰をおろし、ゆっくり脚を組んだ。

ラヴェンダー色の綿のシャツの胸から、煙草をとり出すと、テーブルの上のテラコッタ製の灰皿《はいざら》の中にあった紙マッチをとって火をつけ、煙を高く空へむけて吹き上げた。

湯気の立つコーヒーを、青磁色と黄金色でふちどられたうすいカップに半分ほどついで、最初はブラックでのみほし、もう一ぱいつごうとすると、背後に何かの気配を感じたような気がして、ふとふりかえった。

が、背後に立っているのは、水がめを肩にささえ、片膝《かたひざ》をわずかに曲げている、大理石の水精《ニンフ》の像だけだった。――気がついてみると、彼がその中をたどって来た森は、一たん池の畔で切れており、池の右縁からさらに右方へつづいているが、そのテーブルのすぐ背後は、水精《ニンフ》と、三叉槍をもった海神《ポセイドン》の像を入口の両側に配した、薔薇《ばら》のアーチになっており、白ぬりのアーチ型の木枠《きわく》にからんだ薔薇が、重い臙脂《えんじ》色の花を見事にちりばめたトンネルをつくっている。緑に臙脂をうめこんだトンネルはゆるく曲りながら上り坂になっており、そのむこうは、ゆるい起伏に芝をしきつめた庭園につづいているらしかった。

背後から眼をもどして、コーヒーをつごうとした時、彼はたった今まで、ソーサーの上に伏せられていたもう一つのカップが、ちゃんと上をむき、中にコーヒーがみたされているのを発見した。

斜め向いの椅子の位置も、わずかに動いたような気がしたが、彼は気にもとめず、煙草をもみけすと、今度はミルクと砂糖をたっぷり入れたコーヒーをつくり、一口のんで、赤と黄で稲妻模様を織り出したリリアン編みの小さなエッグキャップをとり、スプーンの背で、こつこつと卵の殻《から》をたたいた。

——気をつけたまえ……。

と、どこからともなく、言葉がつたわって来た。

——その卵は半熟だ。三分半……かなりやわらかい……。

「ありがとう……」

と、彼は声にして言った。

うまく茹でてあると見えて、卵の殻は、卵膜をのこさずきれいにとれた。小さなマジョルカ焼きの塩壺《しおつぼ》から、食塩をふりかけると、彼は卵をスプーンですくった。

眼のすみ、池の向うの木立ちの間で、白いものが、ひらりと動いた。

「あの娘《こ》は、森の中ですか？」

と彼はきいた。

——……。

姿のないもの——しかし、今、彼の斜め向いの椅子の上にいるらしいものは、返事をしなかった。

「あの娘《こ》の名前は、何と言うんでしょう？」

彼は、トーストたてから、小さな狐色《きつねいろ》のトーストをとり、二さじ目の半熟卵をその上におきながら聞いた。

——さあ……。

と、眼に見えない存在は、興味なさそうにつぶやいた。

「知らないんですか？」

彼は塩のほかに、胡椒《こしょう》を卵の上にふりかけながら、からかうように聞いた。

――それが、それほど重要な事かな？

「でも……やはり困るんです。さっき、こちらの森の中で、よぼうとしたら、名前を知らないので、よべなかった」

――何とでもよべばいい……。と眼に見えない存在はいった。――ここには、君と、あの娘だけだ。

名前はなくてもすむ。どうしても、よびたければ、好きな名をよべばいい。それがあの娘の名になる……。

「なるほど……」彼は、食べのこりのトーストに、バターとマーマレードをうすくぬりながら、くすっ、と笑った。「彼女の名は……空白《ブランク》というわけですね。ブランクはかわいそうだから、白《ビアンカ》とでもしますか……。でも、東洋人《オリエンタリーデ》だ……。やはりやめとこう……。ところで――ぼくの名は何です？」

――さあな……。君の名は何だろう？

「ぼくは――いったい誰です？　なぜ、ここにいるんです？」

――君はいったい誰《だれ》なのかな……と、〝言葉〟はつぶやいた。――なぜ、ここにいるのだろう？

からかっている風ではなかった。

聞かれて戸まどい、心底、不思議そうに、いぶかっている様子だった。

彼は、一枚のトーストをゆっくり食べ終り、コーヒーを飲みほした。

「あなたは……」と、彼はカップを受け皿におき、二本目の煙草をくわえながらきいた。

「コーヒーを飲んでいるんですか？」

――飲んでいるよ。……おつきあいでね。

「減っていませんね」

――日本の、古い土着神道《しんとう》ではね……。アエノコト、と言ったのが残っているがね。〝饗《あえ》の事《こと》〟だろうがね……。姿の見えない神を生ける人の如く辻《つじ》までむかえに行き、上座の座布団《ざぶとん》にすわらせ、生ける人に話すがごとくこまごまと話しかけ、茶を出し、酒をすすめ、膳部《ぜんぶ》を供する。汁《しる》ものなど、蓋《ふた》をとってすすめて湯気がたたなくなったら、神さまが食べ終った、という事になるのだそうだ。

「すると――あなたは、日本や東南アジアの古い神――精霊《ピー》ですか？」

沈黙……。

「せめてこれだけ教えてください……。あなたは……神ですか？」

ふたたび沈黙……。相手は、都合が悪くなったり、答えにくい問題になると、一瞬〝気配〟さえ消えてしまう。――いや、ひょっとすると……と、彼は思った。――自分が〝神〟なのかどうか、その「存在」自身も知らないのかも知れない。いや、きっとそうだ……。

——その通りだ……。と相手は、こちらの頭の中を読んだように答えた。

——私だって、自分がいったい何なのか、知らないのだ……。ここにこうしている、という事ははっきりしている。君と問答はできる。君の知らない事もたくさん知ってはいる。が、自分も知らない事は、答えようがない……。

「煙草、吸いますか?」

彼は、灰皿に灰をおとしながら、ふと思いついてきいた。

——ありがとう……。と眼に見えない相手はいった。——一本いただこう。いや、火は自分でつける。つけてもらってもいいが……。その灰皿に、吸口をこちらにむけてたてかけてくれたまえ。そう、それでいい……。

言われた通り、煙草をとり出し、灰皿の縁にたてかけ、興味があるので、火をつけずに見ていた。と——フィルターのついていない、上になった側が、ぽっ、と赤くなり、紙が焦《こ》げはじめた。人間が吸う時の様子とちがって、赤い小さな火は、明るくなったり暗くなったりせず、すうっと光度をあげて一定の明るさをたもったまま、うすい紫色の煙をたちのぼらせはじめた。——吹くとも思えぬ微風が、その紫煙を、「気配」の感じられる椅子にむけて吹きよせ、煙はちょうど人のすわっている高さで、奇妙な形で渦《うず》まき、やや白っぽくなって、風に吹きちらされて行った。

——なかなかいい煙草だ……。

と、「気配」はつぶやいた。

「そうですね……」と彼も相槌《あいづち》をうった。

何という銘柄か、と指にはさんだ一本をと見こう見したが、白い紙に白いフィルターがついているだけで、何も文字は印刷していない。空白《ブランク》だ。彼は胸ポケットをさぐって、袋をとり出し、裏表ひっくりかえしてみた。白地に薄い金色でけぶるような唐草《からくさ》が地紋にあしらってあるが、文字は何も見あたらない。これも空白《ブランク》……。

「ははあ……」と、彼は何となくわかったような気がしてつぶやいた。「ここには、固有名詞はないんですね。そうでしょう？——いや、そうでもないか……」

沈黙……。煙はあいかわらずたえ間なくもう一つの椅子の上に吹きよせられ、そこで渦をまいて消えて行く。

「あなたは……きっと肺癌《はいがん》や心臓病にならんでしょうな」言ってしまってから、あまりにくだらない冗談と気がついて、彼は笑い出した。「煙草は健康に百害あって一利なし、なんて、医者はよく言いますがね……」

——しかし、朝の一服や、食後の一服は、何とも言えず、うまいものだ。……そう思わんかね？

「ええ……」彼は大きくうなずいた。「阿片《あへん》やハシッシュをふくめて、人間は、煙草が世界中にひろがるはるかずっと以前から、〝煙を吸う〟という妙な習慣をもっていたみたいですね。——奇妙な習慣だな」

――もともとは、私にささげられたものだ。沙漠《さばく》の遊牧民が、犠牲の羊を焼いて、その香ばしい臭《にお》いを天にまでとどかせたように……。さっきの、アエノコトで、湯気をたてるのと同じ事だ。あるいは香りのいい草や種を焼いて、そのいい香りの煙で、聖堂内にこもった、悪い臭いや悪いガスを追い出して浄《きよ》めると同時に、その香りと煙のゆらぎで、恍惚《こうこつ》となり、俗念をたつために……。早く言えば、一つは燻蒸《くんじょう》消毒であり、もう一つは、〝神のフェロモン〟だな……。

「ほらごらんなさい。自分で言った……」

彼は短くなった煙草を灰皿にこすりつけながら言った。「やっぱりあなたは、〝神〟なんだ……」

――〝神〟というのは、君たち……特に、地球の君たちがつけた名前であり、構成した概念であり、抱いたイメージにすぎない。宇宙空間には、君たちと似たようなタイプの〝意識＝知性〟を構成してしまった生命体がかなりあるが……と言って、ほかのタイプのも数多くあるしね。私自身が、本当に、君たち、あるいはちがったタイプの意識が描いている〝神〟のイメージにぴったりな存在かどうかは、私自身もわからない。第一……私自身が〝実体〟として存在するかどうか、私自身にもはっきりしない。

「存在するかどうか、はっきりしない、ですって?」彼は、クリスタルの小皿《こざら》の上に二つずつのっている苺《いちご》の一つをつまみあげながら、肩をすくめた。「だって……あなたは、今、そこにいる。――こうやって、僕と問答している」

——君たちの世界で、〝ブロッケンのお化け〟という現象があるね。……高山の頂《いただき》などで、まわりが深い霧に閉ざされて、霧を通して背後に太陽がある時、突然眼前の霧の中に、巨大な、大入道のような影があらわれ、こちらのしぐさ通りに、しぐさをまねして見せる。実際は、濃い霧にうつった、自分の影だ……。霧は、たしかに実体として存在する。が〝ブロッケンのお化け〟は、実在するんじゃなくて、投影された〝自分の像《かたち》〟だ。地球人が見れば、地球人の像《かたち》をしている。別の形の生物が見れば、その生物の恰好《かっこう》に似た〝お化け〟に見える……。

今度は彼が沈黙する番だった。彼はだまって、二つ目の苺を口に入れた。——さわやかな、かすかな酸味をともなううすい甘味と香気が、口内から鼻腔《びこう》一ぱいにひろがった。日ざしはうつり、木洩《こも》れ陽《び》が、オレンジ色のテーブルクロスの上に、光の妖精《ようせい》のようにおどっている。

「〝ブロッケンのお化け〟ね……」だいぶたってから、彼はぽつりとつぶやいた。「すると……これもそうですか？　この、景色、このテーブルや食べ物、あの館《やかた》、薔薇《ばら》の花、この森や池……」

返事のかわりに、池の面で、ぼちゃりと重い水音がした。いぶし銀色に光る、大きな魚がはね、その水紋がまるい輪を描いてひろがって行くと、それによびよせられるように、一羽の白鳥が、池の奥から、おしどりやかいつぶりの数羽をともなって泳ぎ出して来た。白鳥の姿があらわれると同時に、池の向うの木立ちの奥にも、白い、ほっそりとした姿があらわれ、立ち木の間を見えがくれしながら、こちらへ近づいてくる。……娘は、古代ギリシアのキトン風の簡単な白衣を身にまとい、長い髪を風になぶらせながら、歌うような足どりで近づいてくる。昨夜、漆黒《しっこく》に見えた髪は、今はやわらかな栗色《くりいろ》をおびて見え、木陰をぬけて、その上に直接明るい陽ざしがおちる時は、白い肩、白い服の照りかえしもあいまって、黄金色にちかい輝きが、そえられるのだった。

「昨夜あの娘は、オルガスムスの絶頂で、〝快楽の火球〟をうみおとしました……」近づいてくる娘の姿を眼の隅《すみ》で見ながら、彼は物倦《ものう》げに言った。

――あれは〝宇宙卵〟だ……。と「気配」は言った。――すばらしかった……。

「あなた、見ていたんですね……」彼は笑った。「昨夜の……われわれを……」

――そりゃ見ていたさ。……「気配」も、なぜか苦笑したような様子だった。――あの時の君は……私だったんだから……。彼女との愛に没入し、彼女を絶頂におしあげようと努力していた君の頭の中で、いろいろと考えていたのは私だ……。

「〝宇宙〟というものは、いつもああやって生まれてくるものでしょうか？」彼は自分の髪の毛をもてあそびながら、悩まし気につぶやいた。「鋭い猛々《たけだけ》しい〝死〟の槍先《やりさき》が〝生〟のやわらかい下腹を貫き、それをまさに刺し殺そうとする瞬間に……あの〝宇宙卵〟はうみおとされるのですか？――この宇宙も、そうやってうみ出されたんですか？」

――何とでも考えたらいいだろう……。と「気配」はあまり気のりしないように答えた。――君の言っている事は、比喩《メタファー》だからね。比喩《メタファー》は、要するに〝感じ〟が大切だ。〝感じ〟として、ぴったりいっていれば、多少事実と食いちがっていても、かまわないわけだから……。

「でも、ある〝態度〟の文脈《コンテキスト》を通じて、物事をつきつめて行くと、窮極的には、〝感じ〟だけが、その〝態度〟の結論をきめるものとなりますよ。——科学だって、人間によって、人間を通じて進展していく以上、最終的にはその〝感じ〟にたよらざるを得ない。人間にとってここから先は、当分の間わからない。自分が生きている間はおろか、人類なら人類という〝知性種〟が種として存続し得る間に解明できるかどうかわからない、という、〝諦念《ていねん》〟や〝絶望〟、有限の知性の解明能力をこえて、なお彼方に〝超越的なもの〟が横たわっている、という〝畏怖感《いふ》〟、しかもなお、自己の有限、知性種の有限を悟った上で、やれるだけの事を精一杯つとめる、という〝敬虔《けいけん》の情〟、あるいは、突然、眼の前が洗われたように出現してくる——部分的ではあるでしょうが——宇宙の構造に、ぴったりの理論が見つかった、という〝整合感〟……。そういったものが、科学〝者〟たちを、さまざまな方向へかりたて、ある場合には、そういった〝感じ〟にたよって、理論の積木をくみたて、また理論のレース編みを編みあげて行く……。〝感じ〟というのは、だから、人間と宇宙を関係づけるものの中で、かなり大切なものじゃないかな……」

——私は別に、その事に反対じゃない。が、比喩《メタファー》は、論理よりもっと規制のゆるやかなものじゃないかな？

「でも、比喩《メタファー》にだって、規制はあります。——〝ぴったり〟だ、とか、〝うがち〟だとか、

〝眼が洗われるよう〟だとか……何よりも重要なのは、何やら〝意味ありげ〟という〝感じ〟でしょうね……。何か、〝対応がつけられそうだ〟という予感でしょうか……。そして、比喩《メタファー》だって、自己増殖して行く〝文法〟があって、最初にある〝やり方〟と〝方向〟が決定されると、いくらでも、その文法と文脈で、比喩《メタファー》を拡大して行ける……」

——ある種の宗教的予言者のやる事は、まさにそれだろうな……。と「気配」はうなずいた。

——が、あまりその自己増殖が拡大しすぎると、ついには、〝比喩《メタファー》の体系〟と実際の現象との間に大きなひずみや食いちがいができてしまって、比喩《メタファー》は、現実の一こま一こまを、不可思議な光と、興奮をさそう〝意味ありげな知的問題〟の相のもとにかがやかせ、きわだたせる事ができなくなってしまう。比喩《メタファー》は、〝言葉やイメージのがたぴしして、矛盾した組み合わせ〟以外の何の意味も持たなくなる。——呪具《じゅぐ》としてのあやしい、秘密の雰囲気《ふんいき》を失って、稚拙《ちせつ》でうすよごれた、木や泥《どろ》の人形となってしまうのだ。

「ある種の文学——小説や詩や、物語だってそうでしょう。〝妖精《ようせい》〟を信じなければ、妖精譚《たん》は、ばかばかしい、荒唐無稽《こうとうむけい》で退屈な物語にすぎないでしょうし、英雄《ヒーロー》——主人公というものが見る人間の心をつかまえそこなえば、ドラマも小説もがたぴししたものになります。しかし……」

——しかし……何だね？

「最終的には、人間は、宇宙を巨大な比喩《メタファー》として……人間的な〝意味〟を付与されたイメージとして呈示する以外に、宇宙との間に、〝決着〟をつけられないんじゃないですかね。——〝科学〟というものは、一人の人間が死んでも、その先を組みたてて行くものがあればいくらでものびて行く、〝開かれた構築物〟ですが、人間一人一人の生は、不慮の死でもとげないかぎり、〝有限だが完結し得る〟ものでしょう。それに対して、人間の寿命と認識限界に比べれば、相対的に〝無限〟である宇宙との間に、最後に決着をつけるためには……人間の例の〝完結〟を達成するのには、二次元平面を、球面として閉じさせるための〝一つの点〟のようなものをつけ加えなければならない。それは……最終的には、比喩《メタファー》としての〝宇宙のイメージ〟の形をとるよりしかたがないんじゃないか……」

——苦しいな……。と「気配」はからかうように言った。——比喩《メタファー》やイメージは、どうにでもなるが、そいつは結局、ほころびを糊塗《こと》する事にすぎんのじゃないかね。

「でも、最後にその一点をつけくわえたとたんに、実体としての宇宙そのものと、宇宙に関しての、あらゆる科学的、理論的知識や未解決の問題は、全体として、壮大な〝イメージ〟に変貌《へんぼう》するんですよ。自分をもふくむ、宇宙の一切が、巨大な比喩《メタファー》として〝完成〟し、〝完結〟する……。その瞬間、宇宙は、もう自分の前にある〝探求されるべき対象〟として、無限に後退しつつ人間を〝解けぬ疑問〟の道へといざない、焦《あせ》らせ、苦しませる存在ではなく、自己と一体化し、今ある自己は、無限の時空を貫いて顕現して行く宇宙の、ほんの小さな、須臾《しゅゆ》の瞬間のあらわれにすぎない、しかしその小さな自己を貫いて、〝宇宙〟そのものが顕現して行くのだという事が自覚されます。地球上の自分は、宇宙の広大さ、変化の豊かさにくらべれば、ほんの〝微塵《みじん》〟にすぎないが、にもかかわらず、自分は宇宙と同じものである……〝我れは宇宙《アイ・ザ・ユニヴァース》〟……この一体感が、――それは、まさに一瞬に出現するイメージであり、比喩《メタファー》でしかありませんが――形成されたとたん、宇宙はもう、無限の彼方にひろがり、人間をこえて存在する、冷たく、荒涼として、敵対的な存在ではなくなり、有限にして微小な人間存在と、宇宙との、最終的で完全な〝和解〟が達成する……」

――その〝和解〟もまた、一つの比喩《メタファー》にすぎないわけだろう……。と「気配」は口をはさんだ。

――比喩《メタファー》などといううつろいやすい、たよりないものを使わなければならないのは、つまりは人間がまだ、完全じゃないからだろうがね。

「人間そのものはむろん、完全じゃないでしょう。――しかし、宇宙だって人間が論理的に考え出した、幾何学的な円とか球とかにくらべれば、はるかに不完全でがたがたじゃありませんか。宇宙自体もほころびだらけで――ジョン・ホイーラーの考えた〝超空間〟のモデルだと、宇宙は〝穴だらけ〟だと言うじゃありませんか。そして、人類の方は、宇宙全体がほろびるずっと前にほろびるでしょうが、その時までに、もうちょっと宇宙そのものについて精密な計算ができて、人類がほろんだあと、宇宙そのものは、人類が予測した通りにほろびるかも知れない……。人間のつくり出したいくつかの概念の〝完全さ〟にくらべれば、宇宙というものは、はるかに杜撰《ずさん》にできていると思うが、どうですか？」

返事はなかった。——ただ、燃えつきて、長い灰の棒となった煙草が、灰皿のふちからぽたりとテーブルクロスの上にころがった。

娘は、木立ちの間をぬけて来て、池の向う岸にひざまずいて、池の中をのぞきこんでいた。——大小の魚の動きを見ているらしかった。白いキトンをまとったほっそりとしたその姿が、重く濁った池の水に、あざやかにうつっていた。

「きれいだ……」彼は溜息《ためいき》をつくようにささやいた。「あんなたおやかな娘が、昨夜、宇宙をうんだなどとは考えられない。——〝宇宙卵〟は、いつもああしてうまれるのですか？」

——まあな……。と「気配」はつぶやいた。——〝シュワルツシルドの産道〟を通ってな……。

「〝シュワルツシルドの産道〟？」彼はおどろいて、誰《だれ》もすわっていない椅子の上を見つめた。「じゃ、つまり……宇宙は、例の〝ブラック・ホール〟の重力無限大の中心部を通って、別の空間へうみ出されるのですか？」

——いつもそうだとはかぎらない……。ブラック・ホールの中におちこんで行く、全物質の質量の総和が、ある臨界点をこえた時だけ、内部曲率無限大、体積ゼロの〝宇宙卵〟が、さっき君が言っていた〝超空間〟の一つである内の〝別の空間〟へ、誕生して行く。その臨界質量は、君たちの属している宇宙内の、全エネルギーの総和とほぼひとしい、と考えていい。それ以下では、〝超空間〟の門を通っても、むこう側の世界で

〝大爆発《ビッグ・バン》〟を起させるのはむずかしい。また、質量総和だけでは、〝誕生〟への道を歩む事はむずかしい。全質量が、特異点を通過する寸前まで、その質量、つまりエネルギー成分の中に、不安定成分、たとえばスピンとか電荷とかがわずかでものこっていなければならない。不安定成分があれば、〝ブラック・ホール宇宙〟は、〝針の穴〟、つまり体積ゼロの特異点をはさんで、こちら側――つまり、物質がおちこんで行った側と、向う側、つまり、ぬけ出して行く別の空間側との双方に存在する状態を、わずかながらとる事になる。不安定成分のまったくない時には、質量は、〝針の穴〟をふさいでしまう。さらに、もう一つ……ぬけ出して行く側に、ごくわずかでいいが、不安定成分を励起するようなエネルギーが存在している必要がある。〝分娩《ぶんべん》の助け〟をしてやるように、そして別空間へうまれてくる〝宇宙卵〟が〝孵化《ふか》しない卵〟でなく、ちゃんと〝大爆発《ビッグ・バン》〟を起し、新しい宇宙を創造し得るように、……分娩を助けると同時に、内部で、爆発への道程がはじまるような〝不安定性〟の増加へのきっかけをつくるエネルギーの添加が……。

「それが、ぼくの〝協力〟ですか……」彼はごしごしと頭をかいた。「そうか……ぼくの射精《エジャキュレーション》は、せいぜい雷雨となって、原始惑星の有機物スープに、生命合成のきっかけをあたえるくらいか、と思っていたが……、だけど、それは本当の話ですか？」

――さあ、どうかな……。「気配」は突然、くっ、くっ、と笑い出した。――君が、比喩《メタファー》で、宇宙との〝決着〟をつけると力説するから、私がかわってやって見ただけだが、……

どうかね？　なかなかうまくできたと思わないかね？

とうとう彼も、手をひろげ、椅子の背にのけぞって大声で笑い出した。池のむこうにいた娘は、彼の笑い声におどろいたように、顔をあげた。――なお彼が、膝《ひざ》をうって高笑いをつづけているのを見て、池の畔《ほとり》から立ち上り、噴水のまわりをまわって、風に吹かれるように、ひらひらと、テーブルの方に歩いて来た。

「何を笑っているの？」と娘はきいた。「どなたとお話していたの？」

「さあ、誰だか……、ぼくたちが〝神〟とよんでいるものらしいよ。――自分じゃそうじゃない、と言っているけど……」

「その方、どこにいらっしゃるの？」

「たった今まで、その椅子にいたよ」と彼は言った。「今はいないけど、そこらへんにいると思うよ。――ああ、今、あそこにいる……」

「どこ？」

「あの池のむこうに、木洩れ陽があたって、きらきら光ってる所があるだろう。――あの上……」

「わからないわ……」娘はちょっと指さされた方角に眼をこらしたが、すぐ首をふって言った。「かいつぶりが一羽泳いでいるのが見えるだけ……」

「コーヒー、飲む？」彼はポットをとり上げてきいた。「まだあたたかいよ……」

娘のカップにコーヒーをつごうとした時、彼は、さっきまで「気配」のいた椅子の前のコーヒーカップが、からになっている事に気がついた。――長話をしているうちに、コーヒーが冷え、湯気がたたなくなった事は知っていたが、寸前までは、いっぱいにコーヒーがたたえられていた。が、今は、カップは完全にからになり、それも一度もコーヒーなどつがれた事がないみたいに、内部は洗いたてのようにまっ白だった。

「今朝、森の奥まで行って見たのよ……」娘はつがれたコーヒーに、砂糖を入れながら、一人言のようにつぶやいた。「……鹿がいたわ。子供連れだった。森の切れるあたりに、斜面があって、花が一ぱいに咲いて蝶《ちょう》がたくさんいるの。山と海が見えたわ。あとで行ってみない？――ああ、それから、森の中で、蛇《へび》も見たわ。うす緑色の、きれいな蛇……」

「こわくなかった？」と彼はきいた。「君に、禁断のリンゴを食べろってすすめなかったかい？」

「あなた、なに言ってるの？――蛇が口をきくわけないじゃないの……」

彼は脚を組み、椅子の背にもたれ、テーブルの端を指先で軽くたたきながら、何のメロディかわからない、しかし、よく知っているメロディを口ずさんでいた。

「ここはきれいな所ね……」娘は一口すすったコーヒーカップを、掌の上におきながら、森のむこうに眼をはせた。「ここは、どこかしら？……あたしは誰？……あなたは誰？……なぜ、あたしはここにあなたといるの？」

「知らない……」彼は、拇指《おやゆび》で、池の面にゆらめく木洩れ陽をさしながら肩をすくめた。

「彼に、ぼくも同じ事をきいたが、答えてもらえなかった。――知らないのかもしれない

「……」

「夢を見ているみたい……」

「それが一番正しい解釈かも知れない……」彼はそっと、テーブルの上におかれた娘の手をとった。「しかし、……この君は、こうやってここに実在している。君の皮膚はこんなに生き生きとしているし……あたたかい血もかよっている……」

手の甲から二の腕へかけて、そっと接吻《せっぷん》して行くと、娘はぽっと顔を赤らめた。

「昨夜、君は、〝宇宙〟を一つうみ出した……」彼は、娘の手をしずかになでながらささやいた。「昨夜の君は……すばらしかった。――すごかった……」

いや！――と小さく叫んで、娘は彼の肩に顔を伏せた。

「私もすばらしかったけど……体の中で、何かすごい爆発がおこったみたいだったけど……でも、人間の〝愛の行為〟って、どうしてあんな、恥ずかしい獣じみた恰好《かっこう》で、汗をかき、わめきちらしながらおこなうのかしら？　もっと美しいものにならないのかしら？」

「いや……」肩のところで息づいている小さな頭をかかえ、あおむかせながら、彼はほほえんだ。「あれも、美しいんだよ。あの時の君の……上着も下着も、心につけたよそおいも、何も彼もかなぐりすてて、ただ一つの快感に没入する、あの赤裸々な姿が、すばらしいんだ……。いっそ……荘厳と言っていいほどだ……」

彼は娘の唇《くちびる》に、長い長い接吻をおこなった。――娘のほそっこい体は、彼の腕の中で次第に熱くなり、娘は胸を大きくあえがせはじめた。

3

森の切れた先は、彼女が言っていたように、腰までの草におおわれた雄大なスロープになっており、半円形の、美しい汀線《ていせん》を描き、大きな湾にむかっておちこんでいた。左手にのびる岬《みさき》の先端は、鋭い崖《がけ》になって外海へむかっておちこみ、えぐれた海蝕崖《かいしょくがい》に、時折り白波が、空高く噴き上るのが遠望される。——右手は、沖合ずっと遠くまで、なだらかな陸地斜面がつづき、斜面のむこうには、紫色の美しいコニーデ型の火山が、頂《いただき》からうすい煙を吐いていた。

二人は、手をつないで、スロープを海岸にむけてかけおりて行った。——スロープの途中には、名も知らぬ大輪の赤、白、黄の花が、大きな群落をつくって咲きみだれていた。風は海から強く吹きつけていたが、陽ざしは暑く、草いきれにむんむんする中で、早鳴きのきりぎりすが鋭く鳴き、足音におどろいてか、雉《きじ》が羽音高くとびたって、スロープの下へむけて見事な滑空をみせた。

岬のむこうは、高波が立っているらしいが、張り出した岬の影になる湾内は、波がおだやかで、スロープの途中に立って見おろすと、群青《ぐんじょう》から萌黄《もえぎ》にかわる水の底に、白砂と、黒っぽい岩礁《がんしょう》がすけて見えた。

喚声をあげて砂浜へ走りおり、水をばしゃばしゃはねあげて、はだしで波打ち際を走って行く娘を、彼は、おどすような奇声をあげながら追いかけた。娘ははじけるような笑い声をたてて逃げ、彼はぬれて重くしめった砂をはねちらしながら、ぴょんぴょんとぶように追いかけ、ついに追いつき、もつれあって、べしゃっと波打ち際にころび……、まだきゃっきゃと笑いながらはね起きようとする娘の両手首をにぎっておさえこみ、そのまま、また、あつい、長い接吻となる。――波打ち際に横たわった二人の体のまわりを、おだやかな波の舌が洗い、またひいて行き、足首のむき出しの皮膚を、すくわれて行く砂がくすぐったくこすって行く。

長い接吻のあと、ぐったりと体の力をぬいたと思った娘は、彼の油断を見すましてはねおき、熱く、乾《かわ》いた砂をぱっと彼にすくい投げて、また笑い声をたてながら逃げて行く。彼も口にはいった砂を、ぺっぺっと吐きちらしながら、本気にダッシュしてあとを追う。――娘は追いつめられ、今度は波へむかって逃げ、彼に水をはねかけた。ゆるやかな中に、一つ大きな波がまじって娘も彼も頭からかぶり、光る雫《しずく》をはねちらしながらこちらをふりかえって笑った時、水にぬれたキトンが、肌《はだ》にはりついて、そのひだひだの間から、まろやかな乳房と、桜色の乳首がすけて見えた。……娘は乳房の深さをすぎて、なお沖へ逃げ、彼もあとを追いながらシャツをぬぎ、重くなったズボンのフックをはずし、ジッパーをおろした。

娘はついに、次に来た波に身を投げ、すぐ先の、白い泡《あわ》をかむ岩礁へむけて泳ぎ出した。彼もつづいて波にとびこむ。一かき二かきで娘のまとったキトンに手がとどいたかと思うと、それはふわりと彼の腕の動きにつれて浮き——娘は、ぬぎすてたキトンの下には下着もつけておらず、すぐ眼と鼻の先を、ぬれて輝く、白く丸い臀《しり》が波の間に見えた。

やっと背の立つところで娘をつかまえた。水の中で、つるつるした体を抱きしめようとするが、波がくると、とんとん底をけって体をうかさなくてはならないほどの深さなので、なかなかうまく行かない。——そのうちまた大波が来て、ずぶりと水の中に沈んでしまい、その瞬間を利用して、娘は底を蹴《け》って、するりと彼の腕からぬけ出してしまった。彼も水にもぐったまま、娘のあとを追った。青い水の中に、波頭を通してさしこむ陽が、娘の白い背や、まるい臀、たくましい太股《ふともも》に菱型《ひしがた》の紋様をつくってゆれ、黒髪を海藻《かいそう》のようにたなびかせ、青白いしなやかな肢体《したい》は、銀色の水面と、青い水底の間を、音もなくひらひらとおどり……彼はそこに海神《ネシアス》の娘、人魚《ネーレイド》の姿を見た。

娘は一足先に岩礁にたどりつき、その上にはい上った。岩礁は水面すれすれで、波がくれば、一面の白い泡におおわれてしまう。娘はその泡の中にすっくと脚《あし》をそろえてたち、ぬれた髪を風になぶらせ、片腕で乳房、片腕で前をおさえて、陽光の中に立った。

ヴィーナス！……と、岩礁の手前で、浮き上った彼は、思わず心の中で叫んだ。——海の波の白い泡の中から、貝にのってうまれたアフロディテ……。

「あ、あれ……」

と娘は、立ったまま、一方の腕をのばして湾の沖をさした。

湾口に、黒く滑らかに輝く数多い紡錘形《ぼうすいけい》のものが、波の背にかけられた無数のアーチのように、陽気におどりあがっては弧を描いてまた波に沈み、またおどり上る事をくりかえしていた。

「イルカだ……」

と、彼は塩水を吐き出しながら言った。――湾上やや西へかたむいた陽ざしをイルカたちの体が強く反射する時、その背に、海神の童児、トリトンの姿をちらと見たような気がした。

なぜ……と、彼は、うつぶせに熱い砂の上に寝た娘の背に、すくい上げた砂をかけながら、傍の「気配」に問いかけた。なぜ……われわれは、こういったものを〝美しい〟と感じるのでしょうか？

――なぜだろうな……。

と「気配」も砂の上に彼とならんで腰をおろし、沖合を見ながら、つぶやいた。

沖合には、長く連なる雲の団塊があった。強い陽ざしが、その雲に濃い鼠色《ねずみいろ》の隈《くま》どりをつくり、高く盛り上ったいくつかの峰は、力強い銀色にかがやいている。

これは……「海」です。あれは……「雲」、あちらには、長い裾《すそ》をひく「山」がありま す。青い「空」を、強い「風」が吹き、「太陽」の光がふりそそいでいます。これらはすべて……「地殻」の一部にすぎません。「塩分」という物質をふくんだ、大量の「水」という物質、細かい水滴の集合、硅酸《けいさん》とアルミナの混合物、酸素と窒素が二対八でまじっている混合ガス、一億五千万キロの宇宙空間を、核融合反応を起している大質量の集合から輻射《ふくしゃ》され、わたってくる電磁波、つまり光子流……こういったものが、なぜ、私たちには〝美しく〟快く〝爽《さわ》やかに〟感じられるのですか？——それは生物の中で、私たちだけでもないようです……。

——さあ、……なぜだろう……。

「気配」は、やや気弱くつぶやいた。

長く低い陸地の上に、すばらしい真紅の夕映えがあり、コテージの中を、まっ赤に染めた。たった今、落日が、湾全体を黄金色にきらめきわたる光の絨毯《じゅうたん》にかえ、見事な濃藍色のシルエットを茜色《あかねいろ》の空にうかべる火山の右手に沈んで行ったところだった。

彼はコテージの西にはり出した、木製のバルコンの上で、粗末な木とキャンバスでつくられた椅子にすわり、冷たい罐《かん》ビールを片手に持ちながら、天頂までふき上げる夕映えを見つめていた。——コテージは、湾内の岬よりに、砂浜から沖へつき出した、長い木の桟《さん》橋《ばし》の先にあり、赤い瓦《かわら》と、潮風に色あせた白塗りの木の壁でできていた。中にはキッチンもあり、ベッドもあり、冷蔵庫や真水の出るシャワーもあり、桟橋には、小さなヨットもつないであった。

「できたわよ……」と、娘はコテージの中から出て来て、彼の肩に手をかけた。「まあすごい！——息がとまりそう！」

なぜです？——と、彼は、本当に息をつめて見ている娘の様子を、肩におかれた手に感じながら、ささくれだった木のテーブルのむこう側、これもニスのはげおちたロッキング・チェアにすわっている「気配」にむかってたずねた。

鳥たちは、夕焼けを見て鳴きさわぎます。——しかし、私たちは、彼らのように、夜、眼が見えないわけではありません。ですが、私たちは落日を見、夕映えを見ては、〝息のとまる〟思いをします。「赤い光」は、私たちに、何か生理的条件づけを通じて情緒反応をひきおこすのかも知れませんが、それにしても、この「感動」は、いったい、どういう意味を持っているのでしょう？　入射角の小さい白色光の成分のうち、屈折率の小さい長波光のみが日没のあとまで球体上の遠くまでのこり、大気中の塵《ちり》に強く散乱されて空が赤くそまるだけにすぎないのですが——しかし、その「夕映え」が、「壮大な美」として、私たちを「絶句」させるのはどうしてでしょう。そういった現象と、それを見る私たちが、「美的感動」という関係においてその瞬間固定される、という事は……これは「条件付け」によるものでしょうか？　それとも……。

娘の体が、そっと彼の肩にもたれかかってきた。——ふと見上げると、残照に赤く染まった娘の顔の中で、その大きな瞳《ひとみ》が、いっぱいにたたえられた涙にうるんでいるのが見えた。彼は肩におかれた細い手の上に自分の手をかさねた。二人の背後では、やわらかいランプの光のもとに、冷えた白葡萄酒《しろぶどうしゅ》の壜《びん》がびっしり露をむすばせており、白赤の粗《あら》い格子《こうし》縞《じま》の蠟《ろう》引《び》きテーブルクロスの上で、ブロイルされた魚介類《ぎょかいるい》がいい匂《にお》いをたてているのだが、しばし葡萄酒は温度が上り、料理はさめるにまかせて、二人は刻々色を変える西の空を見つめていた。

なぜ？

白光のちらつきはじめた暗い水平線にむけて、舵《かじ》を固定したヨットを走らせながら、彼は膝《ひざ》の上にのせられた娘の髪をなでていた。――南東の風、微風。夜になって外洋のうねりも静まり、ヨットはまるでなめらかな湖面を行くように、かすかにぴちゃぴちゃと船底や舷側《げんそく》をたたく波の音をひびかせながらすべって行く。東方の水平線は、月の出の気配にみち、低くたなびく雲の背は、すでに彼方にちかづく月の光をあびて、いぶし銀色に細く光っている。

なぜ――月光に潮の満ち干を感じとるプランクトンや甲殻類《こうかくるい》でもないのに、またそれを追って暗い海中から上ってくる烏賊《いか》や魚類でもないのに、「月の出」を見て、人はその光を心待ちにするのでしょう？――「進化史的遺伝」というやつですか？　ならば、今、月の出前の洋上の夜空にちりばめられた星を見て、私たちの感ずる、この「感じ」はいったい何でしょう？　生物――とりわけ人間にとって……この宇宙の中にうまれ、その微細な一員である生物の、そのまた小さな一支族である人間にとって、「美」とは何でしょう？　なぜ「自然」や「宇宙」と、そのうみ出したものである「生物」との間に、「美的感動」という関係が成立するのでしょう？

「気配」は今、白銀のきらめきとともに、水平線にあった。――もはや彼の問いに答える事はなく、ただちかづきつつある月の出の気配とともにあった。

水平線にきらめきがつよまり、銀箭《ぎんせん》が一条、二条、海面を走ると、ぬれぬれとした満月が姿をあらわし、銀の雫《しずく》をしたたらせながら、見る見るうちに水平線からぬけ出して行った。その青白い輝きは、半円になり、下縁を水にひたすのみになり、やがてすっぽりと海からぬけ出して、光のしたたりを海面におとしながら、紺青の空にうき上った。

「月が出た……」彼は、静かに膝の上の娘の肩をゆする。「ごらん。満月だ……」

「見てるわ……」娘は、青白い月光を半顔にうけながらつぶやく。「ね、何か唄って……」

彼は船底にあった小さな弦楽器をとりあげてコードを鳴らし、歌いはじめる。

「歌」とは何か？――とりわけ月にむかって歌う歌とは……狼《おおかみ》や犬たちも、月にむかって遠吠《とおぼ》えする。彼らも月を呼んでいるのか、それとも、月面に反射させ、地平の彼方の仲間や恋人を呼んでいるのか？　月にむかって歌いつつ、彼は自分の歌声の細い糸が、はるか虚空《こくう》の月面にむかってのびて行くのを感じる。そして結局それは、月を呼びつつ、月を反射鏡として、恋人を呼んでいる事になるのだ。彼の膝の上に頭をもたせかけている娘は、一たんはるか彼方……三十六万キロ彼方の宇宙にうかぶ月の面にまで遠ざけられ、そこでその清らかな銀色の光に浄化され、天空の存在となって、彼の歌声にのってひきよせられてくる。――帆を吹く微風と、舳《へさき》にやさしく砕ける波音にあわせて、歌いつづけるうち、ふと彼は、膝が熱くぬれるのを感じた。娘は、彼の膝の上に顔をふせ、静かにすすり泣いていた……。

月光は、湾のスロープを照らし、その一部は、一面に穂を出した芒《すすき》で銀色にぬれていた。
——古代劇場《テアトロン》の客席のように巨大な漏斗状《ろうとじょう》の曲面をつくるスロープは、草の根で鳴く虫の声にみたされていた。こおろぎ、鈴虫、草ひばり、松虫、馬追い、鐘たたき……。銀色に波うつ芒の穂をわけ、彼はゆっくり、斜面に立つ娘のところにあがって行く。娘は、白地に紺の七草をあしらった浴衣《ゆかた》を着て、錆朱《さびしゅ》の帯をしめ、団扇《うちわ》を持って秋草の花のようにほの白く立っている。——なぜ、あの娘は、「草花のように」可憐《かれん》なのですか？　と一息入れた彼は、すぐ傍の、芒の穂の銀色のかがやきの上にいる「気配」にたずねる。

なぜ、雌をよぶ秋の虫の声は、「可憐」なのですか？——「草花」と、「人間の娘」の間に、どうして「のように」という関係がなりたつのでしょう？　これは、地球上の人類の間では、地域文化の差をこえて、わりと一般的なようです。しかし……「全宇宙」ではどうなのでしょう？　どこか、まったく生命系の展開様式のちがう、未知の惑星の上でも、こういう「情感」がなりたつようなケースがあるんですか？「虫の音」は、これまた地球上ではどこの人類社会でも、まず「猫《ねこ》のたけり声」よりは、美しく、可憐なものとうけとられているようです。——いや、虫の音は、「涼しさ」という、温度感覚に翻訳される地域もあります。「静けさ」や「わびしさ」といった「感覚」をひきおこす事も……。これは本当に、単なる「文化的条件付け」でしょうか？　むしろ、それ以前のもののような気がするのですが……。

「いいもの見せましょうか？」

彼がちかづくと、娘は、ほの白い花が開くようにほほえんで、湯上りの肌の匂いのする顔をちかづけて来た。

「ほら、これ……」

合わせた白い手をわずかに開くと、中の小さな暗がりに、あわい緑色の光が息づいていた。――と、螢《ほたる》はにわかに羽をひろげ、二人の鼻先をついと空にまい上った。

「池の奥に、いっぱいいるのよ……」と娘は言う。「それはきれい……。妖精《ようせい》の集会みたい……」

紅葉……。一面の……。

紅金の火柱のような森にすべる、麦藁色《むぎわらいろ》のやわらかい陽……。

雪……音もなく降りしきる……。静けさ。

鉛色の空の下の、白の世界――。たたけば、音のしそうな冬の青空の下の、かがやく白銀の世界……。

山――。

霧の中からあらわれ、木立ちの間から見上げる薄墨色《うすずみいろ》の……。谷川。せせらぎ。郭公《かっこう》。

……杉木立ちをぬらす霧……。

開析のすすんだ、雪渓をまつわりつかせた鋭い峰。火を噴く……。雲。瀑布《ばくふ》。……虹《にじ》。

……岩に砕けるさか巻く波濤《はとう》……。

――沙漠《さばく》……。氷山……。

「これ！――これごらんなさい。こんなに強く光る、きれいな石！」

「ああ……これはダイヤの原石だ。こちらはルビー。これはエメラルド。それから……」

草の葉で強く光っている露の玉。

ローラーカナリア……黄金色の鳴き声。

鶯《うぐいす》……。

そう、この娘も、いつかは……いつかは年をとり、しわ深くなり、腰もまがり、老い朽《く》ちて行くでしょう。しかし、その生命の育って行くある時期、かほどにまでも美しく、可憐であり、愛に充たされ、愛に輝いていた、という事実は消す事ができません。宇宙が、このあと何百億年か先にほろんでも、その宇宙の歴史の中で、たとえ須臾《しゅゆ》の間にしかすぎないにしろ、「知性体」の意識のうつし出す世界に、まぎれもなく、「美的感動」というものが成立した、という事実は……それは、すくなくとも「この宇宙」における「全宇宙史」の中にきざみこまれ、永遠に消える事はありません……。

――電子顕微鏡下の世界……。DNA二重螺旋《らせん》……。蛋白質《たんぱくしつ》の立体構造、……ウイルスをとりまくキャプソメア……理論的な「理想模型」からは、かなりずれている？　しかし……美しい、いい！

「お酒を……」と、彼は言った。「ぼくにはドライマティニ……うんと冷えたやつを……。この人には、そう、ダイキリをください。あまり甘くしないで……」

眼下は、青白く輝く水銀灯や螢光灯《けいこう》、黄色く輝くナトリウムランプの列、白熱灯、そして、赤、青、紫、緑の明滅するネオンサインなどの光の洪水《こうずい》だった。その間をぬって、車のヘッドライトと、赤いテールランプが、光の河をつくって流れて行く。――どこかのビルの最上階の暗いバー……。グラスと氷の触れあう音、しずかなＢＧＭ……。まだ各階に螢光灯をいっぱいにつけた高層ビルの頂《いただき》と中腹には、赤い光が息づき、はるか彼方、夜空に回転する光芒《こうぼう》を投げる空港へむけて、赤、緑の翼端灯を明滅させながら旅客機がおりて行く。

「いつ来ても、きれいね……」と娘は溜息《ためいき》をつくように言う。

「そう……きれいだ……」

暗い影がグラスをはこんで来て、二人の前におく。

「乾杯しましょう……」

「では、――チンチン……」

「チャオ……」

グラスがかすかにチリチリという音をたて、二人は飲物をのむ。

「ああ……何だかまわりそう……」

「結構――まわりかけたところで……ほらこうやってグラスの酒を透して、下の街の明りを見てごらん……」

言われた通りにすると、娘の眼前で、半球型のグラスの中のうすく濁った液体を透して見る街の明りは、両端がまるくすぼまり、ぐうっと一方が上って一方が沈み、斜めになってとまった。

「あらあら……」と娘はおかしそうに言った。「あたし、酔っぱらっちゃったわ。頭が斜めにかしいじゃう！」

「そう――酔っぱらったろう。あれは……銀河だ……」

いつしか二人は、あの寝室にいて、三方の窓の一番左側をあけ、グラスを持ったまま、窓辺にもたれ、暗い宇宙空間に斜めにかかる、壮大な青、白、黄、赤の光の渦《うず》と、そのまわりに鬼火のようにまばらにちりばめられた、遠い小宇宙をながめているのだった。

――そう、あれは、われわれの銀河系宇宙です。直径十万光年の、ひらたい星の渦巻きです。中心部から五分の三、約三万光年はなれたあたりに、われわれの太陽系があるが、ここからはとても識別できません。ここは銀河系から数万光年はなれた系外宇宙空間であり、もうわれわれは二度とあの星系にかえることはないでしょう。

われわれの存在した、あのなつかしい銀河系さえ、直径十万光年……そして、宇宙空間全体は、その何百万倍ものひろがりをもっています。宇宙は、私たちにくらべて、あまりに広大すぎ、荒涼としていすぎます。この窓の外、私たちの今いるあたりの空間は、銀河輻射を別にすれば絶対温度三度、摂氏マイナス二百七十度、何百万キロ立方メートルに、水素原子一個しかない、絶対真空にちかい空間です。――人間はとても、こんな所では生きていられません。宇宙は、私たちをうみ出したが、その巨大な部分は、おそろしい虚無と真空の〝死〟の世界です。――虚無でなければ、放射線がとびかい、何万度、いや何億度という高熱をもった新星、超新星が爆発し、一立方センチあたり何万トンという超高温度の中性子星や、一度はまりこめば、光さえ逃げ出すことのできないという、空間の暗黒の陥し穴、ブラック・ホールの存在する空間です。――宇宙の裸の姿、あの私たちをうんだ惑星の、あたたかい大気のベールを通して見るそれではない、むき出しの宇宙の姿は、本来なら一瞥《いちべつ》しただけで、血が凍りついてしまうような、巨大すぎ、荒涼すぎ、荒々しすぎるものでしょう。

にもかかわらず、私たちは、たとえば大望遠鏡で見た宇宙の姿に、息のとまるような「美しさ」を感じてしまうのです。――満天の、ひびきわたるような星座……むろん、それも美しい。しかし、大望遠鏡でのぞきこんだ宇宙の深淵《しんえん》の姿、銀河系外星雲や、超新星爆発のなごりのガス雲を、「美しい」と感じてしまうのです。

――それは、この荒涼とした宇宙空間の中で、部分的局所的に回復され、場合によっては高度に組織化されている「秩序」に対する感動かも知れません。宇宙は、創造されて以来、幸いにも、エントロピー極小状態からその最終の姿であるエントロピー極大の状態まで、連続的に拡散して行くわけではありません。エントロピー増大過程の、局所的なゆらぎから、部分的に「秩序」が回復し、物質が偏在し、やがて星雲がうまれ、回転がはじまり、その系内では、よりスケールは小さいが、さらに高度な「秩序」、高度な「組織」が、全宇宙系、あるいは局所系全体のエントロピー増大の「宿命的傾向」にさからって、次々に生じて行きます。銀河系や、アンドロメダ系の「渦状星雲」を見て、それに不思議な「感動」をおぼえ、「美しい」と嘆ずるのは、そこに、この荒涼たる宇宙空間における、「部分的な秩序の回復」を――たとえ、やがては、すべてが全系エントロピー極大の状態――つまり「秩序の死滅・崩壊」に、不可避的に押しやられるにしても、巨大な「宿命」にさからってある期間これに「勝利」した栄光をかがやかせ、その「一時的勝利」の事実を、この「宇宙史」の中にきざみこむものとして、感動するのかも知れません。

「生命」もまた、言うまでもなく、局所系の秩序の中の、さらに微細にしてデリケートな、たまゆらの秩序であり、「意識」とは、その生命の秩序の上部における「ゆらぎ」の間にあらわれた、いっそうあえかな、しかし「秩序の〝度合〟を〝弁別〟し、〝認識〟する秩序」なのです。――論理を……つまり対象を「量《はか》り」、「規定し」、さらに「関係」を「秩序の度合」によって明確にする方法を、意識が自らの内部の働きの一部を抽象化し、外化して獲得するはるか以前に、意識は「感性」や「情念の反応」によって、「秩序の〝度合」をパ、タ、ー、ン、と、し、て、弁別する方法を獲得していました。——むろんそれは、最初は、「生命個体」としての「個別的秩序」が、それぞれの自己の「秩序系」を保存するために、同種、他種の「生命」をふくむ、「環境」に対して、最適で、もっとも安定した、「位相《トポス》」をとるための「情報」をもとめた結果にすぎないでしょうが、しかし、たとえば、地球上における高等脊椎動物の発生にいたって、その「意識」は、器官的にも機能的にもより発達した「弁別的理性」と相まって、ついに、「より高い秩序の度合」を、「美しい」と感ずるようになったのです。

情報の相互干渉度最大のホワイトノイズと、情報ゼロの完全な暗黒の間に、「局部系秩序の回復」として、ある単色光がクリアーに弁別される時、意識は、それを「注視」し、バックグラウンド・ノイズの中から、その「秩序」がく、っ、き、り、と、き、わ、だって識別される状態を「美しい」と思うようになったのでしょう。——「美しさ」の度合の中には、「無秩序な混合」に対して、パターンとして「整った」あるいは「整えられた」状態の度合というものが、あきらかにふくまれています。パターン秩序として、より純化され、よく「整えられた」情報は、よりすくないエネルギーでもって、より遠くまで、より「鮮やか」にパターンをくずさず弁別できます。雑音よりも楽音が、デシベル数の大きな蟬《せみ》の声よりも、涼《すず》やかな秋の虫の声の方が、私たちにより強く訴えるように感じられるのは、そのためではないでしょうか？

さらに、複数個の「秩序系」が同時に認識される時、その秩序系相互間の位置関係に、一つのより大きな「パターン」が――大まかな秩序をもった「構造」や「組織」が見出される時、私たちは一種の「感動」をおぼえます。ほうっておけば、それぞれが、ちがうレベル、ちがう位相で「自己主張」し、それぞれが相互に増大する「ノイズ」になりかねない、「複数多系秩序併存状態」の中に、それぞれの発信する情報の「明瞭度《めいりよう》」を最大にしながら、相互の「干渉」を最小にするような、より大きな「秩序」が、「構造」や「組織」という形式で回復してくる。その時、その秩序回復が、「人間の〝意識的〟（あるいは〝意図的〟）干渉」をうけずに、また、人間が秩序を「高めるように」干渉しようとしてもその対象が大きすぎあるいは遠すぎて、手がとどかないにもかかわらず、成立してくる、という事に対する「驚き」が、「感動」をさそうのだと思います。

雄大な「自然」や、「宇宙」、あるいは分子、原子、素粒子など「ミクロの世界」に対してうける「美的感動」は、こういったものだと思います。――その時、人間は、自分たちが、いつごろからかやりはじめていた「秩序を求め」「回復する」という作業と同じことが、自分たちの「意図」とは関係なく、自分たちの「力」がおよばないスケールで、なされているのを「発見」して驚くのです。そして、その「自然の明白な秩序」の発見は、いつごろからかはじまり、うけつがれて来た「人間の業《わざ》」が、この宇宙の中で、「孤独でない」事を気づかせ、自分たちが求め、やって来た事が、結局は、宇宙局所系における「〝宿命〟にさからう秩序回復・形成の巨大な流れ」の一部である事、自分たちには、無数の、そして巨大なスケールの「同行者」がいた事を発見させ、感動させるのです。ミクロからマクロまで、見事に「階層性」をもった「大構造」のパターンが一望されるような、「雄大な自然」や「宇宙」の景観が、人間に強い「美的感動」をさそうのは、この「秩序への共感・共鳴」のせいでしょう。より多様で複雑で、数の多い「秩序系」が、よりデリケートな、いりくんだ「構造」「パターン」の中で「大スケールの秩序」を形成している――いわゆる「豊かな」自然の相が、「美しい自然」と感じられるのも、そのためではないかと思います。――そして、「人間の意図的干渉をうけない」「人間の力の及び得ない」スケールでの「秩序」の存在が、そこに「自然の意志」、あるいは「大いなる神の御業《みわざ》」といったものを感じてしまうのは――その事には決して、「未開人的な擬人化」として、単純に退ける事のできない「根拠」があると思います。そこには、局所小宇宙、太陽系、地球、生命、そして人間の「意識」や「意図」を貫いて流れる巨大な「共通の傾向」があるのですから……。

蝸牛《かたつむり》、枝にはい……。

神、空にしろしめす……。

まことに、人間の意識における外界「認識」の開花とは、自己にとっての外界、環境をある「弁別し得る秩序」として認知乃至認識する事でした。外界を、あそこに「山」があり、ここに「川」がある。「火」はあつく、「果実」は食べられる、といった具合に、個々の事物にマークをつけ、しかもこれらの事物が、ある「秩序ある構造」でもって外部に分布している、という事を認識して行く事から、「意識の目ざめ」がはじまって行きます。

そして、一度形成され、記憶された、この「秩序のパターン」を、外界にふたたび投影し、その現実との食いちがいを修正する事にディーテイルを充実させ、さらにそれを「大パターン」の中に整理し、つかまえなおす……、まったく「無秩序」に見え、「弁別」も「記憶」もできないほど「混乱」しているように見える対象も、「すでに獲得されたパターン」を近似的にあてはめることによって、「暫定的に弁別し得る構造」になります。――無数の光度のちがう光点が、ランダムにばらまかれているとしか見えない、星空に、特に「明るい星」をつないで、そこに「英雄神の像《イメージ》」を投影する事によって、「星座」が弁別されるようになり、無秩序な光点は、たとえ「神話的」であろうとも、人間にとってまぎれもない「秩序」を回復して来ます。――たしかにその「秩序」は、星の距離、大きさ、物理的性質における「秩序」とは何の関係もない、「神話的」ある意味では「恣《しい》意的」なものであり、秩序そのものが「比喩《メタファー》」にしかすぎないものかも知れません。しかし、たとえ、「神話の投影」であり、「比喩」にしかすぎないものであっても、そこに「秩序＝意味」が形成され、付与する事に成功すれば、それは人間にとって、「あの星座」「この星」と「弁別」し得るものになり、その事によって、夜空の星は、もはや無秩序にぶちまけられた光点ではなく、人間にとって「親しいもの」「知っているもの」「秩序としての知識の中で、ある意味づけをもって位置をあたえられるもの」になる……外界における秩序の「回復」、あるいは定着に成功した秩序の「投影」は、それ自体、外界との「親和性」の獲得を意味するのではないでしょうか？――星空は、もはや人間にとって、「意味のはかり知れない」、超越的な「他者」ではなく、「人間にとって親しい」神々の「像」となる。その事によって、人間は、「星＝宇宙」との間の相互疎外《ミューチュアル・エイリアネーション》——よそよそしさ、冷たさ、敵意のひそむかも知れないはかり知れなさ、といったものをのりこえ、「知り合い」になる……。「ばらまかれた星の世界」にも、「地上の自然」や「人間の世界」と同じように「秩序」がある、あるいは「秩序をあてはめ得る」という発見は——たとえそれが恣意的な比喩《メタファー》であっても、人間と宇宙との、最初の「親和性」の回復として、その後の科学的発見と同様大きな意義をもつものではないでしょうか？　そして、今日なお、私たちは、「アンドロメダ」や「オリオン」や「カシオペア」の名を「親しいもの」としてつかっているのです。

　いずれにしても、私たちは、「全宇宙の宿命」にさからって出現した、「局所系における秩序回復」の傾向の中からうまれ、その「流れ」をうけつぎ、ミクロからマクロまで貫いて、もっとも「秩序度」の大きい状態が出現した瞬間を「美しい」と感動し、大きな喜びを感じるように、つくり上げられてしまいました。——私たちがそれを「美しい」と認知する事は、たとえそれが、私たち同様、やがて宿命にさからえずにくずれて行ってしまうにせよ、たとえ、一時的であっても、「宿命」に対する「勝利」の瞬間があった事に対する「讃歌」であると同時に、はるか未来における「宿命」の窮極的な勝利も、ついにこの「全宇宙史」の中から消しさることのできない「勝利の瞬間」の栄光を、全局所系と「共有」する「記念碑」でありましょう。

　宇宙＝人間にとって、「美」とは何か？……この奇妙な問いかけに対して私たちの提出した、暫定的な答えは、以上のようなものです。――ただ、ここで、人間の「愛の行為」については、……ほとんど「死」によって貫きたおされんとするまで追いつめられた「生」の……宇宙誕生の瞬間をなぞる擬似的……一たん、秩序の〝核《コア》〟にまで解体・凝縮……再出発……わずかな修正のつみかさねによって、「別の秩序構成の可能性」を……「再生の秘儀」については……。

4

これで終りですか？

そう……。あとはもう、損傷をうけて解読不能だ……。

結局これは……一体何でしょう？

やはり、一種の「記録」――乃至はメッセージと見るほかないだろう。

でも……それにしても、測定された〝古さ〟は異様じゃありませんか。測定班の結論は信頼していいものでしょうか？

信頼するよりしかたがないだろう。

しかし、それでは……この「空間の歪《ゆが》み」は、この宇宙が創造される以前から存在しつづけた、という事になるじゃありませんか。この宇宙の歴史より古い……。そんな事が考えられますか？

………。

この「記録」乃至は「メッセージ」は、この宇宙以前に存在した宇宙から、偶然によって、この宇宙まで保存されたものだ、とおっしゃりたいんですか？

内容はともかく、他のさまざまの方向からの検討によって、そう考えざるを得んね。

でも、しかし――じゃ、この宇宙の始元状態と考えられる〝宇宙卵〟の中で……あのほとんどの素粒子的秩序さえおしつぶされてしまう重力無限大、体積ゼロの超高圧、超高温の〝卵〟の中で、どうやって、この〝情報〟が保存されたんです。われわれの知るかぎりでの、物理法則に矛盾するじゃありませんか。たとえ、圧縮状態でなおかつ保存されたにしても、そのあとの〝大爆発〟で……。

どうやって、〝前宇宙〟から、この現在宇宙に、この「記録」がまぎれこんで来たか、その「経路」については、空間理論をやっている連中に、また別の解釈があるみたいだ。――「大爆発」を通過せずに、もちこされる可能性が……。

しかし、この内容自体どう思います？――大変奇妙すぎると思うが……いったい何のために、こんなものを「記録」したんでしょう。

われわれの状態から見れば、細部に関しては、奇妙な事が多いが、しかし、言っている事を解析すれば、見事に了解可能だ――。特に「秩序」と「美」の関係などについてはね。まさに、そのパターンはこちらと同じなんだ。「比喩」という事も、まことによくわかる……。なぜ、こんなものを記録したか、といえば――これは解読班に参加した、宇宙史学者の個人的意見なんだが――この「記録」を空間にきざみつけた種族と、この記録の「中」で、いろいろ感じたり、語っている種族は、まったく別だったんじゃないか、というんだ。「記録」した連中の方が、記録された連中より、その時点においては、はるかに技術が進んでいただろう、という。そのかわり、進んだ種族は、もう種としてはほろびかけている。といって、「若い」種族との間には、その技術を伝えるにはあまりに大きなギャップがある。で……彼らはその「技術」でもって、まだみずみずしい環境に対する感受性をそなえている「若い種族」の、感じ方、考え方を「記録」した。彼らはそれを「空間」にきざみつけ、「別の宇宙」に到達し得る、と思う方法で処理した……。

何のために？

それはメッセージの最後の方で出てくる。――永遠に維持する事はできないが、とにかく、「宇宙全体の傾向」に対する「一時的局所的勝利」の記念碑として、だ。……「この宇宙では、〝美〟が出現した……」「われ等、〝美〟を見たり」という、はるか以前の、別の宇宙における、「達成」の記録であり、他の宇宙に対する、はげましのメッセージだろう……。はたして、後の宇宙、他の宇宙にそれがとどくかどうか、あてはない。が、彼らは、「超空間の穴」へむけて、それを流したのだ……。おそらく無数に、何万種類にわたり何万回となく放った、それらの「我れは見たり」のメッセージの一つの断片が、偶然にも、宇宙深奥部探査計画によってひろい上げられ……。

もう一つ、うかがいたいんですが、よろしいでしょうか？

何だね？

あなたが、解読班の伝承解釈の連中と話しているのをちょっと聞いたんですが……あなたは、本当に、この宇宙が、このメッセージの中に出てくる、雌性らしい生物が快楽の絶頂とやらでうみおとしたという〝宇宙卵〟の爆発によって、創造されたと考えていらっしゃるんですか？

〝比喩〟として面白い、と言ったんだ。――そうでなくてもいいし、そうであってもいいんじゃないか？――「宇宙創造」の経過と瞬間は、われわれの科学でも、よくわかっていない。乏しい、拡散した事実をかき集め、できるだけ断片的な諸事実に矛盾しないような「仮説」を提出し、それを現在の宇宙状況に「投影」してみて、次々に発見されてくる新たな事実とも矛盾しないか、と、さらに検討をつづけている段階にすぎない。

今のところ、「神話的解釈」より、われわれのやってるやり方の方がちょっとチェックする範囲がひろく、方法が洗練されている、という事にすぎない。だから、この段階では、こういった、〝別宇宙〟の、途方もない〝比喩〟も面白い、と話していたんだ。――ちょっと愉快じゃないかね？　私たちの、この巨大な宇宙が、〝前宇宙〟の、「雌の腹」から、快楽の絶頂を通じて、うみ出されたってイメージは……。

初版あとがき

加速度的に量と精度をあげて行く物質、生命、人類、地球、宇宙についての、今日的情報は、私にとって、たえまなく「新生」へとうまれ変りつづける事をつげるメッセージの大シンフォニーのようなものだ。——もし、「旅」が、時空間移動プラス「新しい情報との遭遇」を意味するなら、私たちは今、めくるめくばかりの壮大で高速の旅へのり出した事になる。

私自身は、無数の科学者や専門家たちによって運航されているこの「探索船」の展望ラウンジに、小さな乗船券をにぎりしめて腰をおろし、行く手につぎつぎにあらわれてくる、不思議なものの形に、あれこれ眼をうばわれ胸をおどらせている乗客にすぎないのだが、運航には何の役も立たない乗客にも、こう問いかける事はできる。——この「旅」の行きつく果てはどこだろう？　この「旅」の宇宙全体にとっての「意義」は何だろう？　なぜ私たちは、こう言った「旅」をはじめてしまったのだろう？　——そして、この「旅」を通じて、つぎつぎに出あうものに、自分は、なぜこれほど「感動」するのだろう？　人間の「感動」とは、そもそも、この宇宙にとって何なのだろう？

自分が、数多くの専門家によってもたらされる「情報」を手がかりに、この「旅」へ出発してしまっている、と言う事を感じたのは、地球上をあちこち旅してまわっている間の事だった。――大都会の空は、スモッグのみならず、ネオンの光や、とびかうラジオ、テレビ、旅客機を誘導する電波、それに「領空権」などと言うものにおおわれているが、地球上には、まだこの天体が、じかに、むき出しに、「宇宙」とむかいあっている場所がいくつか残されている。オーストラリア中央沙漠では、三億年前の古代地質が、「恒星空間」に裸のまま対峙している。ハワイ島のファラライ溶岩流の間に身をおけば、海面下四千メートルにひろがる太平洋プレートの、六千万年にわたる「沈黙の旅」の「速度」が、恒星時の中で感じられるのだ。南半球に、最近強くひかれるのも、そこにはまだ「人文史」「地球史」の一部でなく「宇宙史」の微小部分であるような、この天体の「裸の皮膚」がのこされているように感ずるからである。

この「旅」の、ほんのささやかな、「序章」にすぎないものを書いてみようと思いたったのは、数年前、南極をおとずれた帰路、アルゼンチンの南東沖合にあるF――諸島にたちよった時だった。人文の極度に稀薄な、「大陸移動のおとしもの」のようなこの島の岬の向うにも、恒信風の彼方に「宇宙」がのぞいていた。――私の背後には、長年月にわたってつみかさねられた「知識」の集積である「文明」があり、私の眼前、頭上には、広漠たる宇宙空間があった。「文明」が、背後から「帰船」の時刻を告げ、あたたかいラウンジでの午後のカクテルパーティに私をよびもどすまでのわずかの間に、やかましい海鳥のひなたちの叫びをききながら、私はこの「旅」について手さぐりでもいいから書きはじめてみよう、と決心した。「旅」はすでにはじまっていたのだが、それについて書きはじめる事によって、本当の意味での「出発」がなされるような気がしたのである。

「野性時代」と言う雑誌が、幸いにこの記録についての誌面を提供してくれ、ほうっておけば、ナンバーをふっただけでまだブランクなままの原稿用紙のまわりを、こわいもののように眼をそむけながら、いつまでもうろうろ歩きまわっている私に、「締切り」と言う鞭をくれて執筆に赴かせた。――私は多くの場合、読者にたのしみを提供するため、あるいはまだあまり知られていない「情報」を提供するために書いて来たし、それこそが、この世界への参加のしかただ、と言う考えには今でもかわりはない。私自身の、「もっとも個人的な旅」の備忘録など、人に読ませる気はなかった。メモが「フィクション」の形をとる事を奇とする人もあろうが、どんな形をとろうと、メモはメモであり、純粋に私的なものである事は変りはない。が、そう言うものにでも誌面を提供すると言う月刊誌が無ければ、私はそのメモさえ書かなかったろう、と思うと、編集部に対する感謝の意にたえない。――四篇の連作は、それぞれ「出発」「渦」「難破」「孤島」に関する、ほんの一行ずつのメモである。

一九七七・五・一七　　小松　左京

初版解説

「SFは文学ではない」といった、すでに古典的とも言える文学者側からの発言に対して、「いや、SFは単なる文学でなどある必要はない。むしろ、文学でしかありようがないものと、根本的に違うキャパシティを持つのがSFなのだ」と、明確な展望を早くから示し続けてきたのが小松左京です。

一九六三年に発表された熱い評論『拝啓イワン・エフレーモフ様』は、そんな氏の自負に満ちた宣言《マニフェスト》として、今も新鮮です。

〝主流としての文学〟が、現代の諸科学に対してカラを閉ざし、伝統的感覚以外の「〝不純な〟認識形式との接触を（それは文学ではない、つまり純文学ではない）という理由のもとに拒絶しつづけて来た当然の結果として、この（純文学という）エコールは、自己変革能力、発展能力を失い、衰微」した、という分析を背景に、氏は〝明日の大文学〟たるSFの観点を語ります。

――……星空の美しさと同時に、近代宇宙論の展開して見せる不思議な宇宙像に対する理解を、電子顕微鏡下のミクロの世界の超現実的な美しさと同時に、生化学に対する知識を、生産の発展のマンモス化に対する驚異と同時に、それを組織する電子計算機のちっぽけな演算素子の働きに対する常識的理解をもたないものが、いったいどうやって、この新しい世界像について語れるでしょうか？　極微から極大まで、気の遠くなるような時間、空間量の中にひろがる世界を前にして、われわれは前代の文学が教えるような、「それでも人間は人間だ」というような垢《あか》じみた概念に、いつまでもしばられているべきでしょうか？……

いささか長い引用になってしまいましたが、僕は『拝啓イワン・エフレーモフ様』のこの部分が好きです。このパラグラフに、小松左京の原地点が、明解に、率直に示されていると思うからです。

そして氏は、ＳＦが「通俗文学としての出発点」の故《ゆえ》に、「文学と科学の復交を開始」し得る「自由な表現形式」を獲得し、〝文学性〟の壁をやすやすとつきぬけたばかりか、「……このことはやがて〈文学の文学性〉を、実体概念でなく、機能概念として見る見方」まで導き出さずにはおかない、と、ひとまわり大きなＳＦの可能性、使命に論を進めているのです。

この評論を、いま、読み返すことに、新たな意味があると僕は思います。というのは、僕たちは、今こそ『拝啓イワン・エフレーモフ様』が、単なる先駆けた宣言《マニフェスト》として終ってはいないことを知ることができるからです。小松左京は、その後の膨大《ぼうだい》な作品群によって、宣言を〝現状〟に変えてしまっているのです。

それに関しては、僕がここで後付ける必要もないでしょう。ＳＦは今や、かつての〝文学〟といった考え方全体を、根底に還《かえ》って変革させる力を持ちはじめているのですから。

さて、そこで『ゴルディアスの結び目』の四篇が登場します。すでに読了された方ならお分りの通り、本書がもたらしてくれる感動、興奮は、従来の文学的規範から考えれば、まさに異様とも呼べるほどのものです。

僕はこの連作によって、小松左京が、『拝啓イワン・エフレーモフ様』のさらに彼方《かなた》へと、SFの概念を押し進めつつあるのを感じました。

氏は、『ゴルディアスの結び目』単行本の〝あとがき〟で、これら作品を〈旅〉に関する〈メモ〉だ、と述べています。

――加速度的に量と精度をあげて行く物質、生命、人類、地球、宇宙についての、今日的情報は、私にとって、たえまなく「新生」へとうまれ変りつづける事をつげるメッセージの大シンフォニーのようなものだ。……もし、「旅」が、時空間移動プラス「新しい情報との遭遇《そうぐう》」を意味するなら、私たちは今、めくるめくばかりに壮大で高速の旅へのり出した事になる……

そして、この四篇は〈私自身の、「もっとも個人的な旅」の備忘録〉であり、〈……それぞれ「出発」「渦」「難破」「孤島」に関する、ほんの一行ずつのメモ〉（傍点川又）なのだ、と説明しているのです。

これら作品が〈ほんの一行ずつのメモ〉にしか過ぎない、という指摘が、まず僕を呆然《ぼうぜん》とさせました。小松左京に対して〝力量〟などというこざかしい言い回しは無力だと知りながら、その〝力〟の〝量〟の巨大さに目がくらむのです。

『岬にて』……『ゴルディアスの結び目』……『すぺるむ・さぴえんすの冒険』……そして、『あなろぐ・らぶ』へと至る四連作を、僕はSFという名の精神の、極北における挑戦として読みました。

即ち、〝知の岬〟に立って、つねに好奇心で胸がつぶれるほどの思いにさらされ続ける者にとっての感性……そして、知識と現象が激しく照応をはじめる知の内奥へとそれは突進し、やがて〝知の特異点〟、不可知との境界領域が圧倒的な姿を見せはじめる……さらにそこから、その彼岸へと投射されたのが『あなろぐ・らぶ』のメッセージなのではないか……それが「出発」「渦」「難破」「孤島」の意味なのではないかと、僕は思ったのです。

——……地球上には、まだこの天体が、じかに、むき出しに、「宇宙」とむかいあっている場所がいくつか残されている。……(そうした場所には)「人文史」「地球史」の一部でなく「宇宙史」の微小部分であるような、この天体の「裸の皮膚」がのこされているように感じる……と、小松左京は単行本の〝あとがき〟に書いています。

この感覚、この知の〝若さ〟がSFなのだ、と僕は思います。

数百万年前、人類の祖先は、自然が与えた〝恐怖〟の限界を自ら乗り越えて、生物として全く別な領域へと踏み出しました。

そして僕は、小松左京のSFに、この人類の〝伝統〟(!)が生き残っているのを感じるのです。

絶望的に振り上げた棍棒《こんぼう》で、はじめて眼前の食肉獣を打ち倒した人間……野火に追われながらも、説明しがたい衝動にかられて燃えさかる小枝を盗みだした人間……『ゴルディアスの結び目』四篇を読み終えて、僕が抱いたイメージは、抗《あら》がいようのない終末として厳然と立ちはだかるひとつのブラック・ホールを前に、なおもその限界を突き破ろうと、想像力の棍棒をふりかざす小松左京の姿でした。

これは、勇気です。

人類の原罪とも言うべき好奇心が、氏にとりついて離れないのです。

先に、本書の印象を〝異様〟な感動、興奮と書きました。それは以上のような意味なのです。

〝文学〟的感興などというせせこましい概念が、全く及びようもない世界が、ここにあることを、僕は言いたかったのです。『拝啓イワン・エフレーモフ様』から、わずか十数年で、SFはこのような作物を、ついに可能にしていたのです。

そして、これは小松左京の達成であると同時に、SFと、小松左京の読者の達成であるとも言えるのではないか、と僕は思います。『拝啓……』を書いた頃の氏ですら、十数年後に、このような〝純SF〟を自分が書き得る時代が来るとは全く予想できなかったにちがいないからです。

かつて、イーデス・ハンソン女史が、氏を評して「小松さんってロマンチックやわァ」

（ロマンティックではなしに、あくまでロマンチック）と書いていたのを覚えています。

僕はこれほど氏の本質を言いあてた言葉を他に知りません。

どれほど膨大な情報を背に〝知の岬〟に立っていようと、氏の姿は、ひとりのロマンチックな青年、いや少年のように思えてしかたがありません。作品の手ざわりがそうなのです。物事を見つめる目つきが、そうなのです。

何度も言うように、『ゴルディアスの結び目』は、ＳＦの最前線とも言えるテーマとイメージを繰り拡げた連作集です。にもかかわらず、ここには超越的な冷たさも、不必要な硬さもありません。それどころか、熱く、そして暖かく、かつ優しいのです。

それが、小松左京のロマンチシズムであり、それが、僕等を酔わせてやまないのです。

川又千秋

新装版解説

小《こ》松《まつ》実《さね》盛《もり》

短篇集である本書『ゴルディアスの結び目』には、小松左京自身のあとがきと川又千秋《かわまたちあき》先生の解説が収録されています。

本来なら一冊の本として完成しているにも拘《かか》わらず、今回、どうしてもご紹介したいことがあり、この文章を掲載させていただきました。

それは、世界的に評価の高いイラストレーターであり、小松左京にとって、最も多くの自著の表紙を手掛けていただいた、生頼範義《おおらいのりよし》先生が描いた『ゴルディアスの結び目』の表紙に関するお話です。

小松左京は、一九七一年の早川書房版『復活の日』の表紙と出会って以来、生頼先生の絵にほれ込み、編集長に自らお願いして自身の作品の表紙を描いていただき、それは、未完の遺作である『虚無回廊』まで続きます。

短篇集『ゴルディアスの結び目』は、様々なテイストの作品の集まりでありながらも、〝遥《はる》かなる旅〟をイメージにした連作です。けれど、表題作の「ゴルディアスの結び目」

は、この短篇集の中でも異彩を放ち、今なお高い評価を得ているとともに、小松左京自身も特別な作品に位置付けていました。

小松左京は生涯、十七の長篇、二百六十九の中短篇、百九十九のショートショートを世に出したとされていますが、その中でも、ライフワークである〝宇宙にとって人類とは何か？〟をテーマにした物語において、キーとなる五つの作品をあげています。

もっとも初期の長篇であり、自らのライフワークの方向を明確に示した『果しなき流れの果に』に始まり、「神への長い道」、「結晶星団」、「ゴルディアスの結び目」そして未完の遺作『虚無回廊』です。晩年、『果しなき流れの果に』に関し次のように語っています。

作品の系譜としては「神への長い道」(一九六七年)、「結晶星団」(一九七二年)、「ゴルディアスの結び目」(一九七六年)、『虚無回廊』(一九八六年〜、未完)へとつながるわけだが、僕としてはこのテーマに関しては、ずっと「未完」という思いがある。

広大な宇宙の中でなぜこの地球に生命が生まれ、人類が生まれたのか。それは宇宙にとってどんな意味があるのか——つまるところ、この問題意識が、『果しなき流れの果に』以来の、僕の最大のテーマだった。しかし当たり前だがその問題は大きすぎて、そう簡単に答えが出せるものではない。あれこれ考えたり、面倒で放り出したりしているうちにこの歳になってしまった。

「SF魂」より

生頼先生は、この五作品の表紙を、バージョン違いまで含めて全て描いています。異なる時代、異なる出版社から出された、これらの表紙を並べてみると、興味深い点があることに気づきました。

小松左京にとって重要なこれらの作品群に対して、生頼先生は素晴らしい仕掛けをされたように思えるのです。

『果しなき流れの果に』（角川文庫版）のカバーを開いて眺めると、表紙側の手足に枷《かせ》と鎖をつけた〝男〟が、背表紙側に描かれたブラックホールを思わせる〝黒い穴〟に向かって宇宙を進んでいる一枚の絵であることが判ります。

『神への長い道』（角川文庫版）の表紙は、巨大な殻の割れた〝卵〟の中に宇宙が描かれ、その中心に『果しなき流れの果に』とイメージが重なる〝黒い穴〟が描かれています。

『結晶星団』（早川書房）の表紙では、結晶形に配置された星の中心に〝黒い穴〟があり、『果しなき流れの果に』とイメージが重なる〝男〟が描かれています。

そして『ゴルディアスの結び目』（角川書店）では、『神への長い道』と同じ巨大な〝卵〟が描かれ、殻の中にはヒロインの〝マリア〟の顔があり、まわりを囲むように『結晶星団』や『果しなき流れの果に』の〝男〟とイメージが重なる男たちの姿が描かれています。

最後の『虚無回廊』（徳間書店）でも、別次元への扉のように切り取られた空間に進む〝男〟の姿があり、宇宙空間に浮かぶように描かれた、悲劇のヒロイン〝アンジェラ〟の顔は、『ゴルディアスの結び目』の卵の中に描かれた〝マリア〟と瓜二《うりふた》つなのです。

小松左京のSF小説が、表紙絵により一連の旅の記録のようにみえます。生頼先生は、小松左京が異なる時代に、異なるシチュエーションで生み出した物語の背景を読み解き、一体のものとして意識して描いたのではないでしょうか。

これら一連の作品は小松左京のライフワークであり、生頼先生の描いた表紙は、物語の根底に流れるものを見事にビジュアルイメージで昇華させた傑作です。

この五作品の表紙は優劣をつけがたいものです。

けれど、小松左京にとって、『ゴルディアスの結び目』の表紙は特別なものでした。

お互いの作品は強い絆《きずな》で結ばれていたものの、一度も、会うどころか、電話でも話したことがない生頼先生に対し、小松左京は『ゴルディアスの結び目』の原画を譲り受けたいと願ったのです。

九州におられるとかで、お眼にかかった事はないが、こちらから編集長に指定して、度々ハードカバーや文庫の表紙を描いていただき、角川で出た最初のハードカバー短篇集『ゴルディアスの結び目』は、とうとう原画をおねだりして頂戴《ちようだい》し、書斎に飾ってある。

「〝ドカッ〟と私の前にあらわれたプロSF画家」より

小松左京は、生頼先生の作品をどれも非常に高く評価していました、しかし、手元に置きたいと無理なお願いをしたのは『ゴルディアスの結び目』だけでした。

小松左京は戦中、戦後の混乱期に大変辛い体験を重ねました。それが、SFを書く動機であり、実質的デビュー作「地には平和を」に始まり、殆《ほとん》ど、どの作品にもこの戦中戦後の体験が強く影響を与えています。

物語の中で、様々な登場人物を生み出しましたが、多くのヒロインには、共通した特徴があります。その基となるのは、現実の世界で過酷な運命に翻弄《ほんろう》された、小松左京の記憶に刻まれた女性たちです。

逃れられない運命の渦に巻き込まれてしまった女性たちに、物語世界という場を与え、たとえ悲劇であろうと、自身と読者の心を揺さぶる価値あるものとして、新たな命を与えようとしていました。

物語を彩るためにヒロインを作るのではなく、逆に、ヒロインのために綿密に作り込まれた世界を築き、それを基盤に物語を紡いだのです（この点は、筒井康隆《つついやすたか》先生が指摘されていました）。

――優しくも儚《はかな》い、愛すべき存在であった彼女たちの魂を、心をこめて弔うかのように。「ゴルディアスの結び目」のマリアは、特に、ある一人の女性の影が強く反映されています。

私の戦後初めて片想いの恋をした同学年の女学生は、四年生のとき浮浪者に強姦《ごうかん》殺人の目にあった。私の小学校時代の同学年の女の子は私がまだ中学にいるころにパン助になってしまっていた。

こんな事はいくら書いてもしかたがあるまい。あんな悪夢のような時代は、とても説明しきれないだろうし、もう二度とこないだろう。心から——本当に心から、あんな時代が二度とこない事を、五つ六つの子供が、悪魔か野獣のようになってしまい、君たちのういういしいガールフレンドが、死ぬよりもおそろしい目にあうような時代が、二度とこない事を祈りたい。

『やぶれかぶれ青春記』より

戦争は終わって平和が来るはずだったのに、それとはほど遠い、欲望と暴力が解き放たれた地獄のような世界で、語るもつらい形で命を奪われた愛《いと》しい人。「ゴルディアスの結び目」の恐るべき世界の原型はここにあります。

小松左京が心を寄せながら、死を遂げた少女の魂のために書き上げた物語を、生頼先生は、畏怖《いふ》を感じさせる深淵《しんえん》と、切ないまでの美しさを包括した一枚の絵にしました。

宇宙の理《ことわり》を破壊してでも救いたかった愛しき魂の居場所。自らが作り上げた物語世界の本質を見抜き、見事に描ききった生頼先生の『ゴルディアスの結び目』だけは、大切なモニュメントとして、どうしても生涯手元に置きたかったのだと思えるのです。

今回、その特別な意味を持つ表紙で『ゴルディアスの結び目』が再び世に出ることに、遺族の一人として心より感謝しています。

本書は、一九八〇年七月刊行の角川文庫を改版したものです。

なお本書中には、アル中、北支、未開人、廃人、きちがい、石女、パン助といった、現代の人権擁護の見地に照らして不適切と思われる語句や表現がありますが、作品が書かれた時代背景や著者が故人であること、作品自体の文学性などを考えあわせ、原文のままとしました。

（編集部）

ゴルディアスの結《むす》び目《め》

小《こ》松《まつ》左《さ》京《きょう》

昭和55年 7月10日　初版発行
平成30年 9月25日　改版初版発行
令和6年 5月30日　改版9版発行

発行者●山下直久

発行●株式会社KADOKAWA
〒102-8177　東京都千代田区富士見2-13-3
電話　0570-002-301（ナビダイヤル）

角川文庫 21165

印刷所●株式会社KADOKAWA
製本所●株式会社KADOKAWA

表紙画●和田三造

●お問い合わせ
https://www.kadokawa.co.jp/（「お問い合わせ」へお進みください）
※内容によっては、お答えできない場合があります。
※サポートは日本国内のみとさせていただきます。
※Japanese text only

ISBN 978-4-04-107326-1　C0193